郁達夫在南洋

南洋的郁達夫與郁達夫的南洋

王潤華 著

第三輯：郁達夫的南洋

第四輯：郁達夫英文論文

第五輯：郁達夫詩歌

目錄

自序

王潤華

一、郁達夫南洋圖像的多元解讀

郁達夫在南洋的圖像可説是折射出二戰後南洋華人在轉型、蜕變之際，新華人在社會文化以及與之相關的海外華語文學，當中種種的轉型與變革。這個研究課題內容複雜，很難用三言兩語講得清楚。所以直到今天我們還是不斷訴説郁達夫在南洋的故事，它好像是一個謎，永遠沒有最終的答案。

我與郁達夫一樣，經歷英國霸權殖民、日軍侵略佔領下的南洋社會，親身體會過二戰前後華人社會左右之間思想意識的鬥爭，以及本土化與中國化的論爭所引起的複雜漩渦。那些郁達夫留下生活片段的實地空間，如他的故居、街道、文化與他工作的報館，甚至逃亡的蘇島叢林小鎮，在我成長的過程中都曾經踏足。因此在我的視角，郁達夫的南洋圖像絕非只是依賴郁達夫同輩的回憶文字資料，更包括我自身親歷現場的感受。

我在馬來亞（後稱馬來西亞）霹靂州金寶山城的培元中學讀書時，就開始閱讀郁達夫的著作，同時也在收集二戰結束後新馬地區那些報章、雜誌與書籍中陸續出現關於郁達夫在南洋的資料。我更曾親身去訪問觀察郁達夫居住、工作、生活、與書寫的歷史現場，沿著他走過的路，從新加坡，馬來亞到蘇門達臘。一九六二年去臺灣讀大學時，我攜帶了郁達夫及其他中國作家書寫南洋的研究資料，在飛抵臺北松山機場時統統被海關沒收了。當時的臺灣是政治封閉的，五四作家的文獻無論左派與否都會被查禁。我留學臺灣時期是一九六二年九月到一九六六年夏天，那時只好暫時放棄五四文學的閱讀與研究，轉向冷戰時代美國主導的文學思維，專心閱讀臺灣現代派文學與西方文學。而在寫作上，我也學習現代派，自己出版了第一本現代主義詩集《患病的太陽》(1966)、散文集《夜夜在夢影下》(1966)，也翻譯過西方存在主義小説卡繆《異鄉人》(1965)。我在臺灣因為政治干涉文學的關係，改變了以往五四文學的影響，開始試驗創作現代主義的詩與散文，與翻譯西方現代主義小説。在閱讀與研究方面，暫時放棄五四文學這個課題，只能轉向中國與西方文學的比較研究。

一九六六年我從臺灣讀完大學，返回馬來亞，在母校金寶培元中學教書，這一年我重新點燃研究東南亞本土文學的興趣，一九六七年夏天赴美，先進入加州大學聖塔芭芭拉分校(UCSB)，再轉威斯康辛大學(University of Wisconsin. Madison)東亞語言與文學系研究所，跟五四運動專家周策縱讀碩士學位。

這個時候，我又想起那些被臺灣松山機場海關沒收的郁達夫研究資料，便決心運用六、七十年代美國漢學界流行的區域研究（regional studies）為研究方法，以《郁達夫在新加坡、馬來亞與蘇門答臘》作為碩士學位論文的研究課題。那個時候所有研究郁達夫的專書與論文，說到他在南洋的經歷，都只是簡單概括郁達夫在新加坡編輯副刊，最後在蘇門答臘被日軍殺害，短短幾句話就結束。我希望改變這種對郁達夫在南洋一筆帶過的狀況，於是詳細考證與深度論述郁達夫在東南亞的生活與文化事業。我記得碩士論文剛寫完，李歐梵在哈佛大學正要出版專書 *The Romantic Generations of Chinese Writers*（Mass: Harvard University Press, 1973）（《中國作家浪漫的一代》），那本書的學術審查委員要求我將我的郁達夫在南洋的論文寄給他作為補充參考。

二、多元華文文學中心下發現「郁達夫的南洋」與「南洋的郁達夫」

我在一九七〇年代留學美國時，西方傳統漢學（Sinology）正在轉型，從中國古典文化思想考證，走向現代社會世界華人文化、越界跨國、強調區域研究（regional studies）。轉型後的西方漢學，其中一個研究重點是思考中國文化現象的多元性的意義，特別強調綜合性、跨領域跨學科的綜合研究。跨學科研究（inter-disciplinary studies）成為中國研究（Chinese Studies）的重點。傳統的漢學家往往窮畢生精力去徹底研究一個小課題，而且是一些冷僻、業已消失的文化歷史古跡，和現代文化毫無相關。因此傳統的漢學研究不求速效，不問國家大事，所研究的問題沒有現實性與實用價值。

我深受西方新舊漢學治學的雙重薰陶與影響。傳統漢學的學術精神與方法是立論謹慎，研究深入細緻，研究要專、窄、深。我的郁達夫研究深受其方法與研究視野影響，如使用大量原始資料，這個研究也屬於窄而深的專題（monograph）的典型研究，以創新的視野，建構郁達夫在東南亞的多元詮釋與意義。另外研究過程不涉及道德的判斷或感情的偏向，凸顯出客觀史學（現實主義史學）的特質。我的指導老師周策縱教授的《五四運動史》（*The May Fourth Movement: Intellectual Revolution in Modern China*, Harvard University Press）就是這類典型的經典研究。

上述這種舊漢學傳統在西方還在延續發展。美國學術界自二次大戰以來，已開發出一條與西方傳統漢學很不同的研究路向，這種研究中國的新潮流叫中國學（Chinese Studies），它與前面的漢學傳統有許多不同之處，比如說強調中國研究與現實有相關，研究要兼具思想與實用性，強調研究當代中國問題。這種學問希望達至西方了解中國，另一方面也希望中國了解西方。中國研究是在區域研究（Area Studies）興起的帶動下從邊緣走向主流。區域研究的興起，是因為專業領域如社會學、政治學、文學的解釋模式基本上以西方文明為典範，讓人感到對其他文化所碰到的課題涵蓋與詮釋性不夠。對中國文化研究而言，傳統的中國解釋模式只是用中國文明為典範而演繹出來的理論模式，如性別與文學問題，後殖民問題、中國以外土地的華語文學等課題，是以前任何專業都不可能單獨顧及和詮釋。在西方，特別是美國，從中國研究到中國文學，甚至縮小到更專業的領域如中國現代文學或世界華文文學，都是在區域研究與專業研究衝激下產生的多元取向的學術思考與方法，它幫助學者把課題開拓與深化，創新理論與詮釋模式，溝通世界文化。

周策縱與我建構的多元華文文學中心與雙重文學傳統的理論(見〈從雙重傳統到多元文學中心看世界華文文學〉，古遠清編：《世界華文文學新學科論文選》)，可能是解讀郁達夫南洋華文學的密碼。當南洋地區的華文文學建立了有異於傳統中國本土的文學傳統之後，這種文學便不能稱之為中國文學，更不能把它看作中國文學之支流。因此，周策縱教授認為我們應建立起多元文學中心，多元文學傳統的觀念。華文文學，本來只有一個中心，那就是中國。可是華人在世界各地落地生根，建立起自己獨特的文化與文學，自然會形成另一個華文文學中心。目前我們已承認有新加坡華文文學中心、馬來西亞華文文學中心的存在，這已是一個既成的事實。因此，我們今天要從多元文學中心的觀念來看華文文學，承認世界上有不少的華文文學中心。我們不能再把新加坡華文文學看作「邊緣文學」或中國文學的「支流文學」。我後來將這個理論加以發揮，在世華文學研究學界，產生了極大影響。我在郁達夫的南洋論述中，發現他原來在那麼多年之前已經非常前衛地建構了這個創新的論述。

三、從「郁達夫在南洋」出發

通過使用大量原始資料、多種文學批評理論思考，我寫了這篇屬於窄而深的專題（monograph）論述，那是西方漢學裏區域研究（Regional studies）的典型研究。另外比較文學、文化研究、後殖民文學這些理論的分析，那一套擴大、開拓、創新的視野增強了我的透視力。解讀郁達夫在東南亞留下的種種文化遺產的過程中，我發現自己看到的，其實是一位自我放逐與流亡在異域作邊緣人的作家兼文化人，以及當中他所牽涉、引起的社會影響與超越現實的種種複雜現象。本書從「郁達夫在南洋」的傳奇開始敘述，慢慢深入建構隱藏在南洋華人社會文化與南洋森林深處那個「郁達夫的南洋」，「郁達夫的南洋文學」與「南洋的郁達夫」，多元意義的郁達夫由此開始呈現。

這本文研究論文集開始於一九六九年，最後幾篇完成於二〇二二年左右，前後五十年。我走過的道路，因為研究方法、批評理論的變化，彎彎曲曲，現在回憶，也佩服自己在學術路上勇敢探險與開拓的精神。我的郁達夫研究是以「郁達夫在南洋」開始，然後不斷重複思考、研究與改寫，收集在本書第一輯的幾篇論文即屬於這一階段的成果。最早先是我在威斯康辛大學的一九六九年碩士論文 Yu Dafu in Singapore and Malaya，幾年後根據新資料以中文改寫成〈郁達夫在新加坡與馬來亞：自我放逐與與尋找南洋本土書寫之旅〉，收錄在《中西文學關係研究》（臺北：東大圖書公司，1987），也曾應高克毅主編的《譯叢》（*Renditions*）

改寫成 Yu Dafu in Exile His Last Days in Sumatra 單篇論文，發表在該刊一九八三年春季號（*Rendition*, Spring1985.pp.71-81.）。另外，我又以中文改寫當年的碩士論文，而成〈郁達夫在蘇門答臘變形記：逃亡、偽裝的異鄉人、抗日救民、放逐詩學〉一文，也曾收入《中西文學關係研究》。一九七三年到一九八〇年期間，我返回新加坡與馬來西亞教書，東南亞、大陸、香港、臺灣各地不斷出現郁達夫在東南亞的新資料，尤其是他在蘇門答臘娶的妻子、所生的兒女以及與他一起生活的中國作家與日本憲兵，於是我又繼續收集資料，出版成書《郁達夫卷：郁達夫妻子兒女敵友之回憶錄》（臺北：遠景出版社，1984），也寫了〈走出郁達夫傳奇的人物——記郁達夫當年住在南洋的妻兒之出現及其回憶〉。由於新的資料出土與新的詮釋理論的出現，我不斷重複研究，不斷有新的見解，大概過程就就如本書所見以下的五篇論文：

1. Yu Dafu in Singapore, Malaya and Sumatra.
2. Yu Dafu in Exile: His Last Days in Sumatra.
3. 郁達夫在新加坡與馬來亞：自我放逐與與尋找南洋本土書寫之旅
4. 郁達夫在蘇門答臘變形記：逃亡、偽裝的異鄉人、抗日救民、放逐詩學
5. 走出郁達夫傳奇的人物——記郁達夫當年住在南洋的妻兒之出現及其回憶

四、最後進入「郁達夫的南洋」到「南洋的郁達夫」

重返郁達夫自我放逐與死亡的南洋歷史現場，我們不能只在郁達夫生活過的南洋地理，或曾與他一起的南洋人物記憶裡尋找與認識郁達夫，更重要的是閱讀他反殖民、反抗日軍侵略的書寫。在他主編的《晨星》等副刊、推動創新的南洋中華文化裡，在他專心培育的那一批書寫本土的華文文學與作家，他推動本土研究的「南洋學會」與《南洋學報》，處處都有郁達夫的文化遺產。所以我看見一般人沒看見的郁達夫異域文學的夢幻之旅，他浪漫裡隱藏著參與南洋本土社會與反殖民的神話之旅、反殖民的民族覺醒的文學之旅。他的南洋邊緣話語引出中國中心或以本土書寫為中心的新論述，他一直堅持建構南洋本土華文文學的新傳統、新中心。而他與青年作家的啟蒙對話，也建構了另一個華文文學中心與藝術性的文學想像。

現在可以肯定地說，郁達夫有許多具典範作用的成就：如他主編的《晨星》副刊發揮多功能的文學/ 文化傳播功能，在郁達夫啟發與影響下，那些南來的青年作家如馮蕉衣、王君實與鐵抗把左派革命情懷結合南洋本土文化，成為南洋華文文學的新聲音、新書寫。此外，在郁達夫啟發與影響下，南洋本土作家如溫梓川、苗秀、威北華，各自樹立本土華文文學的獨特書寫。如苗秀在郁達夫影響下，建構以英國殖民主義南洋城市底層為舞臺，觀照本土各民族貧窮社會生活的本土小說，威北華（魯白野）創造出馬來西亞、星加坡、印尼的跨文化的南洋文化書寫。郁達夫自己的〈馬六甲遊記〉也是與本土與世界對話的文化散文傑作，開啓了南洋研究使用西方與本土資料並重的新趨勢，同時超越中國中心的思維，給南洋研究新啟示。因此，我陸續修改前期的論文，於是有本書以下這幾篇文章：

1. 郁達夫跨界與多元的南洋歷史文化與文學書寫典範
2. 林文慶、魯迅、郁達夫與東南亞華文作家的多元解對話：誰是中心誰是邊緣？
3. 郁達夫〈馬六甲遊記〉開啟的南洋研究與南洋書寫
4. 郁達夫與新馬抗戰文學，1937-1942
5. 《檳城散記》的多元新解讀與郁達夫

此外我也將幾首懷念郁達夫的詩一起附上，當作是對這位傑出五四作家的致意。

第一輯

郁達夫在南洋

郁達夫在新加坡與馬來亞：自我放逐與建構南洋本土歷史文化書寫

郁達夫在蘇門答臘變形記：逃亡、偽裝的異鄉人、抗日救民、放逐詩學

走出郁達夫蘇島流亡、失蹤與死亡傳奇的人物

郁達夫在新加坡與馬來亞：自我放逐與建構南洋本土歷史文化書寫

一、全球郁達夫的學術研究熱潮

近十多年來，郁達夫極受世界各國漢學界之注意。其中最明顯的事實，便是研究院的研究生，爭先恐後的以郁達夫作為論述主題。據我知道，目前完成的博士論文就有好幾篇。捷克的安娜·多娜扎羅娃（Anna Dolezalova）一九六八年的博士論文就是論述郁達夫的作品，後來譯成英文，題名「郁達夫文學作品的特徵」（*Yu Ta-fu：Specific Traits of This Literary Creation*），一九七一年由捷克科學研究院出版。一九七三年，美國的克那蒙大學（Claremont Graduate School）也有一篇題為《中國現代文學中社會疏離主題：郁達夫研究》（*Yu Ta-fu：The Alienated Artist in Modern Chinese Literature*）的博士論文，作者為 Randall Chang，華盛頓大學梅奇瑞（Gary Melyan）的博士論文是《創造社與郁達夫》（*The Creation Society and Yu Ta-fu*），此外像李歐梵的《中國現代作家浪漫的一代》，原是哈佛大學的博士論文，郁達夫便是其中一個研究對象。這論文已於一九七三年由哈佛大學出版成書。二十世紀八十年代到二十一新世紀以來，全球，包括大陸、台港，當然也出現了更多郁達夫的研究著述了。

以郁達夫做碩士論文的也不少。一九六三年，美國哥倫比亞大學有一篇《郁達夫研究》，作者為 Robert Y. Tow，一九六六年澳洲雪梨大學有一篇《郁達夫小說研究》(*The Fiction of Yu Ta-fu*)，作者是 A. M. Harris。日本漢學家一向也十分注意郁達夫，鈴木正夫在大阪市立大學的碩士畢業論文是《郁達夫傳》。目前新馬兩地也有幾篇以郁達夫為題材的學位論文在進行中。至於其他的英文研究論文，在一九七五年哈佛大學出版的「中國現代文學目錄」(*A Bibliography of Studies and Translation of Modern Chinese Literature, 1918-1942*) 裡，收錄很多。

二、重返郁達夫自我放逐與死亡的歷史現場

雖然目前已有眾多的郁達夫研究著述，但是我重返郁達夫自我放逐與死亡的歷史現場的東南亞，覺得還是要彌補郁達夫研究死後的一章，才能解讀他的人生與身為作家的意義。

在我讀過的中英文論著中，關於郁達夫一九三九年至一九四五年在南洋的這段生活，大多記述不詳。其中原因，主要是郁達夫最後幾年的生活資料，多數發表在新馬的報紙雜誌

上，流傳不廣，因此不易被其他地區的學人所掌握。新馬兩地的作者在最近幾年，又陸續發掘和提供不少有關郁達夫在新馬的生活資料。

我一九七三年底開始在新加坡南洋大學教書，由於知道郁達夫以前的生活範圍，常常不免「觸景生情」，譬如每次開車進入市區，途中經過中峇魯住宅區，總想起郁達夫曾經住在這裡。

每次去牛車水一帶逛街，舉頭看見還照常營業的南天酒店，和南天酒樓，便想起郁達夫剛來新加坡時，曾住在那邊；與王映霞離婚後，郁達夫也就是在南天酒樓餞別王映霞。現在這旅店後面新建之「珍珠巴厘」內那家「道記」燒臘店，聽說是郁達夫當年最喜歡吃的一家。一九七四年，我和淡瑩及一位美國朋友曾上「南天旅店」考古。當時還在營業，不過這旅店已是第三流的旅店了。郁達夫上班的《星洲日報》報館也在附近的羅賓申路。

下面我根據本人在一九六九年寫的一篇文章（以英文寫，未發表），再加上近年的新資料，報告一下郁達夫在一九三八年十二月廿八日抵達新加坡至一九四二年二月四日乘船逃亡到印尼群島的這段時間，他如何身兼多重身份、偽裝成文化人、商人、日軍翻譯員逃亡，那刻的複雜寫作與生活。

三、南渡之原因

早在一九二九年，郁達夫就有到南洋各地一遊的念頭。馬來西亞作家溫梓川那時正在上海暨大唸書，一天到真如楊家木橋去拜訪詩人汪靜之。在汪家溫梓川初次遇見郁達夫。於是他抄了幾首以南洋風光為題材的詩請教郁達夫，想不到郁達夫問明白詩中的榴槤和娘惹等字眼後，大聽興趣地說：「啊！南洋這地，有意思極了，真是有機會非去走走不可。」江靜之卻向他潑冷水：「像我們這種人老遠跑到南洋去發不了財，實在沒有意思！」據溫梓川說，郁達夫並不以為然，而且說，「司提文生的晚年就在太平洋的一個小島上渡過的，他在那裡就寫了不少非常有意義的作品。」[①] 巧得很，後來郁達夫真的去了南洋，而且寫了不少遊記雜文，而溫梓川恰恰是將他部分遺作搜集成書的第一人。這書就是《郁達夫南遊記》，於一九五六年出版。

郁達夫到南洋的夢，要過了十一年後才實現。他抵達新加坡的日期是一九三八月十二月廿八日。根據他離港赴新在船上寫的〈歲朝新語〉，他乘的船離開福州後，先後在廈門和香港停泊二十四小時，他說廈門那時淪陷在即，軍民都已撤退，變成靜悄悄的死城。第二天一早船就抵達香港。他說香港人正為年關忙著，因為一九三八年只剩下七八天了。由此可見郁達夫是在十二月廿一或廿二日左右離開福州的（郁達夫南渡前夕，在福州當福建省主席參議）。[②]

在香港雖然逗留短暫，他還寫了一篇〈國與家〉，後來發表在香港《星島日報》的《星座》副刊上。從香港赴新加坡途中，郁達夫訪問了菲律賓，他在抵新後寫的〈幾個問題〉這篇文章裡說：

> 在這一次的自港來星途中，於聖誕節後一日，我曾經過菲律賓的首都馬尼拉市。當我去菲律賓大學參觀的路上，於無意中，買得了一份 Sunday Tribune Magazine，在這一份雜誌上，我又於不意中，看到一篇記載一位菲律賓的大作家 Rizal 的記事……[③]

這次來新加坡，主要原因，正如他自己在〈檳城三宿記〉所說，「是為《星洲日報》編副刊來的」：

> 回想起半年來，退出武漢，漫遊湘西藏北，復轉長沙，再至福州而住下。其後忽得胡氏兆祥招來南洋之電，匆促買舟，偷渡廈門海角，由香港而星洲，由星洲而檳嶼……[④]

郁達夫之所以毅然接受「編副刊」而來新加坡，因為這工作正好配合當時赴海外宣傳抗日的口號。在漢口淪陷前（一九三八年七月），郁達夫曾任職於武漢的中央軍事委員會的政治部，且擔任漢口中華全國文藝界抗敵協會主席。漢口淪陷後，文藝界議定能赴敵後者，能隨軍隊者，能赴海外者，各盡力投奔。郁達夫在《毀家詩紀》第十六首及紀事中說，他赴南洋的決定是在回福州的路上立定主意的。這詩說：「此身已分炎荒老，遠道多愁驛遞遲，萬死千君唯一語，為儂和順撫諸兒」，並附有紀事曰：「建陽道中，寫此二十八字寄映霞，實亦已決心去國，上南洋作海外宣傳。若能終老災荒，更保本願」。⑤ 可惜郁達夫的願望只實現一半——他「終」於南洋，但卻不「老」，而在五十歲時慘死日軍手中。

當然，正如很多人所說，郁達夫要遠走南洋，大概跟他與王映霞的感情破裂，家庭不和有關係。他們夫婦鬧得全中國皆知，能有這機會遠遠逃到一個全然陌生的地方，也許還有醫治他們感情的機會。因此郁達夫離開的前夕，王映霞突然帶了大兒子郁飛（陽春）來到福州，然後一家三口同赴新加坡。

四、北馬之行

郁達夫於一九三八年十二月廿八日抵達新加坡，接受《星洲日報》聘請，成為副刊編輯。他一家三口暫時住在南天旅店八號客房，他告訴來訪的新朋舊友說，決定卜居星洲，不想再回中國了。⑥

抵達新加坡兩天後，他奉《星洲日報》老板胡文虎之命，北上檳城，因為在檳城的《星洲日報》於一九三九年元旦開始發行。它是星系兄弟報，因此要他這位著名作家前往參加慶祝，以壯聲勢，於是他從新加坡坐汽車北上，與《星洲日報》主筆關楚璞同車。由於新加坡在馬來亞南端，檳城是北馬西岸一島嶼，這一趟郁達夫便看盡馬來風光。⑦

郁達夫於元月二日抵達檳城，住在《星檳日報》對面之杭州旅店。因為他是浙江富陽人，杭州自然使他思鄉和失眠，因此當晚便寫了一首七絕〈宿杭州旅店〉：

故鄉歸去已無家，傳合名留炎海涯；
一夜鄉愁消失得，隔窗聽唱後庭花。

第二天不知何故，他換了旅社，住在「現代旅店」。「黃領事，胡總經理，胡主筆夫婦」等人陪他上升旗山遊玩。山上天氣寒冷，菊花茂盛，他又詩興大作，以懷念「中原」，「廬山」為題，寫了兩首七絕：

好山多半被雲遮，北望中原路正賒；
高處旗升風日淡，南天多盡見秋花。

匡蘆曾記昔日游，掛席名山孟氏舟；

誰分倉皇南渡日，一瓢猶得住瀛洲。

下山後，已是黃昏，郁達夫又遊極樂寺。他為前程求了一籤，卻是昭君和番的典故，詩曰：「一山如畫對晴江，門裏團圓事事雙，誰料半途分析去，空幃無語對銀缸。」郁達夫為之一怔，因為有暗示他與王映霞婚事破裂之意，想不到一年後倒是應驗了。他不服氣，再求一籤，得孔明受劉備重用之詩籤，才高興而走。⑧

一月四日清晨起來寫〈檳城三宿記〉散文，第二天《星檳日報》馬上在地方新聞版上刊登。四日晚上，檳城文藝界在醉林居餐館宴請郁達夫，他作了演講，報告抗日戰爭中中國作家之活動。五日晚上，他和關楚璞乘夜班火車南下回星洲。想不到火車行至中途，凌晨四點四十分在丹絨馬林（Tanjong Malim）附近出軌翻車。郁達夫的車廂也翻落草叢，幸好他沒有受傷，後來由報館同事開車接去吉隆坡，受熱烈招待，一天後，才再乘夜班火車回新加坡。後來他寫了〈覆車小記〉來紀念這次的意外。⑨

五、主編副刊

在一篇〈幾個問題〉的議論文之中，郁達夫說：「到星洲不久，就去檳城，自檳城回來不久，又便接編三種副刊，此後更有一種文藝半月刊刊行的計劃，和《星檳日報》約星期文藝的編纂。」[10]這裡所所說的三種副刊，是指《星洲日報》的純文藝副刊《晨星》，和《文藝週刊》，以及《星洲日報》晚報的《晨星》。此外，後來《星洲日報》還出版大型《星光畫報》每月一冊，其中文藝欄，也是由郁達夫負責。

《星洲日報》，一直是新加坡兩大華文報之一，當時肯出重資請郁達夫主持副刊，不用說是想借重他的名氣來號召讀者，所以《晨星》這文藝副刊，每天都有，佔全版三分之二。郁達夫是當時《星洲日報》編輯記者中第二高薪的人，待遇最優厚者是主筆關楚璞（曾做過汪精衛的幕僚），每月叻幣三百元，郁達夫月薪叻幣二百元。這種薪水在當時已算特別高，其餘的，都在一百九十以下。[11]

郁達夫所編的刊物中，以《晨星》為最重要，它在早期新馬華文文學發展上，有過極大的影響力與貢獻。今天這個副刊還繼續出版，不過已不如早期那樣有影響力了。《晨星》創刊於一九二二年，郁達夫接編的《晨星》於一九三九年一月九日出版。當天郁達夫寫了一篇〈晨星的今後〉表明他要在新馬提倡文藝，提拔作家的決心：

晨星之所以會寥落，會成稀少的原因，是由於光明的白晝的來臨。現在的世界，若是將旦的殘夜的話，那光明的白晝，不久中就可以到來了。英國大詩人雪萊亦曾說過，「冬天若至，春天自然不遠」，這塊小園地，若能在星洲，在南洋各埠，變作光明的先驅，白晝的主宰，那豈不更是祖國之光，人類之福？我所以只在希望，希望得由本刊的這一角小園，而培植出許多可以照躍南天，照耀全國，照耀全世界的大作家。

編了兩個月的副刊，他寫了一篇〈看稿的結果〉，指出當地作品的筆法「太呆板」，要求作者多讀、多寫、多想、多改。他說兩個月「所看稿子，長短大小，總已經有一千篇的數目」。[12] 據說他看稿很用心，積極選取好作品，鼓勵新作者。當時經常投稿《晨星》的馬華作家劉前度先生，在懷念郁達夫的一篇文章中說：

他編的《晨星》，很喜歡提拔後進的寫作人，只要內容好，寫作技術成熟，都會被錄用。雖說他常常感到篇幅不夠，要求投稿者寫出的著作，最好不要超過三四千字，但是好的作品，往往超過這種範圍，他都沒有割愛，而盡量發表。通常我投去的，多數為近代歐美作家小說的譯作，他很快就將它登載出來，這不是說他和我有什麼特別交情，只不過表示他對歐美小說的重視吧了。[13]

當時經常投稿《晨星》，還沒成名的新加坡作家苗秀先生（他自己在一九四七至一九五〇年間負責主編《晨星》。）說郁達夫除了得到以前那班人繼續支持，還吸收了大批新人。此外，郁達夫經常發表中國名作家的作品，藉以啟發本地作者和溝通兩地之文藝。[14]

工作開始後，郁達夫定居在新加坡的中峇魯住宅區，地址是中峇魯路（Tiong Bahru Rd.）六十五座二十四號三樓，這是溫梓川說的。[15] 郁飛記憶中，先住三樓二十二號，後來關楚璞離職後，搬到二樓二十二號。由於主編副刊，他常與青年接觸，又由於沒有架子，報館同事與文藝青年都喜歡他。現在泰國老報人吳繼岳先生，一九三九年八月受聘於《星洲日報》，當記者兼晚報電訊編輯，他的辦公桌剛好與郁達夫的並列，他的印象是這樣：

> 主筆關楚璞的驕傲態度，和郁達夫先生的和藹可親，成了一個強烈的對照。本來郁先生比關某更有資格擺架子的，因為他無論聲譽和地位都不是關某所能比擬，但郁先生卻一點架子也沒有，他對同事，不論職位高低，都一視同仁，不分彼此。同事有事請教他，他都知無不言，言無不盡，因此同事都很敬愛他。我上班不到幾天，就對郁先生發生好感。[16]

新加坡作家苗秀那時常常投稿《晨星》，後來回憶說：

> 郁達夫很喜歡接近文藝青年，他那時候的寓所在中峇魯，筆者不止一次到過他的寓所。他給我的印象很好，我覺得他的性格平易近人，毫無半點大作家的架子，對我們這些來訪的搞文藝的年青人，非常歡迎，態度也極誠懇，對於年青的寫作者，他更是獎勵不遺餘力。⑰

在四十年代初已成名的本地作家如王君實、鐵抗、馮蕉衣，都深受郁達夫提倡文藝之影響而努力創作。不過也有一些作者不滿意郁達夫，曾與他打筆戰，罵他落伍，笑他是逃難作家。反對他的人多數是思想比較激進或妒忌他的人。郁達夫為舊文人所包圍，打麻將、寫舊詩、逛舞廳，也引起他們的不滿。

郁達夫在新加坡的故居與當時任職編輯的《星洲日報》報社館

六、與王映霞婚變

郁達夫離開福州前夕，突然與王映霞破鏡重圓，一道前來新加坡。很多人以為他們會和好如初，白首偕老。陌生的環境會醫治他們夫妻之感情。出乎預料之外，事實並不如此。郁達夫從港赴新途中寫的〈國與家〉與〈歲朝新語〉兩篇雜文，前者對王映霞加以諷刺，後者對她隻字不提（對郁達夫來說，即有問題）。抵達後所寫的〈抵星感賦〉並沒有「過往不究，願收覆水」之意：

> 生同小草思酬國，志切狂夫敢憶家，張祿有心逃魏辱，文姬無奈咽胡笳，寧辜宋里東鄰意，忍棄吳王舊苑花，不欲金盆收覆水，為誰憔悴客天涯。[18]

郁達夫抵新第二天赴檳城遊玩，不知何故，王映霞也沒去。對他們感情最大打擊，是郁達夫的《毀家詩紀》之發表。抵新不久，香港出版的《大風旬刊》編者陸丹林寫信給他，約他寫稿。郁達夫便將近作二十首（十九首詩，一首詞），集合成《毀家詩紀》，每首後面附有紀事一則。這樣郁達夫完完整整將他與王映霞之婚變內幕，全盤暴露出來。裡面甚至有某某人「姦淫了我的妻子」之語言。根據金紫閣的說法，郁達夫於一九三九年二月二十日將稿寄出，並要求編者刊登之後，送他十本，另外寄葉楚傖、于右任、邵力子、柳亞子等名人各一冊，至於稿費，他不要。[19]

《大風旬刊》在同年三月五日出版，發表了《毀家詩紀》，其中第十二首如下：

貧賤原知是禍胎，蘇秦初不慕顏回；
九州鑄鐵終成錯，一飯論交竟自媒。
水覆金盆收半勺，香殘心篆看成灰。
明年陌上花開日，愁聽人歌緩緩來。

郁達夫還加按語「映霞失身之後，事在飯後」等等，披露自己老婆紅杏出牆，因此這組詩轟動一時，成為文人墨客談話之好資料。聽說《大風》這期馬上被搶購一空，還翻印了三次。王映霞當然非常憤怒，一口氣給《大風》寫了四封信，[20]一方面替自己辯護，一方面也披露郁達夫私生活的黑暗面。王映霞一再解釋，郁達夫所說：「我在臨行之前，她又從浙江趕到了福州，此時痛改前非，隨我南渡」(《毀家詩紀》第十九首按語)是他自己編的說話。王映霞說，事實上是郁達夫用七八次急電催她到福州，到福州後又誘她來新加坡，然後變本加厲的給予她精神虐待。此外，他們相互攻擊的文章也出現在《星洲日報》。郁達夫利用《晨星》，王映霞則利用該報的《婦女週刊》，因為它的女編輯同情王映霞。

《毀家詩紀》事件發生在三月，可是他們的夫妻關係照常維持下去，比如在八月時，一位《星洲日報》的記者吳繼岳先生還看見郁達夫打麻將，王映霞依偎在他身邊：

> 我進入白燕杜時，樓下正有一枱麻將在玩得興高采烈，除入局四人外，還有幾個在旁邊觀看……其中的一位是大名鼎鼎的文學家郁達夫先生，坐在他身邊的是他太太王映霞女士。[21]

有一次，一群南洋學會的朋友要去印尼的廖內群島旅行，王映霞要跟他們去，郁達夫因自己不去而不准她去，還說：「你如果去，便不要回來！」王映霞大怒，後來自己一個人去，結果留在那裡教了一陣子書，過了很久才回來。[22]

一九四〇年二月，《星洲日報》的同事們看見他們反臉無情，沒法共同生活下去，便勸他們離婚。雙方都同意，便登報宣佈協議離婚。在新加坡的大兒子郁飛歸郁達夫撫養，此外他付叻幣五百元作王映霞回中國之費用。王映霞回中國前夕，郁達夫在南天酒樓設宴為她錢行。[23] 郁達夫又做了兩首詩，其中一首如下：

> 自剔銀燈照酒巵，旗亭風月惹相思。
> 忍拋白首名山約，來譜黃衫小玉詞。

南國固多紅豆子，瀋陽差似習家池。

天地大醉高陽夜，可是傷春為柳枝。

郁達夫初到新加坡住過的南天大飯店，也是與王映霞離婚餞別的地方。

七、與乾女兒戀愛

王映霞在一九四〇年二月回中國後，郁達夫與大兒子郁飛留在新加坡。他自然寂寞，因此常和朋友進舞廳，打麻將，找女人談天。他當年一位《星洲日報》同事回憶道：

> 後來他和王映霞鬧翻……我們因同情他，為解除他的寂寞傷感，更常常男男女女，一起到他的家去玩，或拉他到「名女人」梁氏三姊妹（賽珍、寶珠、賽珊）家裡去，要梁氏做上海菜請客。

根據吳繼岳的回憶，大約在一九四一年，一位年輕漂亮而且受過高等教育的女人，又闖進他的生活中。她是李筱英，原籍福州，在上海長大及受教育。她不但風姿綽約，而且能講一口流利的英語。由於她任職新加坡英國新聞部，而郁達夫剛好替英新聞部編刊物，因此由同事而相熟。李筱英那時離婚不久，怨女鰥夫，很快就戀愛起來。吳繼岳先生說：

> 郁先生和李筱英的關係，最初是秘密的，後來就公開介紹李筱英給我們認識，說是他的「乾女兒」……不久，李筱英索性搬到郁先生的家裡去住，名義上是契女，實際已賦同居之愛了。[24]

一九四二年初，李筱英在新加坡淪陷入日軍之前，就安全隨英軍撤退到荷屬爪哇，後來又前往印度。因此有人認為郁達夫在一九四二年二月四日逃出被日軍包圍著的新加坡，其最初目的也是爪哇，其中一個原因是要與李筱英相聚。可是沒有成功，反被困在一些小島上，最後藏身蘇島至被日本憲兵謀害。我在〈中日人士所見郁達夫在蘇門答臘的流亡生活〉中說過，郁達夫在巴東村時，經常走到一個小市鎮聆聽盟軍在巴達維亞電臺的一個小姐之廣播，為了她郁達夫還寫詩思念她，其中有一句是「卻喜長空播玉音」。這是《亂離雜詩》一首之六：

卻喜長空播玉音，靈犀一點此傳心。
鳳凰浪跡成凡鳥，精衛臨淵是怨禽。
滿地月明思故國，窮途裘敝感黃金。
茫茫大難愁來日，剩把微情付苦吟。

這位小姐就是李筱英，可惜郁達夫從此便失去了她。聽說她在印度與一暹羅人結婚，戰後還回到新加坡來工作。我想如果她知道郁達夫如此癡情，一定會很感動。

八、反日本侵略、南洋研究與本土書寫

郁達夫在新加坡期間，仍繼續讀書寫作。吳繼岳先生說：「他在星洲三年，有錢就買英文書籍，一本厚厚的英文書，他晚上一兩個鐘頭就可以讀完，而且把值得參考的地方，用書簽夾上。等到他離開星洲時，還留下數千部英文書在他的中峇魯寓所。」汪金丁在〈郁達夫的最後〉也說，郁達夫在蘇門答臘逃亡時的家「書很多，都是那些西洋文學書，據說是從憲兵部搜羅來的。」(那時他偽裝商人，化名趙廉，曾做日本憲兵隊的翻譯) ㉕

一般人比較知道郁達夫在南洋時所寫的舊詩詞，主要原因是這方面的作品很早就被搜集出來，像陸丹林編的《郁達詩

詞鈔》，鄭子瑜編的《達夫詩詞集》及劉心皇的《郁達夫詩詞彙編》都有晚年作品，而且流傳很廣。方修先生在〈郁達夫留給本地的一筆文學遺產〉一文説，郁達夫在新加坡三年，所寫書評，論述，遊記的文章，至少也有一百多篇。[26]而這些散落新馬報刊上的文章，還等著搜集及出版。溫梓川編輯的《郁達夫南遊記》出版於一九五六年。所收廿三篇中，只有十五篇是旅新之作。雖然郁達夫南來沒寫過小説，但這百來篇文章，卻是研究他後期的思想感情，與對新馬兩地之影響等問題的珍貴資料。[27]幸好目前已出版的像《郁達夫文集》(三聯，一九八四)，已逐漸收集完整。

林語堂的英文小説《瞬息京華》在一九四〇年出版後，便決定請郁達夫翻譯成中文，而且前後寄了共一千叻幣給郁達夫。聽説由於心情不好，郁達夫遲遲未動筆，後來發奮翻譯了幾萬字，可惜就逃難到蘇島了，遺稿至今也不見有人發現。

郁達夫在新加坡不是一個過客，三年裡面他對新馬的文學發展，以及社會文化都起了某種程度的作用。本文前面已簡略説過他對新馬文學界的鼓勵與刺激。由於他在中國文壇有名氣，又喜歡做舊詩詞，正如他自己所説：「偶吟哩句，南洋詩人和者如雲」，因此常為一群文人所包圍。在新加坡住了不到一年，文化圈子的活動多有他的蹤影，而且變成成中國文化之提倡與發展人物。一九三九年徐悲鴻來新加坡，當時新華抗日賑籌會在三月替他舉行畫展，郁達夫便在他主編的《晨星》上出了一個專號，做介紹宣傳工作。刻印家張斯仁來新加坡，他寫〈印人張斯仁先生〉。一九四一年詩人楊騷南來，他又寫〈詩人楊蹤的南來〉。現在還活動的南洋學會，創立於一九四一年，郁達夫便是發起人之一，他為了南洋學會出版之《南洋學報》創刊號，特地寫了一篇有學術味道的〈馬六甲遊記〉，對馬六甲之歷史名勝從西方殖民主義去考察。[28]

一九四一年，日本開始從北馬往南馬進攻，郁達夫積極的參加抗日活動。我在〈中日人士所見郁達夫在蘇門答臘的流亡生活〉裡已敘述過，他不但幫忙新加坡英政府新聞部編刊物宣傳抗日，而且擔任「文化界戰時工作團主席」及「文化界戰時幹部訓練班主任」等等組織，本來可以乘早逃走，可是他只將兒子郁飛先送回中國，自己留下來與其他文化人盡力工作到最後關頭，才倉皇乘電艇逃亡到荷屬印尼的蘇島。

注釋

① 見溫梓川編：《郁達夫南遊記》(香港：世界書局，1956)，溫梓川之〈代序〉。

②〈歲朝新語〉，收集在《新文學大系續編》第五集，頁 308。

③ 見〈幾個問題〉，收集在《郁達夫南遊記》，頁 58。

④ 見《郁達夫南遊記》，頁 44。

⑤ 見《郁達夫全集》，頁 436。

⑥ 見溫梓川：《郁達夫別傳》，連載於《蕉風》143-163 期(1964-1966)。

⑦ 同注 4。

⑧ 同注 4。

⑨〈覆車小記〉，收入《郁達夫南遊記》，頁 49-54。

⑩〈幾個問題〉，收入《郁達夫南遊記》，頁 55-61。

⑪ 見珊珊(吳繼岳)：〈回憶郁達夫〉，刊於《知識天地》第 9 及 10 期(1976 年 12 月)，頁 36。

⑫〈看稿的結果〉，收入《郁達夫南遊記》，頁 62-64。

⑬ 劉前度：〈郁達夫在馬來亞〉，附錄於《郁達夫南遊記》，頁 156-157。

⑭ 苗秀：〈郁達夫的悲劇〉，《馬華文學史話》，頁 408-421。

⑮ 溫梓川：〈郁達夫別傳〉，《蕉風》第 153 期，頁 66。

⑯〈回憶郁達夫〉，《知識天地》第 9 及第 10 期，頁 36。

⑰〈郁達夫的悲劇〉，《馬華文學史話》，頁 418。

⑱《郁達夫全集》，頁 469-470。

⑲ 金紫閣：《郁達夫的愛情生活》(香港：藍屋出版社，1966)，頁 34。

⑳ 這些信計有「答辯書」兩封，〈一封長信的開始〉，及〈請看事實〉，現收集在《郁達夫全集》中，頁 439-450。

㉑ 吳繼岳：〈回憶郁達夫〉，《知識天地》第 9 及 10 期，頁 3。

㉒ 珊珊（吳繼岳）：〈回憶郁達夫〉，頁 38；及李向：〈郁達夫在新加坡〉，《星洲日報．星雲》。

㉓《回憶郁達夫》，頁 35。

㉔ 同上，頁 36-37。

㉕ 吳繼岳：〈憶郁達夫〉，頁 34；汪金丁，〈郁達夫的最後〉，收集於《郁達夫紀念集》（南洋熱帶出版社，1959），頁 74-93。

㉖ 見方修：《馬華新文學及其歷史輪廓》（新加坡：萬里文化，1973），頁 28-32。

㉗ 1977 年底，方參與張笳的《郁達夫選集》（新加坡：萬里書局）及方參編的《郁達夫抗戰論文集》（世界書局）同時出版。這是郁達夫晚年在新洲的文章最完整的集子。

㉘ 郁達夫所寫〈與悲鴻的再遇〉最近重刊在《知識天地》第 90 期，頁 44-45。其他各篇均收集於《郁達夫南遊記》中。

郁達夫在蘇門答臘變形記：逃亡、偽裝的異鄉人、抗日救民、放逐詩學

郁達夫失蹤南洋傳奇的開始

自從郁達夫（一八九六至一九四五）在一九四五年八月在蘇門答臘失蹤以後，中國、日本、新加坡、馬來西亞各國的學人，歷盡千辛萬苦，設法尋找他在流亡時期的實際生活情況與失蹤之原因。最早關於郁達夫流亡蘇門答臘及其死亡的報告，是在他失蹤一年後才出現。作者胡愈之，是中國一位文化界名人，他和郁達夫同時從新加坡逃難到蘇門答臘，而且流亡期間，多數時間還生活在一起。胡愈之於一九四六年八月回返新加坡擔任《南僑日報》主筆，這時候他才寫〈郁達夫的流亡與失蹤〉[1]，非常詳細的敘述郁達夫從新加坡逃到蘇島避難，怎樣在偽裝華僑商人之下，經營酒廠生意，再度娶妻成家等事情。由於胡愈之和郁達夫在蘇島來往密切，長時間因工作之關係，天天生活在一起，因此這篇〈郁達夫的流亡與失蹤〉，不但使我們看見他的日常私生活，同時也使我們了解他當時的思想感情。自從這篇報告發表後，這問題廣泛地引起注意和關懷。

接著很多與郁達夫在蘇島一起逃難的朋友，也紛紛將自己所知道的寫出來。這些出自中國文人的報告，雖然其中有誤解捏造之處，或因民族感情和痛恨日本人而有所歪曲和袒蔽，大體上都是翔實可靠的，在一九六九年之前，是構成郁達夫在蘇門答臘之傳記資料之主幹。

由於郁達夫是在日本侵佔新加坡前夕逃到當時荷屬蘇門答臘，他在新加坡擔任《星洲日報》副刊編輯時期，極力提倡文學運動，所以當時當地華人很尊敬他。第二次世界大戰結束後，新加坡和馬來西亞兩地，發表了很多關於郁達夫在新、馬及蘇島的生活。新馬文藝界對研究郁達夫在南洋的最大貢獻，是在資料上的整理。中文資料，即使在中國，也沒人去將它搜集和整理出版，但是新馬文藝界卻做了，而且做得很好，使目前研究郁達夫在一九三九年以後的生活與著作的人，感到很方便。②

日本學者雖然在日本侵略戰爭結束後，就開始注意這問題，但一直沒有什麼重大的貢獻。一九六九年日本鈴木正夫發表了一篇〈郁達夫的流亡和失蹤：原住在蘇門答臘的日本人的證言〉③，終於才有了突破性的發現。因此又使我們對蘇門答臘時期郁達夫生活與思想之了解加深一層，向前推展了一步。鈴木正夫通過通訊、電話與面談的方式，錄取了一百多位曾與郁達夫在蘇島有過來往的日本人之供證，其中十個當時日本駐蘇島憲兵或商人之報告最為重要，因為他們與郁達夫在蘇島來往相當頻繁，而且產生很親密之友情，他們坦白的將親眼看到和知道的情形講出來，因此，揭露了很多郁達夫在流亡時還未被人知道的日常及感情生活。有些方面的事實，譬如郁達夫和日本軍人與商人不平常的來往和交情，在中國人的報告中就很少透露，這可能因為怕有損中國人重視所謂「人格」而故意蒙蔽。鈴木正夫這份調查報告，最大的貢獻，是找到證實郁達夫被日本憲兵謀害的證人。憲兵懼怕郁達夫在戰後成為有力的戰犯證人而將他殺害的控訴，雖然早在一九四六年由胡愈之提出，但由於缺少事實根據，一直被許多特別是中國以外的學者所不敢完全肯定的接受。鈴木正夫的結論，使「控訴」或「猜測」成為鐵一般的事實。

本文的目的，是要將目前各國學者所發掘出來，有關郁達夫在蘇門答臘流亡生活的事實，一點一滴，一片一片的綴串起來，構成一幅比較完整的紀錄。這樣也許我們更明白郁達夫最後的日子是怎樣度過的，他當時想著的是些什麼。

在新加坡的抗日活動

一九三九年的時候，日本很多動向顯明，他們決心侵略馬來亞和新加坡。當第二次世界大戰在一九三九年九月三日於歐洲爆發時，日軍在被德國納粹控制的法國政府同意之下，侵佔了印度支那半島南部。一九四一年十二月七日，日本軍機偷襲美國在夏威夷的珍珠港，同一天，日軍在馬來亞東岸的吉蘭丹州海灘登陸，而且猛烈轟炸馬來亞北部的飛機場。馬來亞並沒有充份備戰，當時的英軍主要是防禦性質，遇到日本突然的猛烈攻勢，連迎戰也沒有能力，一下子就慌亂起來。

一九四一年十二月八日，英國兩艘戰艦——主力艦威爾斯太子號與巡洋艦擊退號，在六十餘架日機猛烈的轟炸下，沉沒在彭亨關丹附近的南中國海面。英國遭到這慘痛的損失後，東南亞的制海權也跟著喪失，新馬的淪陷也只在旦夕，因此日軍現在能向四處進攻了。

郁達夫早在一九三九年前來新加坡，受聘於《星洲日報》，擔任副刊編輯。由於他是五四新文學運動以來寫小說成名的作家，所以他在新馬華僑知識分子中很有影響力。他南來之前，在中國已公開反對日本軍國主義之發展與侵略，而且積極參加反日活動。④

郁達夫運用他個人的影響力，替反日的華僑籌賑會的募款盡了很多功勞。英國新聞處委任他為《華僑週報》編輯，專門推動抗日宣傳。他除了編輯工作，還負責收聽日方的宣傳廣播，而且選擇其中重要的部分，翻譯成英文。⑤在其他郁氏擔任過抗日活動的職位中，比較重要的是文化界戰時工作團主席，及文化界戰時幹部訓練班主任。⑥

當日軍從北再往南長驅直下時，英國殖民政府呼籲華僑同心協力抵擋日軍攻佔新加坡。英國當局便開始與華僑領袖商討聯合抗日事宜，經過慎重考慮，當時商界巨人陳嘉庚接受英政府之提議。十二月底，在陳嘉庚領導下，新加坡華僑抗敵委員會（又稱華僑抗敵後援會）正式成立。這個委員會英文叫華僑動員委員會（Chinese Mobilization Committee），不但得到新加坡總督珊頓．湯姆士（Shenton Thomas）爵士的支持，而且還得到當地中國國民黨和共產黨之協助。郁達夫被委任為執行委員，同時負責文藝組工作。此外，他也是文化界抗日聯合會的主席。⑦

在太平洋戰爭爆發時，新加坡就開始準備軍事防禦工作，可是當時的計策是防止敵人從南方海面進攻。現在從後面馬來半島打來，因此前功盡廢。防禦工作化整為零。另一方面，雖然華僑願與英軍攜手合作，共同抵抗侵略者，而且英國政府提供軍事訓練，但是這種準備在最後一分鐘前才產生，一切都太晚了。後來由於理解到頑強抵抗不會成功，更何況英軍並沒有死戰到底的決心，當總督拒絕擔保在危急時撤退抗日華僑到其他安全地區時，陳嘉庚便於一九四二年正月三日逃往蘇門答臘。然後從蘇門答臘再前往爪哇。一直到戰爭結束為止，陳嘉庚都住在爪哇。⑧

在陳嘉庚從新加坡疏散到蘇島的當天，華僑總動員委員會召開一項緊急會議商討應付局勢。會議上一致同意陳嘉庚的看法，抵抗到底會造成無畏的犧牲，英軍不會戰鬥到底。新加坡淪陷在日軍手中以後，抗日分子一定會慘遭殺害。可是，他們並沒有立刻逃離新加坡。一九四二年正月二十七日，英軍開始將軍隊撤退到新加坡，三十日晚已將馬來半島完全放棄。新加坡在馬來亞南端，只有一水之隔，雙方有一道半里長的長堤連接著。因此當日軍佔領柔佛，整個新加坡便挨受日軍大炮的轟擊。眼看著新加坡朝不保夕，郁達夫和其他十八個文化界人士在二月四日突破日軍的封鎖，乘船冒著炮火撤退到荷屬蘇門答臘。十二天後，新加坡終於失守，英軍投降，日軍佔領了整個新加坡。⑨

逃往蘇島途中

同船逃往蘇島的十九人中，很多是來自中國的作家，而且極多數是新加坡報人。他們之中，郁達夫、王任叔（巴人）、胡愈之、楊騷，都是中國著名的作家，後面兩人目前還住在中國大陸。

根據胡愈之和王任叔的回憶，他們一船人逃離新加坡後，便航向蘇島。黃昏的時候，他們行到加里曼，一個最近新加坡的荷屬小島。由於他們之中多數沒有簽證，因此在那裡被迫停留了兩天。後來他們分成幾隊人馬，分頭乘船前進，於二月六日傍晚抵達斯拉班讓（Slatpandjang），也是一個小島。郁達夫那夥人一共有七人，其中包括王任叔和胡愈之。二月九日，郁達夫、胡愈之及其他人被荷屬官員遣送到孟加麗島（Bengalis

Island），王任叔在斯拉班讓島留下，住了有六個月之久才離開。

郁達夫前往孟加麗島只是短期性的，因為他的最終目的是回中國去。他原來的計劃是這樣的：希望荷蘭政府發給他簽證前往爪哇，然後從那裡乘船取道印度回中國去。可是荷蘭殖民地政府拒絕他的申請。絕望以後，他只好在恐慌中彷徨度日。馬六甲海峽在窗外怒吼，收音機傳來新加坡日愈惡化的消息。二月十五日當他和同伴們獲知新加坡被日軍佔領，個個嚇得呆住了。蘇島及附近荷蘭軍隊馬上撤退到爪哇。郁達夫和他的逃難朋友現在可自由行動了，可是已經沒有船隻航行，結果還是無路可走。後來認識一個很熱心的華僑名叫陳仲培，他原來是一個從孟加麗島到巴東島的渡輪公司的老闆。他便好心的派一輛摩多小船把郁達夫及其同伴送到離孟加麗島不遠的巴東島（Padang Island）的巴東村，這是二月十六日的事。⑩

在巴東島上

郁達夫他們抵達巴東村後，受到陳仲培家庭熱情的招待和幫忙。他們在陳家附近租了一間屋子，便暫時安定的住下來。巴東村是一個偏僻荒涼的地方，村民主要是印尼人，全村中只有寥寥數家華人。郁達夫前後在那裡獃了一個半月。他發奮學習印尼文，同時也做了一些詩。他的遺作《亂離雜詩》共有十一首，多數是這時候所作[11]。其中第一至第九首抄錄於下：

（一）

又見名城作戰場，勢危累卵潰南疆；
空梁王謝迷飛燕，海市樓臺咒夕陽。
縱欲窮荒求玉杵，可能苦渴得瓊漿？
石濠村與長生殿，一例釵分惹恨長。

（二）

望斷天南尺素詩，巴城消息近何如？
亂離魚雁雙藏影，道阻河梁再卜居。
鎮日臨流懷祖逖，中宵舞劍學專諸？
終期舸載夷光去，鬢影煙波共一廬。

（三）

夜雨江村草木欣，端居無事又思君；
似聞島上烽煙急，只恐城門玉石焚。
誓記釵環當日語，香餘綉被隔年熏；
蓬山咫尺南溟路，哀樂都因一水分。

（四）

謠諑紛紜語迭新，南荒末劫事疑真；
從知邦上終兒戲，坐使咸陽失要津。
月正圓時傷破鏡，雨淋鈴夜憶歸秦；
兼旬別似三秋隔，頻擲金錢卜遠人。

（五）

久客愁看燕燕飛，呢喃語軟洩春機；
明知世亂天難問，終覺離多會漸稀。
簡箚浮沉殷羨使，淚痕班駁謝莊衣；
解憂縱有蘭陵酒，淺醉何由夢洛妃？

（六）

卻喜長空播玉音，靈犀一點此傳心；
鳳凰浪跡成凡鳥，精衛臨淵是怨禽。
落地月明思故國，窮途裘敝感黃金；
茫茫大難愁來日，剩把微情付苦吟。

（七）

猶記高樓訣別詞，叮寧別後少相思；
酒能損肺休多飲，事決臨機莫過遲，
漫學東方耽戲謔，抒呼南八是男兒；
此情可待成追憶，愁絕蕭郎鬢漸絲。

（八）

多謝陳蕃掃榻迎，欲留無計又西征；
偶攀紅豆來南國，為訪雲英上玉京。
細雨蒲帆遊子淚，春風楊柳故園情；
河山西戎重光日，約取金門海上盟。

（九）

飄零書劍下巴東，未必蓬山有路通；

亂世桃源非樂土，災荒草澤盡英雄。
牽情兒女風前燭，草檄書生夢裡功；
便欲揚帆從此去，長天渺渺一征鴻。

根據胡愈之的解釋，前面七首是為一個愛慕的女子而作。郁達夫在新加坡與王映霞離婚後，才認識她的。她是盟軍電臺的廣播員，後來在新加坡淪陷之前，隨著盟軍撤退到爪哇的巴達維亞（雅加達）。據說郁達夫在巴東村的時候，他常常走路到附近小鎮上去聆聽她從爪哇傳來的廣播。《亂離雜詩》第六首「卻喜長空播玉音，靈犀一點此傳心」據說是指他每週至少有三天上街去聽她的聲音，撫慰單思之苦。第八首及第九首是向陳仲培惜別而作。陳是福建金門人，所以有「約取金門海上盟」之句。[12]

在彭鶴嶺

在巴東村過了一個半月隔離的生活，郁達夫又開始坐立不安起來。爪哇的荷蘭殖民地政府在三月九日還未開戰，就向日本投降了。於是蘇門答臘及附近的島嶼都落入日軍手中。郁達夫和他的朋友又要動腦筋去尋找一個更安全的藏身之所。他們分散成兩批，分頭逃命去。郁達夫和王紀元在一塊，他們找到一個海邊小鎮叫彭鶴嶺，離開巴東村大約有十英里路程。得到一位當地華僑商人寇文成的幫助，他們開了一個小攤子賣雜貨。郁達夫改名換姓，叫做趙德清，王紀元叫作汪國材。聽說他們生活很苦，坐在街邊賣東西，簡直變成乞丐了。⑬

一個月以後，大概在四月中旬，郁達夫知道他們再不能藏身在小市鎮上。自從新加坡被日軍佔領變成昭南島後，許多不願與日軍合作的人，只要有辦法，就紛紛逃出新加坡，如潮一般湧到附近小島，因此彭鶴嶺這窮鄉僻壤也引起了日本密探之注意。他們經常聽到別人傳說從新加坡來的日本偵探和漢奸，不斷逮捕新加坡反日知識分子，遣送回去，然後加以嚴刑拷問，很多甚至被處死。

日本密探捉人的風聲很緊，郁達夫終於又決心往他處逃亡。他想逃到蘇門答臘島內部去躲藏，那裡沒有認識他的人。當他在蘇門答臘島的東部登陸後，即沿著士叻河（Sungai Siak）往內地走。開始時有王紀元陪他走，後來王紀元在路上病倒，只好在末旦（Utan）途中一個小鎮住下來治病。郁達夫和一個陌生人改乘舢板前進。到了北干峇魯（Pekan Baru），他乘巴士車到巴爺公務（Payakumbuh），大約離開北干峇魯有一百五十公里。郁達夫在《亂離雜詩》第十一首中，記述這一段勞苦的行程：

草木風聲勢未安，孤舟惶恐再經灘；
地名末旦埋蹤易，楫指中流轉道難。

天意似將頒大任，微軀何厭忍饑寒？
長歌正氣重來讀，我比前賢路已寬。

在巴爺公務初期的日子：偽裝商人趙廉

郁達夫大約在一九四二年五月初抵達巴爺公務——一個位於蘇門答臘中部的小市鎮，當時的人口約一萬人。可是並不如他當初所想的能夠埋名沒姓，相安無事的過日子。他的出現，馬上引起當地印尼華僑的懷疑，他們以為他是日本軍方派去的耳目。雖然他身上帶了好幾封介紹書，但當地僑領由於對他有所懷疑，而拒絕幫忙。

原來當地華僑對郁達夫身份的懷疑，是由一件意外事件所引起的誤會。從北干峇魯乘巴士車前往巴爺公務途中，車子被一輛日本軍車叫停，搭客不知道日軍的目的只是詢問去北干峇魯的路線，他們都驚慌的下車，往樹林逃命。郁達夫沒下車，並以流利的日語告訴他們到北干峇魯之方向。一個日本軍官離開時，還向他敬禮。郁達夫來到這個有兩千華僑的市鎮，暫時在一間叫華僑旅社的旅店住宿。他在旅店的記錄簿上簽上趙廉兩字。他留了鬍鬚，樣子像日本人，而又有人認出在路上遇日本軍官談話的就是他，因此郁達夫是日本偵探的謠言馬上傳遍了巴爺公務。⑭

郁達夫不但化名趙廉，胡愈之說，他同時撒謊說他生於日本東京，父親經營古董店，因此他是在東京受教育。根據鈴木正夫的訪談報告，有兩位與郁達夫交情很好的日本人也這樣說，不過地點是神戶，不是東京。⑮日本憲兵大約在一九四三年五月底知道郁達夫能說流利的日本話。有一天他拜訪巴爺公務有錢又有社會地位的僑領蔡成達，希望後者幫忙找房子。當他走進蔡家，一個日本憲兵正在和蔡成達為一事件爭得面紅耳赤。他們之間語言不太通。蔡知道郁會講日本話，就叫他作通譯。蔡成達，又名蔡清竹，是當地有名的僑領，荷蘭政府封他為「甲必丹」(Kapitan)，所以有華人問題，日本軍方多數向他交涉。在這件事之前，蔡曾幫忙郁達夫辦理戶口登記，成為巴爺公務的合法居民。郁達夫後來成為蔡成達的助手，蔡與日本人交涉華僑事務時，郁達夫就當做翻譯。⑯在鈴木正夫的報告中，有一個叫關根文的人，是日本米星產業公司的職員。一九四四年一月，他被派到巴爺公務，在附近的米星產業公司負責煙草的收集和交易，以及農園的經營。在訪談中，他說：

> 在我到達的第二天，就遇見趙先生，他擔任華僑會長蔡的翻譯，當我把名片遞給他時，我很驚訝，他用正確的日語說：「呀！關根先生，請坐，請坐！」……

另有秋山隆太郎，當時日本在蘇門答臘劃分成九個行政區，他是西海岸州的巴爺公務分州之分州長，他也在供證中說：

> 一九四四年到一九四六年四月戰爭結束前，我任分州長。在我就任不久，趙先生來做禮貌性的拜訪。當時巴爺公務的華僑長，是位姓蔡的，他只會說印尼話，由於趙先生日文流利，並在中國人中有影響力，因此我們對華僑政策的實施，都得先通過趙先生。

郁達夫去到巴爺公務的時候，褲袋裡只剩下幾百盾。過了二三個月，已經差不多用光了。幸好這時候他有差事做。胡愈之和其他新加坡文化人也陸續到了巴爺公務。汪金丁在一九四二年九月十八日到那裡，他說郁和胡先後到，王任叔則較晚，八月左右才到。他自己回憶說：「八月初，我終於在山窠爬了出來，沿著這小島的海洋，上溯到北干峇魯，經島的中部高原地帶，而到了愈之他們住下的巴爺公務。那時候紀元去巴領旁，達夫在花的國日本憲兵部當通譯，化名趙廉，住家卻在巴爺公務。」⑰

這一群朋友，後來生活也成了問題，因此想做點小生意賺錢。剛好這時他們收到一筆約四百盾的難民救濟金，這是泗水華僑募捐的，再加上當地華僑投資兩百盾，他們開始經營一間酒廠。開酒廠的目的，除了解決生計，也可以用來掩護反日知識分子的身份，這酒廠命名為「趙豫記酒廠」，九月一日開始營業。趙廉掛名做老闆，胡愈之做記帳的，張楚琨（新加坡報人）做經理。[18]

這間酒廠的生意很好。開了六個月，剛好日本駐軍大大增加，所以顧客中以日本人為最多。所以鈴木正夫所訪談過的日本人，多數還記得趙豫記酒廠之事。前面提過的日本米星公司派去巴爺公務的職員關根文，記憶猶新的説：

> 一九四四年六月，在離華僑街三公里地方，有個叫「趙豫記酒廠」，開始製造「初戀」和「太白」這兩種酒。日本軍人和商人喝許多這種酒。這造酒廠似乎由華僑們投資，並實際經營，趙先生地位，只是指導和顧問而已。酒的原料米，當時是管製品，我利用我工作的方便，説明他們儲存米和獲得瓶子……

另一位池內大學，是日本發電廠職員，在一九四三年三月被派到蘇門答臘。後來常常被派到巴爺公務管理工業、交通等事。他也記得因酒而與郁達夫有過往來：

> 因為我們有製酒的原料——糯米，所以結識了趙先生。我和趙兩人都喜歡喝酒，他幾乎每天固定地，用我給他的一部分米，制燒酒請我喝，我們稱此酒為「富士山」（Gunung Fugi，古濃，印尼話山之意）。那時我

二十八歲，大概他想我易於相處，或因我有什麼本事，所以要和我交朋友。

此外他還說：「趙先生喜歡酒，了解他造酒，給他特別配給的糯米和砂糖的是我，山下部隊當然也幫『古濃富士』酒不少的忙。」

擔任日本憲兵隊通譯

一九四二年除了開酒廠外，郁達夫並接受日本憲兵大隊通譯的工作。開始他推辭說要照顧酒廠，不能去武吉丁宜（Bukit Tinggi）——當時的憲兵總部。但是憲兵方面不肯放人，他就不敢堅持到底。憲兵總部設在離巴爺公務三十公里的武吉丁宜山上，郁達夫只好暫時住在那裡，通常每星期回巴爺公務一兩次。所以王任叔在一九四一年八月到那邊時，「達夫在花的國日本憲兵部當通譯，化名趙廉，住家卻在巴爺公務。」他首先見到的是胡愈之。汪金丁在九月到時，過了幾天才見到達夫：「達夫和愈之先生幾位，是在幾個月前就到了那裡的。因為達夫在憲兵部做通譯，而憲兵部又是距離巴爺公務有四點鐘火車路的武吉丁宜，所以一個禮拜回來一次。我到公務的第三天才見到達夫。」[19]

郁達夫在武吉丁宜的生活，寂寞且無聊。他無事時，經常陪憲兵喝酒或嫖娼。因為他性格奔放，時時刻刻要留神不說錯話，因此很苦悶，聽說每次回到巴爺公務來，他便向他的落難朋友「把拘禁了一個禮拜的話都傾吐出來，精神就特別感到暢快。」[20] 可是在另一方面，郁達夫卻因為做了日本憲兵的通譯而得意。走在路上，有日本員警向他敬禮，而印尼人都稱他為「端」(tuan，老爺爺或先生之尊稱)。他住的是荷蘭式的洋房，家裡書很多，都是從憲兵部搜羅來的。平時談話，口氣很大，他似乎已經不怕身份洩露，他會這樣說：「沒問題！這裡華僑都知道我是誰，有什麼問題？到憲兵部告我嗎？我先把他們抓起來，Kasih setengah mati(印尼話，把他打個半死)。」[21]

通譯的工作從什麼時候開始做？做了多久？胡愈之只說與酒廠的開辦差不多同時。前後工作時間不過六七個月就結束了。我在上面引用過汪金丁的話，他在九月中旬抵達巴爺公務，達夫已暫時通譯工作而住在武吉丁宜。而根據我上引王任叔的話，達夫應至少在八月就去上任了。鈴木正夫訪談過一位憲兵(姓名沒公佈，以F代表)[22] 說，他在一九四二年四月至一九四三年正月這段期間，在武吉丁宜憲兵部當庶務員，他承認當趙廉當通譯時，常常看見趙廉出入憲兵隊。有一位武吉丁宜憲兵隊警務主任(姓名保密，編名B)告訴鈴木正夫說：

> 我是一九四三年七月到一九四四年十月在武吉丁宜憲兵隊。那時他已辭去憲兵隊工作，在巴爺公務賣燒

酒給日本人……我是管理警務事情，山下部隊駐屯在巴爺公務，加上附近有些歐洲俘虜，所以我常到那裡去。有時我上他家拜訪，我聽他親口說，從一九四二年到一九四三年初，在武吉丁宜憲兵部任通譯。

由上面的片段記憶看來，郁達夫做通譯的時間確是很短，一九四二年九月左右開始，一九四三年三月已辭去，前後大概六七個月。根據中文資料，他辭職的經過也很傳奇。郁達夫要走，憲兵部不肯，「於是他只好虐待自己，雞鳴即起，用冷水沖涼，讓自己傷風，吃鴉片，喝酒，讓自己咳嗽……好證明自己是有肺病。」最後他進入一間叫「薩瓦倫多」的醫院，他送那個日本醫官幾瓶酒，於是，不久他證明是有病的。這時憲兵司令調到他處，便批准他的辭職請求。㉓

鈴木正夫的訪談中，洩露一項事實：郁達夫雖然正式在一九四三年初辭去日本憲兵隊的通譯工作，但以後他繼續提供義務的服務。一位當時在武吉丁宜的憲兵班長說：「我認識趙先生是因為：一九四三年下半年，我和他一起在武吉丁宜憲兵隊工作，有半年之久。當時我去過他巴爺公務的酒店好幾次，所以我曉得一點關於他的事情。」郁達夫到憲兵隊去，就是做這 D 先生的通譯官。他說：

在我赴任到武吉丁宜時，他已不當通譯了，但我們需要一位可靠的翻譯時，都去找他。當時我的地位不必僱用私人翻譯，他之所以願意替我翻譯，好像是企圖利用機會幫中國人的忙。如果我說他的翻譯有錯時，他會立刻上前說些好聽道歉的話。我和他來往，可以知道華僑們的動向……

中國資料方面常常稱讚郁達夫利用通譯之方便來救人，這位日本憲兵班長的供詞，正是旁證。胡愈之說郁達夫欺侮日本人不懂印尼語，盤問嫌疑犯時，經常自問自答。吳柳斯曾經一個時期和郁達夫常在一起，他說：

在他任職的七個月當中，我知道他只有幫華僑，幫印尼人的忙，並沒有陷害一個人。誰都知道，他是道地的外江人，滿口浙江口腔，外省話是不懂的，尤其在他任職期間，他的印尼話，不只是說不好，連聽也聽不大懂，而在蘇西地區的普通話就是印尼話。所以當憲兵隊長要他通譯的時候，他常常自問自答，好比演戲一樣，不論什麼人被抓到憲兵部去，給他如此一來，都釋放出去，於是，被抓的人，既不知是為什麼被抓的？又不知為什麼被釋放的，然而大家都知道，這是郁先生幫的忙。㉔

這些話也許有點誇張，但相信郁達夫常利用其工作幫忙過不少人。汪金丁也親口聽見郁達夫吹噓自己的功勞：

> 據達夫說，他這一次是跟著日本人去到蘇門答臘北部的阿齊，去偵察聯軍「間諜」的。日本人在表面上裝得很詭秘，其實到了什麼地方仍是要酒，找女人。也的確抓到了幾個很有嫌疑的，然而達夫說，日本人既不懂荷蘭語文，也看不懂那些物證，一切非先問他不可，於是經過他一通譯，這些情形很嚴重的人被視為無足輕重，放走了，連重要的物證也被達夫銷毀了。[25]

與日本人之友誼

鈴木正夫的報告也洩露郁達夫另一面的生活：「他除了因為做通譯而跟日本憲兵隊有往來，平時也常跟日本軍人或商人做朋友。其中好幾位日本人和他有了很深的友誼。」關於這一點，中文資料大概是故意不說，不是不知道吧。山下正，一名日本富九七一七部隊的部隊長，他的部隊從一九四三年一月一日到一九四六年六月底，駐守在巴爺公務附近。雖然由於軍職在身，不敢有太多來往，但他與郁達夫還是有友誼，私下有來往。當山下正的部隊撤退時，「我派一位部下，送他一套我在新加坡做的西裝為紀念品，不知道他有沒有收到。」上面提過日本米星公司職員關根文便是郁達夫的好友。他回憶說：

趙先生是我的親密朋友。他跟我非常親近，而且無論哪一方面也都是我的老師。趙先生的人品，我知道很清楚：在日本人之中，我是和他來往得最親密的了。可是他以往的身份，因感到切身的危險不願提到，因此也沒聽説過。

關根文和郁達夫「曾計劃戰爭一結束一起搞貿易公司」，所以他說：「如果趙先生不是行方不明的話，我也許不會回到日本的」。我上面提過幫忙郁達夫購買糯米的池內大學，也承認達夫和他「來往得非常親近。」他說：「經常到趙廉先生那兒去吃油膩的中國菜。」做過巴爺公務分州分州長的秋山隆太郎也承認「在蘇門答臘留下印象最深的，說來還是趙先生的事情」：

……我和趙先生互相信賴在公私兩方面都非常親近。他是極為親日的，但是對我這分州長的頭銜好像保持著一步的距離。時常讓趙先生請客，也時常由他做菜宰野豬吃……

回國以後，跟過去的夥伴提議給趙先生寫信時，聽説他死了，感到很可惜。

中國方面的資料，固然沒有報告這事實，但從中國難民跟郁達夫來往之小心之報告看來，一定事出有因。胡愈之說，當時他們難民中暗地裡進行反日活動，不過沒有讓郁達夫參加或知道。他承認郁達夫似乎知道他們的活動，但卻裝著不知，對這事不聞不問。[26]

汪金丁的〈郁達夫的最後〉也有這樣的一段：

> ……我們這批流亡的朋友在那時有個對外絕對秘密對內絕對公開的組織，組織的生活，使我們在學習和工作上都有了中心……不過這個同人的組織並不包括達夫在內。[27]

由此可知，郁達夫的中國朋友也認為他跟日本人的來往很密切，有小心警惕之準備。

儘管郁達夫和日本人的來往多到使他的中國朋友對他採取小心的態度，駐守巴爺公務的富九七一七部隊的部隊長山下正的副官甚至說：「趙先生和睦協作，真是巴爺公務的汪精衛」(這是山下部隊第四中隊軍醫西本矢的供詞)，但各方面的資料都說華人和印尼人都很尊敬他，沒有視他為「漢奸」，這一點連日本也這樣說。關根文就有這樣的回憶：

> 一般說來，他對日本人很友善，絲毫不懷敵意。華

僑們不以為常使用的名詞——漢奸，加在他頭上。每隔一週或十天，日本憲兵要去偵察他行動一次。聽説他曾擔任憲兵分隊通譯，但他從未對我説起過去的工作詳情。有時他搭我的卡車到巴東，一次在卡車上，他憤憤不平地説：「有人以為我是（中國方面的）的間諜，他們若疑心，最好是做次徹底的搜查。」

郁達夫周旋於日本統治者和難民之間似乎很成功，日本人相當信賴他，對他有好感；而避難的華僑及當地印尼人也受他極力保護。像汪金丁這段話，很多中國資料都這樣説：

許多人都找他，一個不相識的老太婆要買一盒公價火柴，也請他寫個條子，介紹她去組合；一個商人有幾千公斤辣椒要請出口准字，也來請他設法相幫疏通；又一個什麼人家的房子，日本人要強迫租住，也是來找他；自然啦，什麼人抓去更是非達夫出面營救不可。我記得有一個人犯了殺人罪，要求減刑，也來請他起草遞到法院去的控訴書……[28]

老去看花意尚勤：與印尼土生女子結婚

一九四三年初，郁達夫辭掉日本憲兵隊的正式通譯職位，回到巴爺公務定居。他就告訴朋友說，他很想結婚。這時候，有兩個荷蘭女人和他來往。巴東有一個交際花跟他很好。他有兩句詩「老去看花意尚動，巴東景物似湖濱。」[29] 便是描寫他常去巴東請朋友作媒。他不但認真，而且要快。主要原因是：有一個家庭，可以減少日本人對他身份之懷疑。郁達夫由於聲明在先，不講求美貌或出身，很快就與一位巴東女子結婚。介紹人是巴東旅店的合股老闆吳元湖和戚汝昌。那女子原名叫陳蓮有，是一位印尼華僑，原籍廣東台山。小時喪父，被陳家收養，她生父原姓何，因此郁達夫替她用原姓而取名為麗有，因為嫌她不美，因而取名「何麗有」，是戲稱「有何美麗」之意。

郁達夫的婚禮在一九四三年九月十五日假巴東的榮生飯店舉行。附近很多社會名流都受邀請[30]。一位武吉丁宜憲兵隊班長（D 氏）還記得這回事。他說：「我記得在一九四三年被邀請參加他的婚禮，聽說新娘是巴東華僑少女。」據說結婚證書是郁達夫自己擬定的。

結婚證書

男：趙廉
原籍福建，年四十歲

女：何麗有
原籍廣東，年二十歲

右二人於昭和十八年
九月十五日在巴東結婚
因在戰時一切從簡
此證

婚人：吳　通
介人：戚汝昌　吳元湖
昭和十八年九月十五日

結婚證書上的姓名、籍貫、年齡都是偽造，以求掩飾他的原來身份。郁達夫原是浙江富陽人，生於一八九六，因此一九四三年的時候是四十八歲而不是四十歲。[31] 郁達夫寫了四首詩來紀念這次的結婚，其中第一及第二首抄錄如下：[32]

洞房花燭禮張仙，碧玉風情勝小憐。
惜別文通猶有恨，哀時庾信豈忘年。
催妝何必題中饋，編集還應列外篇。
一自蘇鄉羈海上，鸞膠原易續心弦。

玉鏡臺邊笑老奴，何時歸去長西湖。
都因世亂飄鸞鳳，豈為行遲泥鷓鴣。
故國三千來滿子，瓜期二人聘羅敷，

從今好斂風雲策，試寫勝王蝴蝶圖。

其中「惜別文通猶有恨」是指他的新娘是個文盲，從未受過教育。由於郁達夫不通台山話，他們夫妻日常只好借用印尼話來交談。郁達夫時常在朋友面前開玩笑地叫她做「bodoh」，印尼話即笨蛋或傻瓜之意。池內大學還記得：他有時寫詩，說他正完成這詩，並解釋其意思。如果他太太正好走過來，他立刻轉變話題說：「她很笨，但是太太還是笨的好。」這位貧寒出身的妻子很多人都還記得她。關根文說：

在我到趙家赴約時，總有位二十七、八歲的中國女人在旁邊，最初我以為是女傭，後來她肚子漸漸大起來，並生下位男孩，他告訴我男孩名字叫大亞，並寫給我看。他叫她太太「nian nian」（娘娘）或叫她「nyonya」（女人），有時候他甚至開玩笑說：「這是個 bodoh」（愚笨）。我時常嘗到趙夫人親手燒的菜。

郁達夫的親密朋友如胡愈之等人的資料大亞都作大雅。關根文和鈴木正夫談話時，一位郁達夫告訴他「大亞」是要諷刺日本的「大東亞共榮圈」。郁達夫和這妻子生活得很和諧。直到郁失蹤後，這位無知識的妻子才知道丈夫趙廉原名郁達夫，一位來自中國的名作家。[33] 中國方面資料都說，郁達夫所以娶一位文盲，主要是不會洩露身份。

趙廉離奇失蹤

一九四四年左右，日本在蘇門答臘成立軍政監部，武吉丁宜變成管轄蘇門答臘各地的司令部。因此日本軍人來的很多。據說郁達夫和日本軍方關係已沒有以前那樣好，連巴爺公務荷蘭式的房子（汪金丁抵達時看到的）也被佔去了。怪不得關根文在在一九四四年一月派到巴爺公務做買賣，他看到郁達夫的屋子是極其簡陋的：「他的家很小並很簡陋，在泥土地房子中間，只有一張方桌和幾把椅子，左側堆積很高的書……」

在武吉丁宜憲兵部也增加很多特務，其中有一些是從新加坡調來的，因此對新加坡文化界領袖很了解，有一個華人叫洪根培的，便是新加坡興亞練成所受訓的，專為日本人偵察華人動向。抵達武吉丁宜不久，他便識穿趙廉就是郁達夫，而且他是盟軍的間諜，並請當地一間華校校長作證。可是郁達夫沒有被捕。胡愈之解釋日軍沒有採取行動，主要是想到利用郁達夫做線索，看看他的其他同路人是些什麼人，因此暗地裡將他的行動加以緊密監視。本文上面所引關根文的話「每隔一週或十天，日本憲兵要去偵察他行動一次」，大概就是指這件事。郁達夫這時常常告訴他的朋友說，他的安全成了問題，隨時都有被捕的可能，但由於監視太嚴密，沒法逃跑。胡愈之見風聲很緊，又還有機會，便先逃去棉蘭躲藏起來。[34]

在一九四四以後，趙廉即郁達夫的秘密應該被很多日本軍人和當地華人知道。在鈴木正夫所訪談的日本人中，有一位武吉丁宜憲兵隊警務主任（B 氏）在一九四四年就知道了：

> 在我由武吉丁宜轉到東部的 Bangansiapiapi（岩眼亞比，為印尼最大的漁場）後，一位學者模樣的中國人，他是由新加坡來，在那裡製造肥皂，他告訴我：趙廉就是郁達夫，曾任星洲日報編輯，試著去爪哇沒有成功，才留在蘇門答臘。我完全不相信這人的話，也沒有再轉告他人。

關根文也記得「在一九四五年一月還是二月左右，他告訴我，除了趙廉外，他有另一個名字叫「ㄩ丶 ㄉㄚ ˊ ㄈㄨ。」另一位武吉丁宜憲兵班長（D 氏）也說：「我聽說：趙先生這個人是喬裝，同時用的也是假名。在我轉到司令部後，也聽到相同的說法。我還聽說，當我在武吉丁宜時，他可能還有另一個名字。」很可能因為郁達夫替憲兵做過翻譯，人緣也好，所以只受監視，憲兵並沒有進一步採取行動。

一九四五年八月十五日，日本終於向盟軍投降。郁達夫很快就從某方面知道這消息，非常興奮，馬上四處奔告，打算接辦日本人在巴東的報紙，把蘇西的華人組織起來，並且要策劃組織一委員會，慶祝和平及歡迎盟軍的降臨。[35]

一九四五年八月二十九日晚上，郁達夫在家裡跟幾個朋友商量結束「蘇西華僑繁殖公司」(又稱華僑農場) 的事宜。當初開農場之用意，是要使華僑免被日人招去做苦役。大約八點鐘的時候，胡愈之說，發生這樣的事情：

> 在八月二十九日晚間，郁先生和三四位客人……八點鐘以後，有一個人在叩門，達夫走到門口，和那人講了幾句話，達夫回到客廳裡，向大家說，有些事情，要出去一會就回來，他和那人出了門，從此達夫就不回來了。[36]

喊達夫出去的人，是一個二三十歲的青年，像一個臺灣人，也像印尼人。和達夫說的是印尼話。達夫出門時，身上穿著睡衣和拖鞋，可見並不預備到別的地方去。朋友等到午夜過後，還不見他回來，便各自回家去了。

第二天清晨，達夫的妻子要分娩，鄰居們便趕來幫忙，因為郁達夫還未回家。生下的這個女兒，取名為美蘭。這時他們雖然很焦急，但不能確定是失蹤，因為平時郁達夫經常一聲不說，就在朋友家過夜，甚至幾天不回家，也是常事。後來四處打聽一下，從當晚步出門口之後的現象看來，似乎有點不妙：

……據附近一家咖啡店的夥計說，當晚達夫從家中出來，和一個不相識的青年進了咖啡店，兩人用馬來語交談。那人似乎托達夫幫忙一件事，達夫表示不答應，不久兩人就出去了。在離開咖啡店不遠是一條小路，十分荒涼，只有一家印尼農民的茅舍屋，那印尼農民曾看見當天晚上大約九店前後，有一輛小汽車駛到那路上，裡面有兩個日本人，汽車停了許久，又有兩人過來，上了汽車，就駛走了，那條小路晚間見不到光，所以不能分辨車上乘客的面貌。[37]

根據這種情形，巴爺公務的華人首先肯定帶走郁達夫的人，一定是日本人，因為當地只有他們才有汽車。

郁達夫失蹤的第二天，一名在武吉丁宜憲兵隊警務班的憲兵（C氏）到巴爺公務作例常巡察。因為他與郁達夫來往了一年，便照常去拜訪他：

我想是在戰後的幾天，日期已記不清楚，我因為巡察任務到巴爺公務，照常去趙先生家拜訪，我感到奇怪，大門是關著的，當我進去，發現趙太太在哭，我問了她才回答：「前天晚有兩位印尼人來找他，他說有事要出去，到今天還沒回來，我很擔心，可否請你代為尋找一下？」我答應她去搜查，回部隊後，我就報告長官，部隊開始調查，幾天後並沒找到他的蹤跡。當時邦人和軍人等，離隊逃亡，殺害等事件，相繼發生，加上印尼獨立運動展開活動，人心惶惶，搜查工作變得困難。在此情況下，我們沒有完成尋找趙先生的工作！就離開蘇門答臘，進入收容所。在收容所聽說，聯軍方面也在探索趙先生的下落。

另一名日本憲兵（A 氏）也記得曾奉命搜查郁達夫：

戰後趙廉失蹤這件事是真實的。當時我移駐到巴爺公務憲兵隊，任務是維持當地治安和保護日本軍隊等。我記得很清楚，在一九四六年一月前，長官要求我們合作，搜查趙廉私人住宅。我親自協助檢查趙廉屋子有二、三次。由開始搜查到四月中我離開巴爺公務為止，只是查出趙廉離開家的情況而已。

還有第三名憲兵（D 氏）也曾幫忙搜查郁達夫之下落：

一九四六年四五月間，我被調到棉蘭司令部，曾接到通知，要我們打聽趙廉消息。我的老戰友們說，他們也去調查這事，因為賞金很高。

中國資料方面也有敘述憲兵出動人馬來打聽追查郁達夫下落之事。不過正如胡愈之所說的，他們不相信日本憲兵真的不知真相，而是故作貓哭老鼠之狀，實際上是他們所殺。很多中日人士都同意，由於日本投降到盟軍派兵接管蘇島期間，社會秩序非常混亂，尤其再加上印尼獨立運動積極乘機而起，在這段無政府之真空狀態中，造成很多無法無天之事情發生。

第一次肯定郁達夫死亡的消息，是來自駐紮棉蘭的盟軍總部，那時是一九四六年八月。不過這聲明很簡單，只說是被日本憲兵所殺害，而且是由被審訊的日本戰犯所透露出來。除了這種說明，沒有其他的證據，沒有日本憲兵因為牽涉殺害郁達夫而被判死刑。至於郁達夫被殺害的理由，中國人士都解釋說，因為郁達夫擔任過日本憲兵隊通譯，親眼目睹憲兵殘害被征服的人民，再加上他本身是一位知名作家，擔心戰後將成為一位強有力的控訴日本憲兵的證人，因此先下手為強，將他殺害，消滅一個必將控訴他們的證人。[38]

鈴木正夫開始研究這問題時，根本不相信郁達夫是被日本憲兵殺害，他比較相信被印尼人殺害的說法。可是當他繼續訪談很多當年與郁達夫有來往的日軍時，出乎意料之外，有關人士供證說，郁達夫是憲兵所殺，而且證據確實可靠。鈴木正夫說：「到了後來隨著調查的進展，意外而且非常遺憾，達夫被日本憲兵所殺害變成了確定性的事實。」由於顧慮證人的安全問題，鈴木認為時機還不成熟，因此不願將證人及詳細殺害郁達夫的經過事實提供出來。他只是透露殺害事件是由幾位來自武吉丁宜憲兵所策劃。有一位憲兵私下秘密決定，瞞過上司，叫幾個手下把郁達夫處決。他們用一個印尼人把達夫從家裡引出來，然後帶到別處將他處死，後來那印尼人也失蹤了。事情發生後，參與其事的幾位憲兵因畏罪而離隊，全部失蹤了。其中一位參與者，在事情發生後，離開部隊，改名換姓，混入軍隊，後來與普通士兵一起被遣送回國。至於殺害郁達夫的動機，正如中國人士所說，是要消滅有資格在審訊戰犯時的證人。

遺書及其他

郁達夫神秘失蹤後，留下妻子何麗有，兒子大雅及郁達夫失蹤第一天才誕生的女兒美蘭。他留下遺囑兩張，交巴爺公務僑領蔡清竹保存。這是一九四二年及一九四四年農曆元旦以趙廉之名寫的。第一章述及他對中日兩國之見解，郁達夫說：「中日不但是鄰國，從歷史、文化上來看也是非常接近，因此中日應該攜手並進，而不應有敵對。今日雖有不如意之事發生，但以後仍是攜手的……」[39]第二張詳細聽到他在中國及蘇門答臘財產之分配。關於身邊的產物他說：

> 自改業經商以來，時將八載，所有盈餘，盡施之友人親屬之貧困者，故積貯無多，統計目前現金，越有

二萬餘盾，家中財產，約值三萬餘盾，「丹戎寶有草舍一及地一方，長百二十五米達，寬二十五米達，共一萬四千於盾，凡此等產業，及現款金銀器具等，當統由妻子何麗有及兒子大雅與其弟或妹（尚未出生）分掌；紙廠及『齊家坡』股款等，因未定，故不算。」[40]

關於郁達夫的產業，所有他當時的朋友都未曾清楚敘述內中情形。跟他來往很密的日本商人關根文說，他除了替華僑金銀酒廠，還有這些事業：

他自己經營一個造紙廠，原料是竹。精白和薄的紙，用以包裝香煙，較厚和粗糙的紙，用作包裝紙。我也權力協助這造紙公司，由巴東三菱公司處，獲得漂白劑中氯化物。造紙必需的紙張，則由日綿公司獲得。大概在一年半後，由於這些原料難以購買，因此關閉。另外華僑由趙先生的協助，還開了個肥皂公司，看樣子，趙先生的生活、津貼，全仰華僑。

從各種資料看來，郁達夫在巴爺公務避難期間，真的搖身一變，從浪漫作家，變成一位相當能幹的商業人才。由於他交際手段高，人緣好，再加上成功的周旋與日本人之間，因此他能辦理普通人不能做的事。

一九四九年，郁達夫的遺孀及兒女三人，由巴爺公務搬遷到巴東住，聽說很得到蔡成達之照顧和幫忙。不久何麗有重嫁給領土島的印尼華僑劉松壽。他的生意由於受到印尼排華的影響，據說後來回去中國大陸，[41]至於大雅和美蘭，由蔡成達帶到椰加達去，由他女兒撫養和教育。

郁達夫在什麼地點被害？屍體葬在何處？一直是一團打不破的謎。一九五三年八月三十日，巴東及蘇西一班文化教育工作者，為了紀念郁達夫及其他十一位遭日本憲兵殺害人士，在離開武吉丁宜三公里之華僑公墓，樹立一紀念牌。這地點常被誤為郁達夫遇難之地點。[42]

＊本文原作於一九六八至六九年，當時鈴木正夫的訪談尚未出版。現在將新的資料穿插補上，彌補郁達夫流亡蘇門答臘的生活記錄之殘缺。

注釋

① 胡愈之：〈郁達夫的流亡與失蹤〉（香港：咫園書室，1946）。這個報告原有副題「給全國文藝界協會報告書」，先在 1946 年 9 月的《民主》上連載。

② 新馬華人在這方面的貢獻，最好的成績是：（一）溫梓川編：《郁達夫南遊記》（香港：世界出版社，1956）；（二）李冰人與謝雲聲合編：《郁達夫紀念集》（南洋熱帶出版社，1958）；（三）李冰人編：《郁達夫集外集》（南洋熱帶出版社，1958）。

③ 這一篇訪問記錄〈郁達夫的流亡與失蹤——原蘇門答臘在住邦人的證言〉原附錄在伊藤虎丸、稻葉昭二及鈴木正夫合編：《郁達夫資料》（東京大學東洋文化研究所，1969）。

④ 關於郁達夫在新加坡馬來西亞之生活，我在"A Study of YU Ta-fu's Life in Singapore and Malayam1939-1942"（作於 1969）一文中有詳細敘述。

⑤ 見陳嘉庚：《南僑回憶錄》（上下冊，1946，自印本）頁 48-66。

⑥ 胡愈之：〈郁達夫的流亡與失蹤〉，頁 2-3。

⑦ 溫梓川：《郁達夫別傳》，馬來西亞出版的《蕉風月刊》上連載，143-163 期（1964-1966），見 154 期，頁 69。

⑧ 見陳嘉庚：《南僑回憶錄》，頁 346-347。

⑨ 見王任叔：〈記郁達夫〉，收錄於《郁達夫紀念集》，頁 11。王任叔（巴人）是十八人中的一個。

⑩ 胡愈之：〈郁達夫的流亡與失蹤〉，頁 4。

⑪ 陸丹林編：《郁達夫詩詞鈔》（香港：上海書局，1962）。

⑫ 胡愈之：〈郁達夫的流亡與失蹤〉，頁 33、43。

⑬ 胡愈之，同上，頁 9；王任叔〈記郁達夫〉，在《郁達夫紀念集》，頁 11-13。

⑭ 胡愈之：〈郁達夫的流亡與失蹤〉，頁 14-15，及佚名：〈郁達夫先生遇難前後〉，收集在《郁達夫集外集》，頁 238-239。佚名是一位印尼華人，據編者李冰人說，郁達夫以往在巴爺公務時，常與他有往來。

⑮ 本文所引用鈴木正夫的〈郁達夫的流亡與失蹤——原蘇門答臘在住邦人的證言〉，是根據需要情形，分別採用下列兩種譯文：（一）杜國清所譯，發表於《純文學》，9 卷 1 期（1971 年 1 月），頁 40-64。（二）美國人梅其瑞（Gary G. Melayan）譯，〈郁達夫丈夫遇害之謎〉，刊於《明報月刊》，第 60 期（1970 年 12 月），頁 54-61。梅只節譯其中重要部分。

⑯ 胡愈之：〈郁達夫的流亡與失蹤〉，頁 16-17。

⑰ 王任叔：〈記郁達夫〉，收集於《郁達夫紀念集》，頁 13。

⑱ 金丁：〈郁達夫的最後〉，《郁達夫紀念集》，頁 76；及胡愈之：〈郁達夫之流亡與失蹤〉，頁 20-21。

⑲ 金丁：〈郁達夫的最後〉，頁 76。

⑳ 同上，頁 78。

㉑ 同上，頁 76-77，這是汪金丁親眼所見，親耳所聽，他説當時王任叔也在場。

㉒ 由於怕引起法律上的麻煩，鈴木正夫訪談過的七位憲兵都沒有公佈真實名字，只冠以 ABCDEFG 代表。

㉓ 金丁：〈郁達夫的最後〉，頁 81。

㉔ 吳柳斯：〈紀念郁達夫先生〉，《郁達夫紀念集》，頁 71。

㉕ 金丁：〈郁達夫的最後〉，頁 80。

㉖ 胡愈之：〈郁達夫的流亡與失蹤〉，頁 32。

㉗ 金丁：〈郁達夫的最後〉，頁 78。

㉘ 同上，頁 81-82。

㉙ 陸丹林編：《郁達夫詩詞鈔》，頁 41。

㉚ 溫梓川：〈郁達夫別傳〉，《蕉風月刊》，157 期，頁 76-79。

㉛ 同上，頁 77。

㉜ 陸丹林編：《郁達夫詩詞鈔》，頁 40-41。

㉝ 佚名：〈郁達夫先生遇難前後〉，收集於《郁達夫外集》，頁 243。

㉞ 金丁：〈郁達夫的最後〉，頁 85-89。

㉟ 胡愈之：〈郁達夫的流亡與失蹤〉，頁 23。根據金丁的報告，郁達夫對這些活

動很冷淡，「他認為絕對不可以『動』。日本憲兵仍然有權力可以抓人。」見《郁達夫紀念集》，頁 91。

㊱ 見胡愈之：〈郁達夫的流亡與失蹤〉，頁 27-28。請參考佚名：〈郁達夫先生遇難前後〉，《郁達夫集外集》，頁 241-242。

㊲ 胡愈之，同上。

㊳ 胡愈之：〈郁達夫的流亡與失蹤〉，頁 30-31。

㊴ 這篇遺書未見發表，據佚名的〈郁達夫先生遇難前後〉，它由蔡成達（清竹）保管，後來蔡君已回中國。引文錄自佚名的文章。

㊵ 這張遺囑發表在《郁達夫集外集》，頁 229-230。

㊶ 溫梓川：〈郁達夫別傳〉，《蕉風》，161 期，頁 46。

㊷ 佚名：〈郁達夫先生遇難前後〉，《郁達夫集外集》，頁 242。

走出郁達夫蘇島流亡、失蹤與死亡傳奇的人物

——記郁達夫當年在南洋的妻兒之出現及其回憶

一、神秘人物紛扮出現

郁達夫失蹤三十八年以來，關於他自我放逐到南洋的生活，那段在蘇門達臘流亡和失蹤的往事，已成傳奇，幾乎每年都有新的資料出現。我曾收集許多出自各方面的相關報導，撰寫過〈郁達夫在新加坡與馬來亞〉及〈中日人士所見郁達夫在蘇門達臘的流亡生活〉[①]。這些回憶與經驗都是當年在南洋與郁達夫的親人、朋友或敵人（日本軍人）的回憶，主要是根據他們的所見所聞，就如去年王映霞所說：「有許多事是局外人難以了解的。」因此多少年來，一直盼望局內人會出現，以期打破許多的謎團。

可是三十多年以來，當年曾經與郁達夫生活在同一個屋簷下的親友，都不不知所蹤。像曾與郁達夫居住過新加坡的前妻王映霞及其大兒子郁飛，以及在印尼蘇島再娶的妻子何麗有及

其兒女（大雅和美蘭），未曾在過去郁達夫的研究者面前出現過。因此，郁達夫最後流亡的生活與遭遇，一直沒辦法知道。

去年他們突然先後從郁達夫的傳奇故事背後走出來，或接受記者採訪，或自己寫文章發表，講述眼中所見郁達夫的真實生活。他們的出現，一方面打破郁達夫流亡生活某些失實的謠傳，另一方面通過他們最親近的觀察，坦誠直率的回憶，披露了許多郁達夫個人的心靈秘密與隱私生活。

二、王映霞：達夫的形象依然在我心底

郁達夫於一九三八年十二月抵達新加坡，他是應當地《星洲日報》之聘，前來擔任文藝副刊編輯。與他一起來的還有妻子王映霞和大兒子郁飛（當時十歲）。郁達夫與王映霞到了新加坡不久，旋即在生活與感情上，再度發生衝突，這一場家變觸發了不少文章。一九四〇年雙方同意離婚後，王映霞便獨自回去中國。從此以後，王映霞便似乎在這世界消失了。即使文人學者四十多年來不斷討論、分析和研究郁達夫與她的感情和家庭糾紛，寫成的專書或文章也不少，可是王映霞從不願參與，很多作者甚至不知道王映霞後來的生活狀況和下落。

日本方面，第一次報導王映霞的消息是在一九七八年，那年日本和光大學教授伊藤虎丸到上海訪問郁達夫和王映霞的次子郁雲時，才聽說王氏還住在上海，傳聞在一九五六年

由於周恩來幫忙，王映霞得到工作分配，當了教師，前幾年才退休。郁雲不但從沒跟他母親來往，還說：「我對母親是大大批判的。」接著不少有關她的資訊出現在報紙或雜誌上。[②] 一九八一年，王映霞她找到一批失落很久的郁達夫給她寫的書簡 [③]，而且將它整理出版成書，消息傳出後，便更引起人注意。

王映霞於去年（一九八二年）六月佈發表了〈郁達夫與我的婚變經過〉，然後七月又有一篇訪談〈忍拋白首盟山約〉[④]，從兩張她分別攝於一九八〇及一九八一照片來看，今年七十六歲的王映霞，至今還很健康。她說：「往事不堪回首，從我們的結合到分開，有許多事是外人難以了解的。郁達夫在南洋被日本憲兵殺害以後，我再不願再提對他不利的事。」這也許是她長期保持沉默的主要原因。她說好幾種已出版的書如《郁達夫與王映霞》她都沒有讀過。不過她已經動筆寫郁達夫在抗戰前的一段經歷，書名暫定為《半生自述》，她再三強調：「我只是想寫我自己的生活，我的文章，絕不評擊郁達夫，因為他已被敵人殺害，而且也不可能再為自己申辯。所以我的文章只寫明當時的事實，不涉及其他。」王映霞承認：「四十多年來，他的形貌，他的喜怒哀樂變幻的神情，我依然是存入心底深處。」不過她罵郁達夫「生性多疑，有點心理變態，這是她無法忍受的地方。」

王映霞過去四十多年，在中國大陸的生活也不好過，她說一九四二年與謝賢道結婚，生了一男一女，男的現在在上海當編輯，女的在杭小教書。他的先生不久前逝世。一九五六年的時候，由於家庭經濟拮据，她找不到工作，後來想起周恩來曾請郁達夫吃過飯，冒昧給他寫信，結果被分配在上海當小學教師，然後到上海市中學教書，一直到前幾年退休。

三、郁達夫虛構南天餞別及其詩

郁過夫在新加坡曾寫過題為〈南天酒樓餞別映霞二首〉[5]的律詩，其中一首如下：

> 自剔銀燈照酒巵，旗亭風月惹相思。
> 忍拋白首盟山約，來譜黃衫小玉詞。
> 南國固多紅豆子，沈園差似習家池。
> 山公大醉高陽夜，可是傷春為柳枝。

南天酒樓也是一個旅店，目前座落在新加坡著名的牛車水地區，是一九三八年郁達夫與王映霞抵達新加坡初期暫住的地方。十年來，我每次開車經過，總要給外來的文藝界朋友介紹一下，我特別提起郁達夫〈南天餞別〉令人心酸的事情。想不到，王映霞把流傳四十多年美麗又哀傷的故事拆破了。

王映霞說〈南天餞別〉及其詩歌是郁達夫假造的事實與感情：「我離開星洲的時候，他並沒有在南大酒樓為我餞別，也沒有寫過這兩首詩。我辦好護照離開的那一天，他照常到報館去上班，只是派報社的同事送來兩百塊錢給我做路費，他知道我身上分文沒有。只有我的女同學和幾個關心我的朋友們給我的路費。」她又補充說，她的大兒子郁飛和當年報館同事胡浪漫都記得沒有餞行這回事。她說：「肯定是他後來寫的」。

原來這個廣泛流傳的故事及其詩是出自幻想，背後原來是這番無情。這個小故事對研究郁達夫心理，有極重要之參考價值。

四、十三歲孩子眼中的另一場戀愛

王映霞於一九四〇年單獨回中國後，大兒子郁飛留下來與郁達夫同住。郁達夫在一九四二年二月初日本佔領新加坡前夕，與友人乘電船逃到蘇門答臘，而郁飛卻在一個月前托回返重慶的盧蘊柏女士護送回中國，交給陳儀（當時任行政院秘書長）撫養。這時候郁飛約十四歲，已經是一個懂事、有記憶的小孩。因此去年他給新加坡《星洲日報》撰寫的〈先父郁達夫在新加坡的三年〉，把許多珍貴的回憶寫了出來。從這些坦率的記憶中，我們清楚看見許多不為外人知悉的，郁達夫破碎的家庭及感情生活。⑥

郁飛以前給人的印象，只是一個穿著短褲的小孩。因為他有一張坐在星洲日報前的照片，常出現於郁達夫在新加坡的資料中。一轉眼，也已變成一位看起來歷盡滄桑，五十五歲中年以上的人了。他目前在浙江人民出版社工作，擔任英語編輯，他的職業跟著小時候在新加坡所受的英文教育多少有點關係。開始的時候，他被送進華僑中小學，當時十歲，因為英文跟不上而讀不下書，郁達夫索性將他送進南洋神道學校，一所美國教會辦的英文學校，從三年級念起。

郁飛對王映霞的態度和關係仍然很好，不像他的弟弟郁雲。他回想起一九四〇年五月，一天下午王映霞突然到南洋神道學校把他帶走，她說回國手續已辦好，明天她就走，囑他學會照料自己。母子兩人過後去新加坡的首都電影院看了一場電影才回家，他說：「次日清晨為趕快脫離這種難堪的境地，沒想到送她就匆匆回學校了。」怪不得王映霞說，在她回國那天郁達夫照常到報館去上班。

郁達夫從一九四二年二月逃出日本即將佔領之新加坡，到一九四五年八月在印尼蘇島失蹤這段流亡生活，富有傳奇與神秘性。譬如他曾在逃往蘇島內地途中，在巴東島上避難時，每週至少三次走路到附近小鎮上，聆聽來自盟軍電台的廣播。而且當時還寫有詩作《亂離雜詩》十一首，其中第六首：「卻喜長空播玉音，靈犀一點此傳心」之句，主角原來是他在新加坡時愛上的女子。新加坡淪陷後，她隨盟軍撤退到爪哇島的雅加達，擔任盟軍電臺廣播員。當郁達夫與這女子剛開始戀愛的時候，友人都避而不提，使得這場郁達夫戀愛史的插曲，充滿神秘與浪漫的氣氛。

最早提到這一場戀愛的是前新加坡報人珊珊（吳繼岳），他在一篇〈郁達夫與李筱英〉文章中，[7] 清楚的寫出那時約四十五歲的郁達夫與廿七歲的風姿綽約的李小姐正在熱戀。後來，郁飛在〈郁達夫在星洲的三年〉將其父這一段感情生活明明白白的寫了出來。那時十幾歲的郁飛，發現他們日益親近，後來甚至請她回家長期住在書房。從此郁達夫便把注意力從孩子身上轉移到李小瑛（又作李筱英或曉音）身上去。他們經常雙雙留到外面玩，即使在家裏，當著一位十多歲孩子面前，他們還是忍不住要説些親蜜的話。郁飛記得，他父親常用德語對小瑛説：「我愛你」，以為孩子不知所云，但郁飛説他雖然聽不懂德語，但觀言察色，已猜到大約是示愛的語言。

李小瑛原是福建人，上海暨南大學文科畢業，中英皆好，人也漂亮。從去年發表的一張照片看，好像比年輕時的王映霞還要來得美。她當時千方百計設法討好郁飛，但是郁飛卻很本能的處處表示不願她成為他的新媽媽。郁飛在中年時回想起來，感到無限後悔。他覺得，當時要是沒有他的妨礙，或戰爭的災害，郁達夫很可能會跟李筱英結婚。

根據〈郁達夫舊友憶當年〉（見一九六二年三月八日《星洲日報》）一文，李筱英在日本投降後回返新加坡，在麗的呼聲任中文節目主任，後來曾定居中國，一九五六年前遷至香港，據説，有女兒在澳大利亞，她後來移居澳洲。[8]

五、何麗有：丈夫死後才知道是郁達夫

一九四二年郁達夫出差到蘇門答臘內地一個叫巴爺公務的小鎮，為了逃過日本憲兵之嫌疑與殺害，埋名隱姓，偽裝商人，以經營趙豫紀酒廠來遮掩身份，改名趙廉。一九四三年，為了生活得更像當地印尼華僑，草草率率與巴東地方的一個華僑女子何麗有結婚。他們之間只能以印尼話來溝通，而郁達夫的印尼話又不太靈光，因此兩人的關係非常戲劇化。何麗有一直到郁達夫遇害之後，才知道自己的丈夫趙廉，原來是中國名作家郁達夫。郁達夫遇害三十七年以來，一直以來沒有人清楚知道何麗有之後的行蹤和生活，她的照片也從來沒有刊登過，因此有人甚至懷疑她是否真的與郁達夫共同生活了二年。

去年，何麗有突然被發現，原來住在香港已有幾年。她接受了一次訪談（見〈贅秦原不為身媒〉，《廣角鏡》，一百一十九期，一九八二年八月），而且她的照片也第一次出現在雜誌上。[9] 由於她的出現，許多有關郁達夫晚年故事之真假，一一得到證實。何麗有是一位純樸的鄉下婦人，一九四三年與郁達夫結婚時，她只有二十歲，而當時郁達夫已四十八歲。如今她已是六十歲，不過從去年拍的照片看來，她似乎還很健康，不像六十歲的老婦人。何麗有在訪談中承認，由於她沒受過什麼教育，當時媒人只聽說有一位姓趙的酒廠老闆要娶親，家裏的人就把她嫁過去。她只會說台山方言和印尼話，而達夫的印尼話也不很靈光，因此他們很難溝通，平時只用簡單的印尼話交

談。她回憶起當年初婚的生活，覺得她丈夫不像酒廠老闆，他很少管事，常留在家看書、閒聊，或和朋友搓麻將，或是應酬日本人。她當時就覺到丈夫不像商人，反而像讀書人。何麗有説，郁達夫雖然跟日本憲兵來往密切，常請他們回家吃飯喝酒，但私下他常對太太痛罵日本憲兵殘忍，説送錢或請他們吃飯，是希望他們少一些殘害中國人。

日本憲兵和郁達夫混熟了，常告訴他準備要去抓的人，甚至問他的看法，郁達夫往往利用這機會拯救無辜的人。當地僑領蔡成達（清竹）被人誣告印假鈔票，憲兵找他商量捉人，他替蔡成達澄清誤會，而且以人頭擔保，就是很好的例子。為表示感激，蔡在郁達夫死後，一直很照顧他孩子的生活與教育。

何麗有一直到丈夫在一九四五年八月失縱後，才有人告訴她趙廉的真實身份。她説郁達夫有一天到別處偷聽盟軍的廣播回家，很高興的説日本投降了，還説如果中國派人來蘇島，要請他們吃飯慶祝，他當時也準備返中國。過了幾天，郁達夫約了中國朋友來開會，何麗有不知道他們討論什麼問題，當天晚上有人找郁達夫出去談話，從此他便沒有回來。她的敘述與過去別人的報導很相似，她很肯定郁達夫是遭到日本憲兵殺害的，他們害怕郁達夫會成為日本憲兵在印尼的惡行的見證人。日本學者鈴木正夫在一九六九年，已找到殺害郁達夫的日本憲兵見證人，證實達夫是被他們殺害的。

六、何麗有與孩子流落海南島和香港

郁達夫跟何麗有生了兩個孩子，長子叫大雅，出生於一九四四年，今年已四十歲了，早已成家立業，一九七六年後申請離開大陸，目前定居在香港。去年日本教科書篡改侵華歷史事件引起香港人民抗議時，大雅寫了一篇〈決不容許日本文部省篡改侵華歷史：懷念我的父親郁達夫〉(見《廣角鏡》，一百二十期，頁八十一)，簡略的敘述了他父親在蘇島的流亡與被殺害的經過，以表示對日本的抗議。大女兒美蘭是在郁達夫離奇失蹤的第二天出生，今年已三十八歲。她在北京上完大學，一度在新疆工作，目前在南京教書，她的先生是當年與她爸爸一起逃難到蘇島的胡愈之的姪兒。去年《廣角鏡》雜誌上，都有郁大雅與郁美蘭的照片，他們的相貌，看起來仍然很像十幾歲時相片中的樣子。他們小時候有一張兩人站立的照片，經常出現在有關郁達夫晚年生活的書刊上。

何麗有於一九四九年再次結婚，丈夫是一位印尼華僑商人劉松壽，他們有兩個女兒。一九六〇年，由於印尼排華，他們沒有印尼國籍，全家六人被遣送回中國大陸，當她從蘇島內地到棉蘭集合等待上船，竟有許多人來探望她，送她物品和黃金。原來當地報紙知道她回返中國，發佈一則消息，想不到當年在日軍統治下，得到郁達夫幫助的華人或印尼人，都紛紛攜帶著禮物來道別。

何麗有說，她與郁達夫結婚後，還有僱用幾個傭人供她使用。可見戰亂期間，她還是過得很舒適。可是回到大陸後，她的生活很困苦，全家被分配到海南島農場工作。不久丈夫病逝，她的工資只有三十元人民幣，當時只有靠從印尼帶回來的黃金，才能過日子。一九七六年何麗有申請回返印尼，想不到抵達香港後，印尼方面不准入境，她便滯留香港，在一家製衣廠做剪線頭的工作。之前跟一個女兒住在九龍灣的木屋區，三年前一把大火把家燒光了，現在搬到新界大埔的魚角安置區，屋子只有四十多平方尺，鄰居都不知道她與郁達夫的關係。

去年何麗有曾到郁達夫的故鄉浙江富陽去旅行，會見了郁達夫與王映霞的大兒子郁飛及其他親戚，看見了為紀念郁達夫及其兄郁華的紀念亭，而且還走在命名為郁達夫的一條街道上，這時候何麗有才感覺到她是真正屬於郁達夫的，她才相信趙廉就是郁達夫，郁達夫是她的丈夫。

注釋

①〈郁達夫在新加坡與馬親來西亞〉及〈中日人士所見郁達夫在蘇門達臘的流亡生活〉，見王潤華：《中西文學關係研究》（臺北：東大，1978）頁155-188；189-206。

② 原文發表於《東洋學文獻中心通訊》（東京：東京大學，1976），頁6-12。中文譯文刊於《南洋商報》，1980。

③ 這本書簡臺北有重印本：《郁達夫情書》（臺北：遠景出版社，1983）。

④ 映霞：〈郁達夫與我我婚變經過〉，《廣角鏡》第117期，1982年6月，〈忍拋白首山盟約〉，楚子專訪，《廣角鏡》第118期，1982年7月，頁60-67。

⑤ 郁達夫：〈五月二十三別王氏於星洲，夜飲南天酒店，是出來時投宿處〉，《郁達夫文集》，第十卷（香港：三聯書店，1984），頁423。

⑥ 本文原本寫於1978發表於《新文學史補》雜誌第四期（1979）。1981年經過修改發表於《星洲日報．文化版》（1983年2月1日及8日）。

⑦《知識天地》第9及第10期，1976年2月，頁36-37。

⑧ 本文為戈戈專訪廣洽法師、潘受、李金泉，黃葆訪的特寫。

⑨ 馬力訪問稿：〈贅秦原不為身媒——訪問郁達夫在香港的遺孀何麗有〉，《廣角鏡》第19期。1982年8月，頁54-58。本文又見轉載於《傳記文學》第41卷第4期，1982年10月，頁66-69。

第二輯

南洋的郁達夫

林文慶、魯迅、郁達夫與東南亞華文作家的多元解對話：誰是中心誰是邊緣？

郁達夫〈馬六甲遊記〉開啟的南洋研究與南洋書寫

郁達夫與新馬抗戰文學，1937-1942

林文慶、魯迅、郁達夫與東南亞華文作家的多元對話：誰是中心誰是邊緣？

一、解構中國中心與南洋邊緣的衝突

在一九二六年，尋求西方科技與華族文化結合的馬華華人林文慶，與追求現代性、反舊傳統的中國作家魯迅在中國的土地上發生衝突。原因是林文慶擔任廈門大學校長時，聘請魯迅擔任國學研究所的教授，魯迅有所不滿，只做了四個月零十二天就辭職了。多數學者認為，那是魯迅反林文慶尊孔的事件，代表新與舊的衝突。①

過了十三年後，自我放逐南洋，擁抱新馬華人邊緣文化的郁達夫，在一九三九年，與擁抱中國文學傳統的新馬中國僑居作家以及本土華文作家也發生衝突。多數學者說，那是中國傳統 / 中心與本土化的矛盾，郁達夫不了解本土情緒高漲，反對本土化，另一方面又反對魯迅所代表的中國中心傳統。②

以前我們稱他們之間發生「衝突」，用「對」與「不對」的模式來解讀，那是單方面、單元的思考，是一種以中國文化為思考中心或本土中心的論述。在今天多元文化，多元思考的後現代後結構時代，我們應該把衝突解構，改稱為「對話」，也要重新思考與解讀。從這二宗中國與馬華文化／文學的爭論中，可釋放出許多有關中國與馬華文化／文學有關中心與邊緣的新意義。

二、父親的意外死亡刺激林文慶與魯迅學醫救國救人

林文慶與魯迅都是醫生。林文慶在英殖民地的新加坡出生與長大，出身自檳城的一個峇峇、英文教育的家庭，其父親因修刮鬍子割傷而中毒死亡，這意外刺激他立志學醫救人。林文慶在一八九二年前往英格蘭愛丁堡大學讀醫科，一八九二年獲得醫學學士與碩士學位。他的志願是回返殖民地，為新馬被殖民者從事醫藥服務。③

魯迅深感中國帝國的衰落無能，人民的病弱愚昧，他在父親糊裡糊塗被庸醫胡亂治病醫死後，深痛醫學的落後，中國人思想的愚昧，一九〇四年進入日本仙台醫學專門學校學醫，希望古老落後的中國能像現代日本，從西方醫學走向現代化，解救中國人的病弱的生命。④

三、民族危機感，促使兩位邊緣人棄醫從文，替中國打脈

一八八七至一八九三年林文慶在英國生活，原本很滿足、也很自豪於做大英帝國的臣民。但在目睹英國的威權霸道，對弱小民族的侵略與剝削，繼而發現同族的中國人在倫敦受盡白人污辱，自己卻又不懂中國語文、中國文化，他的羞愧與憤怒，於是喚醒了對母族文化的情感與民族意識。他於是拼命學習中文與古典文化，使人想起魯迅在東京也曾向章太炎問學，讀《說文解字》。在一八九五年，林文慶開始發表論文討論中國的儒家思想與中國革新，他和魯迅一樣都是在自我放逐、活在異鄉，作為邊緣人時，中國及華人的危機感觸發了他們的民族自尊心，決定以文學／文化來啟蒙中國人，改變中國的社會與國家命運。⑤

魯迅在仙台讀書的時代，這個城市是日軍重要基地，侵略中國和俄國的日本軍隊多由此出發。所以，此地有著濃厚軍國主義的氣息，因此亦強化了魯迅對中國危機的認識。他看見日本人上下支持軍隊去侵略中國，親身體會日本同學隨意誣衊中國學生考試作弊，懷疑中國人的能力，促使魯迅對人性的反省與批判，也喚醒了他的民族主義，尤其是思考被壓迫的民族。他離開仙台，到了東京聽章太炎講文字學，領略漢文字的奧秘，加上他本身的國學根底，引爆了對中國文化的情感。⑥

無論出於自身意願還是強逼，林文慶與魯迅都曾自我放逐異鄉，置身邊緣。在身體上與思想上流亡異鄉的作家，他們生存在中間地帶（median state），永遠處在漂移狀態中，拒絕認同新環境，卻又沒有完全與舊的切斷，尷尬的困擾在半參與、半遊移的狀態。他們一方面懷舊傷感，另一方面又善於應變，遊移於局內人與局外人之間，他們焦慮不安、孤獨、四處探索，無所安身。當這種流亡與邊緣的作家看世界，會以過去的事物與目前遭遇的互相參考比較，因此有著雙重的透視力（double perspective）。每種出現在新國家的景物，都會同時引起他們對故國同樣景物的思考。因此任何思想與經驗都會將之與另一套來比較觀照，使新與舊都用另一種全新，與常人不同的眼光來審視。⑦

林文慶與魯迅都經過這種邊緣人的生活與思考：林文慶在新加坡與英國都是被殖民者，華人被剝削、不公平的待遇，感受尤深；魯迅出國前在滿清皇朝下，是個被壓迫的邊緣人，到了日本，流亡的感覺就更深。他們這多元的、邊緣的思考使他們不約而同最終都放棄醫學，以文學／文化來啟蒙愚昧的國民，像醫生那樣療救被壓迫者的病苦，找出「舊社會的病根」，「加以療治」。⑧

四、中國人與海外華人：誰是中國文化中心誰是邊緣？

這兩位分別處於半殖民地的中國，與英殖民地的馬來亞權政中心之外，置身邊緣地帶的知識分子，同樣是被權力與中心霸權放逐，從邊緣思考的同路人，他們又怎麼會衝突呢？

魯迅在一九〇九年的夏天回返中國，他仍然處於中國威權、社會與文化的中心之外。即使滿清政權崩潰，民國成立（一九一一）以後，甚至一九二六年自己成為名作家學者，被林文慶聘請到廈門大學出任國學院教授時，他還是中國社會與主流文化的邊緣人。魯迅一輩子都活在邊緣的位置，造成他一輩子都在反抗社會的黑暗，國民性的黑暗。邊緣是最適合反抗霸權話語的空間，這個位置會給人各種大膽、極端的視野，從而去發現、創造、幻想另一種新世界。⑨ 當魯迅在廈門見到林文慶時，自己只是國學院一名教授，對方卻是雇主／校長，而且大力提倡儒家思想，在廈大講演時又常用英文演說，於是在魯迅的眼中，林文慶反而容易被誤讀成與中國傳統文化中心、社會權力中心結合的圈內人，而不是邊緣人。⑩

另外，因為林文慶自小接受英國教育，深受維多利亞時代英國文化的氣魄與眼光所影響，有膽識、有領導改革的才華。他年輕時就被英國接受，被肯定為優秀的大英帝國子民，對民族主義思想日益強大、推動本土化的中國人來說，林文慶的背景甚至被誤看成是殖民者的代言人。

可是，對林文慶來說，他前往中國廈門出任校長時，更是在邊緣之邊緣。為了把話說清楚，他常要求說英文，讓人感到突兀。在新加坡他原本就是邊緣人，天天反抗英殖民統治者對底層華人的壓迫，評擊殖民政府的剝削，為華人社會的弊病而深感憂心。對殖民地統治者，他更是邊緣人，因他努力推行中文與復興儒家思想。他熱心改革新馬社群，贏得英國殖民者的稱讚，又讓人覺得享受到殖民者的權益。那是殖民者想要消除他的邊緣位置，與殖民者認同的策略。

林文慶的中華民族主義，促使他曾先後響應中國維新運動支持保皇黨，繼而大力協助孫中山的革命，還成為孫總統機要秘書、衛生部長等職位。這些都是為了反抗殖民統治與拯救傳統落後的中國，也是向中華民族認同的追求。因此，要實現民主、科學、文化的中國，表面上林文慶終於成為中國權力／社會中心，成為圈內人。[11]

其實林文慶應該很明白自己的位置，作為一個海外華人，在五四新文化運動以後，中國追求現代性的知識分子堅持徹底打倒舊文化，如林毓生所說，[12] 林文慶身處在反偶像崇拜的反傳統主義（iconoclastic anti-tradition）的思潮，肯定只會是邊緣人，持有霸權話語的是那些反傳統的知識分子。但擁有西方科技與文明經驗的林醫生，為了建構現代科技與革新文化的中國，他還是勇往直前。

對出任廈大校長的林文慶來說，為了實際改革，實現民主、科學、文化結合的中國，他需要出入於中國權力／社會中心。Bell Hooks 在〈邊緣作為反抗的場域〉(Marginality as Site of Resistance) 敘述早年黑人在種族隔離政策下的生活，可作為最好的比喻。黑人住在鐵道之外，肯德基 (Kentucky) 城市的邊緣地帶，白天他們可以進城勞動打工，晚上則必須回去鐵道外的窮人區。[13] 坦白説，林文慶亦只是如此的一個人而已。所以王賡武教授説，當時魯迅或中國學者對林文慶的批評，顯示他們沒有脱離中國文人學士歷來的成見，對海外華人，受西方教育，要參與改造中國的人沒有好感。[14]

海外華人林文慶的民族主義，攜帶著西方教育與文明科技，有國際的視野，擁抱本土傳統文化，尤其是儒家傳統文化，結果令他的邊緣居然被看成了中心。魯迅土生土長，追求現代性，以五四反傳統的革命精神出發，追求現代性，他的革命容納不了傳統。遇見「尊孔的」，講英文的上流社會的校長，自己更感邊緣化，更把對方看成中心。因此「尊孔」就妨礙了對話。魯迅在廈大的講演〈少讀中國書，做好事之徒〉，其中「做好事之徒」，魯迅便以創設廈大之時提倡西方文化 (圖書館有英文雜誌) 為例，大力稱讚，[15] 林文慶聽説後也很高興。不過在後來片面的政治文化論述中，學者總是把他們看作中心／傳統與現代／邊緣對立的衝突。[16]

五、郁達夫的南洋邊緣話語：去中國中心／本土主義

郁達夫於一九三八年十二月二十八日抵達新加坡，受《星洲日報》之聘，擔任副刊編輯。一九三九年一月二十一日，他在《星洲日報》與檳城的《星檳日報》同時發表〈幾個問題〉這篇文章。這是他在檳城與文藝青年對話後所想到的問題，論文引起最大的爭議，是針對南洋文藝界把國內的課題全盤搬過來的現象表達意見。他用魯迅為例：[17]

> 上海在最近，很有一些人在提出魯迅風的雜文體，在現在是不是還可以適用？對這問題，我以為不必這樣的用全副精神來對付，因為這不過是文體與作風的問題。假如參加討論的幾位先生個個都是魯迅，那試問這問題，會不會發生？再試問參加討論者中間，連一個魯迅都不會再生，則討論了，也終於何益處？法國有一位批評家說，問者人也。若要舍己耘人，拼命去矯揉造作，那樣何苦？

後來郁達夫又寫了〈我對你們卻沒有失望〉與〈我對你們還是不失望〉二文，[18] 強調說「這是對死抱了魯迅不放，只是抄襲他的作風的一般人說的話」。郁達夫與僑居新馬的中國作家如張楚琨、以及本土長大的新馬作家，其中一個衝突點，

是反對盲目跟著中國文壇走，抄襲中國作家的文風，人人學魯迅的戰鬥散文便是一例，郁達夫這個看法激怒了許多在新馬的中國作家與本土華文作家。[19] 魯迅在一九三〇年後，正如我在〈從反殖民到殖民：魯迅與新馬後殖民文學〉所指出，[20] 在左派文化人的政治話語下，魯迅神話也開始移植到新馬，最後更成為中國五四以來現代與革命文化思想的代表。郁達夫的批評，自然受到代表中國中心思想作家的張楚琨、與本土主義作家如耶魯等人圍攻。

來到當時文化低落的南洋，郁達夫應該擁抱中國中心的優越感，一切思考都是從一元的中國中心論出發，他卻意外的不認同中國的主流，反對當地的文學觀、批評寫作題材與風格太受當時中國文壇的潮流支配。他另一方面也對當時本土意識過分強烈的華文作家有所保留，他說：「提到有關南洋色彩的問題只在這色彩的濃厚，如果一味的強調地方色彩，而使作品主題，退居到第二位去的寫作手法，不是上乘的作風」[21]。這說明郁達夫具有邊緣人的雙重透視力。從留學日本至回到中國，他的小說散文很明顯的表現出一直自我流放的狀況。在中國他是圈外人（outsider）、零餘者、頹廢文人、自我放逐者，[22] 到了南洋，他的心態就更加如此。他遠離社會權力結構的中心、厭惡霸權話語與集體意識也再次證明，中國人不一定個個都喜歡中國的傳統／中心話語。往往海外的華人或外國人比國內中國人更捍衛傳統。所以 Edward Sils 在其《中心與邊緣》（Center and Periphery）書中說，所謂的中心，其與空間以及地理位置都無關，它代表的是價值觀、信仰、與權力。㉓

六、中心也是邊緣，邊緣也是中心

其實，形容知識分子位居文化／文學的邊緣，其情境往往是隱喻性的。在同一個社會，可以成為局外人（outsider），也可以是局內人（insider）。而所有一流的、最前衛的知識分子，永遠都在流亡／邊緣，不管身在國內或國外，他們位居社會邊緣，遠離政治權力，置身於正統文化／文學之外，才可以誠實地捍衛與批評社會，遠在別人發現之前覺察出潛在的潮流與問題。所以說，古往今來，流亡者都有跨文化與跨國族的視野。㉔

中國雖是中國文化的發源地，卻不一定是中華文化永遠唯一的中心。就如佛教源自印度，其後流傳、演變成多個中心，而這些中心已發展成新的佛教傳統。今天儒家文化不只是中國的，也是世界的。任何國籍的人都可以成為儒家文化的一分子，只要他研讀儒家的經典著作，就可將它發揚光大。如儒學的傳統，就在韓國、日本、越南、東南亞可以見到。杜維明在〈文化中國：邊緣中心論〉（Cultural China: The Periphery as the Center）、〈文化中國與儒家傳統〉、〈文化中國精神資源的開發〉諸文章中，提出「文化中國」的概念。因為中國不只是一個政治結構、社會組織，也是一個文化理念。今日對中國文化產生重大影響力的發展、研究、論述，主要在海外，而這些人包括在外國出生的華人或研究中國文化的非華人。這個文化中國的中心超越了中國本土，而由中國、香港、臺灣與散居世界各地的以華人為主的人所構成。其實正如《長青樹：今日改變中的華人》（*The Living Tree: The Changing Meaning of Being Chinese*）所觀察，華人的意義不斷在改變，中國以外邊緣地帶的華人已建構出一個文化中國的中心。㉕

文化是有生命的，中國文化 / 中華文化不斷在創新發展，不斷在衍生，從中國國土延展到世界各地。就像英國文學移植到北美洲及世界各地，在各國各族移民的社區所發展的英文文學，大大超越英國本土的英文文學，建立了新的傳統。華文文學也是如此，它已經是多元共生，明確存在多傳統、多中心。

一九八九年在新加坡舉行的東南亞華文文學國際會議上，周策縱教授特地受邀前來作總評。在聽取了二十七篇論文的報告和討論後，他指出中國本土以外華文文學的發展，已經產生「雙重傳統」（Double Tradition）的特性，同時目前我們必須建立起「多元文學中心」（Multiple Literary Centers）的觀念，這樣才能認識中國本土以外華文文學的重要性。我認為世界各國華文文學的作者與學者，都應該對這兩個觀念有所認識。㉖

任何有成就的文學都有它的歷史淵源，現代文學也必然有它的文學傳統。在中國本土，自先秦以來，就有一個完整的大文學傳統。東南亞的華文文學，自然不能拋棄從先秦發展下來的那個「中國文學傳統」，沒有這一個文學傳統的根，東南亞，甚至世界其他地區的華文文學，都不能成長。然而單靠這個根，是結不了果實的，因為海外華人多是生活在別的國家，自有他們的土地、人民、風俗、習慣、文化和歷史。這些作家，當他們把各地區的生活經驗及其他文學傳統吸收進去時，本身自然會形成一種「本土的文學傳統」(Native Literary Tradition)。新加坡和東南亞地區的華文文學，以我的觀察，都已融合了「中國文學傳統」和「本土文學傳統」而發展著。目前我們如果讀一本新加坡的小說集或詩集，雖然是以華文創作，但字裡行間的世界觀、取材、甚至文字之使用，對內行人來說，跟大陸的作品比較，明顯是有差別的。因為它容納了「本土文學傳統」的元素。

當一個地區的文學建立了本土文學傳統之後，這種文學便不能籠統稱之為中國文學，更不能把它看作中國文學之支流。因此，周策縱教授認為我們應建立多元文學中心的觀念。華文文學本來只有一個中心，那就是中國。可是近代以來華人偏居海外，建立起自己的文化與文學，自然會形成另一個華文文學中心；目前我們已承認有新加坡華文文學中心、馬來西亞華文文學中心的存在。這已是一個既成的事實。因此，我們今天需要從多元文學中心的觀念來看待華文文學，承認世界上有不少的華文文學中心。我們不能再把新加坡華文文學看作「邊緣文學」或中國文學的「支流文學」，而是一種新的華文文學傳統。

我在《從新華文學到世界華文文學》與《華文後殖民文學》二書中，反覆從多個角度與課題來討論多元文學中心的形成，又以新馬華文文學為例，說明本土文學傳統在語言、主題、風格等多個方面是如何形成。[27]

所以林文慶與魯迅、郁達夫與中國僑居／新馬本土作家的例子正可以說明，區分誰是中心、誰是邊緣是不可能、而且不必要的，中心與邊緣的意義可以互換的。當文學在逐漸走向多元文化、全球化的時候，中心與邊緣的界限就更模糊，更沒有意義了，最後邊緣也是中心。

注釋

① 關於中國早期的論述見薛綏之主編：《魯迅生平史料彙編》第四輯（天津：天津人民出版社，1983），尤其俞荻、俞念遠、陳夢韶、川島的文章。我曾指導一篇碩士論文，把這場「爭論」所有發表過的文章中，給予分析，見莫顯英：《重新解讀魯迅與林文慶在廈大的衝突》（新加坡：新加坡國立大學中文系，2001）。關於事件的資料，可見該論文完整的參考書目。

② 郁達夫與當時作者討論的論文收集於方修主編：《馬華新文學大系》，理論批評第二集，（新加坡：星洲世界書局，1971）。楊松年：〈從郁達夫〈幾個問題〉引起的論爭看南洋知識分子的心態〉，《亞洲文化》第 23 期（1999 年 6 月），頁 103-111；鄒慧珊、李秀萍、黃文青：〈魯迅與郁達夫在新馬的論爭——華文後殖民文學情境的解讀〉，2002 年在王潤華：《中國現代文學專題》（新加坡國立大學中文系）的報告，共 13 頁。

③ 見李元瑾：《林文慶的思想：中西文化的匯流與矛盾》（新加坡：亞洲學會，2000）；李元瑾：《東西文化的撞擊與新華知識分子的三種回應》（新加坡：新加坡國立大學中文系／八方文化，2001）。

④ 王潤華：〈回到仙台醫專，重新解剖一個中國醫生的死亡〉，《魯迅研究月刊》1995 年第 1 期，頁 56-58。

⑤ 同前注 1，李元瑾：《東西文化的撞擊與新華知識分子的三種回應》，頁 43-53.

⑥ 同前注 3，頁 57-58。

⑦ Edward Said, "Intellectual Exile: Expatriated and Marginals", *Representation of the Intellectua*l (London: Vintage,1994),pp.35-48.

⑧ 王潤華：《魯迅小說新論》（上海：學林出版社，1993），頁 58。

⑨ Bell Hooks, "Marginality as Site of Resistance" in Russell Ferguson and others ,eds., *Out There: Marginalization and Contemporary Culture* (Cambridge, Mass: MIT Press, 1990),pp.341-342.

⑩ 王賡武：〈魯迅、林文慶和儒家思想〉，《中國與海外華人》（臺北：臺灣商務印書館，1994），頁 193。

⑪ 李元瑾：《林文慶的思想：中西文化的匯流與矛盾》；李元瑾：《東西文化的撞

擊與新華知識分子的三種回應》，頁 43-52 ， 237-296 。

⑫ 林毓生 :《中國意識的危機》（貴州：貴州人民出版社， 1988），頁 235-236 。

⑬ 同前注 9 ，頁 .341 。

⑭ 同前注 10 ，頁 186-187 。

⑮ 同前注 10 ，頁 181-183 。

⑯ 莫顯英對兩種不同的看法都有分析，見《重新解讀魯迅與林文慶在廈大的衝突》，頁 11-68 。

⑰ 方修主編 :《馬華新文學大系》，理論批評第二集，頁 444-448 。

⑱ 同上注，頁 452-453；457-458.

⑲ 這些文章有些收集於《馬華新文學大系》（同上注），頁 444-471 。

⑳ 王潤華 :《華文後殖民文學》（臺北：文史哲出版社， 2001），頁 51-76 。

㉑ 同前注 17 ，頁 452 。

㉒ 可參考曾焯文 :《達夫心經》（香港：香江出版社， 1999）。

㉓ Edward Sils, *Center and Periphery: Essays in Macrosociology* (Chicago:University of Chicago Press,1975) ， p.3.

㉔ 同前注 7 ，頁 39 。

㉕ Tu Wei-ming, "Cultural China: The Periphery as the Center" in Tu Wei-ming, ed., *The Living Tree: The Changing Meaning of Being Chinese Today*, op. cit. ,pp.1-34; 杜維明 :〈文化中國與儒家傳統〉，《1995 吳德耀文化講座》（新加坡：國大藝術中心， 1996），頁 31；杜維明 :〈文化中國精神資源的開發〉，鄭文龍主編 :《杜維明學術文化隨筆》（北京：中國青年出版社， 1999），頁 63-73 。

㉖ 周策縱 :〈總評〉，《東南亞華文文學》，王潤華等編（新加坡：作家協會與歌德學院， 1989），頁 359-362 。

㉗ 王潤華 :《從新華華文文學到世界華文文學》（新加坡：潮州八邑會館，1994）。至今我相關的論文未收入這兩本論文集的有〈後殖民離散族群的華文文學：包涵又超越種族、地域、語言和宗教的文學空間〉，頁 15；新世紀華文文學發展國際學術研討會論文， 1991 年 5 月 19 日，臺灣元智大學；〈邊緣思考與邊緣文學〉，頁 12；香港教育學院第二界亞太區中文教學研討工作坊：新的文化視野下的中國文學研究論文， 2002 年 3 月 13-15 日。

郁達夫〈馬六甲遊記〉開啟的南洋研究與南洋書寫

郁達夫抵達新加坡不到一年，便已成為中國文化傳播與發展的靈魂人物；新馬文化圈子的活動都以有他的參與而引以為榮。一九三九年徐悲鴻來新，當地的抗日賑籌會在三月替他舉行畫展，郁達夫便在其主編的《晨星》上出了一個專號介紹宣傳；刻印家張斯仁來新，他撰文〈印人張斯仁先生〉；一九四一年為歡迎詩人楊騷，他又寫了〈詩人楊騷的南來〉。

郁達夫在新加坡三年，加上逃難到蘇門答臘島期間寫的文章，共計四百六十二篇，其中政論佔一百〇四篇，內容主要是與抗戰有關的時事評論：揭露日本的侵略野心、呼籲所有的反法西斯國家緊密合作，為平等、自由和光明而戰。他特別強調所有華人要戮力同心，團結抗日到底。根據其當年故交的回憶，郁達夫為抗日宣傳所發表的文章應超過一百萬字，這些散落新馬報刊上的文章，已基本被全部搜集並整理出版。目前還在開展活動的南洋學會，創立於一九四一年，郁達夫便是發起人之一。南洋學會，原名「中國南洋學會」，成立於一九四〇年三月，由新馬一批南洋研究的中國學者姚楠、許雲樵、張禮干、郁達夫、劉士木、李長傅、韓槐准、關楚璞等創辦，是東南亞華人最早研究南洋課題的學術團體。其中郁達夫最有代表性，因為他精通日、英、德、法等語文，當時最新的海外南洋漢學研究著述資料，他都能及時了解掌握。就如其異常開闊的國際文藝視野一樣，他也給當時的南洋研究帶來超越中國眼光的世界性研究與考察視野。「南洋學會」一開始就主張利用世界各國的資料研究南洋，特別是南洋本土的歷史文化、在南洋落地生根的中華文化、南洋與中國的關係研究。至今年（二〇二二），成立八十二年的南洋學會及其出版的《南洋學報》，繼承與發揚郁達夫心中跨國界的學術理想，經歷了改組、改名並走向本土化、雙語化，現已成為國際化的權威學術組織與學報。一九五八年八月，當學會由「中國南洋學會」改名為

「新加坡南洋學會」時，標誌著其立足點及研究方向出現了關鍵的轉變，學會更加基於本土並逐漸走向國際，研究重點也更傾向新馬華人史的研究，研究領域涉及歷史考證、考古資料、文獻譯述、華僑史料、語言專號、教育論著、文化掌故、馬華文學、佛教藝術等等。至二〇二二年，學會的學術學報《南洋學報》已出版至第七十三卷，並定期舉辦大大小小各類型的國際研討會與專題講座。南洋學會也因此成為海外華人學術研究的重要團體，為東南亞華人史的收集整理作出了極大的貢獻。

郁達夫在新加坡中峇魯《星洲日報》宿舍的故居（左邊二樓、三樓皆住過）

為南洋學會出版的《南洋學報》創刊號，郁達夫曾專門寫了一篇有文學意境，同時兼具文化書寫、地理文化考古等跨學科視野，反殖民主義霸權論述的〈馬六甲遊記〉。文章特別從馬六甲歷史古跡出發，根據西方殖民主義的歷史去考察西方的侵略與霸權，省思亞洲人為何缺少深謀遠慮與冒險心。[①] 綜合多主題、多線敘事的手法、成就了這篇綜合多元思考，至今無人可及的馬六甲經典書寫。無論讀者當作遊記、散文，還是類似列維 · 斯特勞斯（Claude Lev-Straus, 1908-2009）《憂鬱的熱帶》那種考古人類學家的文化書寫，都是堪稱經典的傑作。這篇〈馬六甲遊記〉一開始，就展現南洋熱帶的異域圖像：[②]

上山下嶺，盡在樹膠園椰子林的中間打圈圈，一直到過了丹平的關卡以後，樣子卻有點不同了。同模型似地精巧玲瓏的馬來人亞答屋的住宅，配合上各種不同的椰子樹的陰影，有獨木的小橋，有頸項上長著雙峰的牛車，還有負載著重荷，在小山坳密林下來去的原始馬來人的遠景，這些點綴，分明在告訴我，是在南洋的山野裡旅行。但偶一轉向，車駛入了平原，則又天空開展，水田裡的稻稈青蔥，田塍樹影下，還有一二皮膚黝黑的農夫在默默地休息，這又像是在故國江南的曠野，正當五六月耕耘方起勁的時候。

這是神來一筆，極富西方、中國江南與南洋現代畫派的想像結構圖，遠久模糊的神話也活生生的呈現了：

> 據説就是在十四世紀中葉，當新加坡的馬來人，被爪哇西來的外人所侵略，酋長斯干達夏率領群眾避至此地，息樹蔭下，偶問旁人以此樹何名，人以「馬六甲」對，於是這地方的名字，就從此定下了。而這一株有五六百年高壽的馬六甲樹，到現在也還婆娑獨立在聖保羅的山下那一個舊式棧橋接岸的海濱。枝葉紛披，這樹所覆的蔭處，倒確有一連以上的士兵可紮營。

郁達夫學識淵博，他看見的不止眼前景象，也看見埋葬在廢墟裡的歷史，尤其是西方輪流搶奪他人土地的景象：

> 新加坡西來的馬來人所開闢的世界，這是在十四世紀中葉的事情。在這先頭，從宋代的中國冊籍《諸藩志》裡，雖可以見到巴領旁王國的繁榮，但馬六甲這一名，卻未被發現。到了明朝，鄭和下南洋的前後，麻六甲就在中國書籍上漸漸知名了，這是十四世紀末葉的事情。在十六世紀初年，葡萄牙人第奧義・洛泊斯特・色開拉（Diogo Lopes de Sequeira）率領五艘海船到此通商，當為馬六甲和西歐交通的開始時期。一五一一年，馬六甲

被亞兒封所・達兒勃開兒克（Alfonso dal Bugergue）所征服以後，南洋群島就成了葡萄牙人獨佔的市場。其後荷蘭繼起……一八二四年的倫敦會議以後，英國終以蘇門答臘和荷蘭換回了這馬六甲的統治權。

在聖保羅教堂的廢墟，郁達夫看見「周圍的牆壁，以及正殿中上一層的石屋頂，仍舊是屹然不動，有泰山磐石般的外貌」，他不禁問自己：「我又起了大陸國民不善經營海外殖民事業的缺憾；到現在被強鄰壓境，弄得半壁江山，盡染上腥污，大半原因，也就在這一點國民太無冒險心，國家太無深謀遠慮的弱點之上。」

遊記最後又出現超現實的空間。當他回返 Rest House，夢幻中，有一位本土人士，或像西方傳教士的人來與他對話。他說回新加坡後，計劃寫一篇小說，大概題名為〈馬六甲夜話〉或〈古城夜話〉：「這一篇 Imaginary Conversations 的對話，我想總有一天會把它寫出來。」

馬六甲荷蘭殖民留下的舊建築

這篇遊記，刊登在創刊號上，郁達夫一定精心設計了特別的密碼與寓意：我們需要從西方殖民史、中國歷史文化、考古廢墟、風俗神話，還有多方對話來解讀南洋與中華文化的密碼。這豈不是後來新馬學者所開拓的南洋研究，或稱東南亞研究、東南亞漢學研究的典範？顯然他們這批學者決定超越「中國南洋研究」，提倡更具世界眼光的「南洋研究」——使用多種語言和來自海內外的各種資料來進行分析與研究。[3]

在郁達夫啟發與影響下，南洋本土作家的成功個案則至少有溫梓川、苗秀、威北華等人。

注釋

① 郁達夫所寫〈與悲鴻的再遇〉，最近重刊在《知識天地》第 90 期中，頁 44-45。其他各篇均收集於《郁達夫南遊記》中。

② 發表於 1940 年 6 月 7 與 8 日的新加坡《星洲日報》的《晨星》，見《郁達夫文集》，第 4 卷（散文），頁 250-256.

③ 李志賢：《南洋研究：回顧、現狀與展望》（新加坡：八方文化，2012）。

郁達夫與新馬抗戰文學，1937-1942

一

一九四一年十二月七日，日本軍機偷襲美國在夏威夷的珍珠港，同一天，日軍在馬來亞東岸的吉蘭丹州海灘登陸，馬來亞並沒有充份備戰，當時的英軍主要是防禦性質，遇到日本突然的猛烈攻勢，連迎戰也沒有能力，一下子就慌張起來。

在太洋戰爭爆發前，新加坡就開始準備軍事防禦工作，可是當時的計策是防止敵人從南方海面進攻，而現在日軍從北馬往南長驅直下，因此防禦工作化整為零，前功盡廢。一九四二年一月三十日晚上，英軍完全放棄馬來半島，將軍隊撤退到新加坡。新馬只有一水之隔，兩地有一道半里長的長堤連接著，當日軍佔領柔州，整個新加坡便接受日軍大炮的轟擊，因此新加坡在二月十五日終於失守，英軍投降，一天內日軍便佔領整個新加坡。①

雖然日本侵略新馬遲至一九四一年底才發動，新馬各地的華人卻早在一九三七年中日戰爭爆發前，就積極展開抗日救亡的宣傳和行動。文學界在一九三七年，也從上海引進「抗戰文學」(或「抗戰文藝」)的口號，作家開始通過創作與抗日有關題材之作品，宣傳抗日救亡。除了「抗戰文學」之口號，後來又由於上海作家像艾蕪〈從文藝通俗化說到戰時文藝〉和司馬文森〈戰時文藝通俗化運動〉等文章影響，又引進「戰時文藝」(或「戰時文學」)的口號，加上南洋二字，成為「南洋戰時文藝」。儘管當時因抗日救亡而提倡的文學運動口號有許多不同，譬如還有「戰時華僑救亡文學」、「戰時南洋救亡文學」和「反封建反法西斯的大眾文學」，甚至更早的「國防文學」、「民族革命戰爭的大眾文學」等等，但是所有創作的基本主題與動向，都是一樣聲援抗戰，激發民氣、鼓勵參軍、聲討民族敗類、反映海外華人的救亡抗日熱潮，在所有口號之中，「抗戰文學」一詞為最多作家採用。②

中國抗日戰爭期間，居住在新馬地區的中國作家，在抗日救亡的社會運動中，都扮演過積極的角色，盡了極大的社會任務。當時名作家像郁達夫、胡愈之及其他人，由在文化界名望大，一九三七年後，變成凝聚知識分子和團結文教界的力量，因此新馬的籌賑救亡、宣傳抗日反戰的工作、喚醒民族意識，他們都扮演過領導性的工作，有關他們在這方面的功績，也希望有人作更深入的研究。③

抗戰期間新馬中國作家另一項重要貢獻，是在抗戰文學上的表現。研究中國作家對新馬抗戰文學的貢獻，我們可以從好幾個方面來認識和考察。許多作家的貢獻，是通過擔任華文報紙或刊物的編輯，或在教育文化界工作，對抗戰文學盡了提倡和發展的力量；像郁達夫、吳天、胡愈之、高雲覽、金山、王紀元、楊騷、王任叔（巴人）、沈滋九、陳殘雲、汪金丁等人，沒有他們的鼓勵和提倡，當時的抗戰文學會大大的遜色。另一些作家，他們對抗戰文學的貢獻是在於抗戰文學理論與思想的建設，像郁達夫、胡愈之、張天白、張楚琨、楊騷等人，他們在文學創作上拿不出作品來，倒是在抗戰文學中的批評和理論上，在推動各種文學運動，如「救亡戲劇」、「文藝通訊運動」、「詩歌大眾化運動」等等上有所表現。[④]

第三類的中國作家側重通過創作具有藝術性的作品，更有效的為抗日救亡運動服務。一方面他們去寫中國戰場災區為題材的小說、戲劇、詩歌或散文，另一方面也寫具有地方性的當地的救亡現實。這批中國作家在創作上對新馬華文抗戰文學的貢獻，很值得我們注意。他們參與抗戰文學不但完成了抗日救亡的歷史使命，他們留下的作品，再加上新馬土生土長，或已經生根的移民作家的作品，促成新馬華文文學在一九二〇年以來所形成的「繁盛時期」。[⑤]如果沒有他們的參與、當時又沒抗戰文學之運動，相信新馬華文文學到了一九三七至一九四一年代，還不會那樣繁榮，更不會有那樣高水平的作品出現。

二

我在這篇文章中所說的「中國作家」，是指在一九三七年中國抗戰開始到新加坡淪陷期間，僑居新馬的中國作家，他們大致上可分成四類。第一種作家郁達夫、胡愈之、金山、王任叔、陳雲、楊騷及其他，他們南渡南洋時，在中國已經成名，由於他們很深入廣泛的參與當地的社會文化生活和文藝運動，他們在新馬的作品，都被收集在當地的選集中，當作當地的文學遺產，戰後除了郁達夫等人被殺害，他們都回歸中國。第二類中國作家在中國出生長大，受完教育，前來南洋前已開始涉足文壇，雖然還未被肯定，到了新馬，繼續努力創作，及倡導文學運動，結果其成就及影響力比前一批作家更大，像汪金丁、葉尼（吳天）、張天白、瑩姿及其他，戰後他們回歸中國，有些繼續寫作，有些從此消失文壇。

我心目中第三批中國作家是像鐵抗（鄭卓群）、馮蕉衣和王君實（王修慧）那樣的作家，他們離開中國時已開始從事文學活動和創作。到了新馬，表現很好，可惜都死於異鄉，鐵抗於一九三六年南來，一九四二年日軍攻陷新加坡後在大檢證時被捕，慘遭殺害，年僅廿九。王君實於一九三七年南來，新加坡淪陷後，在日軍搜捕時，跳樓自殺。馮蕉衣於一九四〇年病逝時，年紀才廿歲。他們都是抗戰文學的重要作者，過去新馬批評家一直承認他們為馬華重要作家，可是由於他們沒有回歸中國，相信中國學者很少人知道他們的成就，更不必說「接」他回家，像郁達夫那樣被奉為作家和烈士。我希望中國也承認他們是中國作家，接他們回國，他們有資格享受雙重國籍。

另一批中國作家的身分是很特殊的，他們在新馬出生長大，有點像秦牧那樣，在新馬成名，後來回歸中國，這批作家在抗戰文學有很大成就的，以流冰（孫孺）和東方丙丁（陳南）為代表。

本文是一篇大題小做的報告，只能例舉幾個上述幾類中國作家的創作成就，以說明他們在抗日救亡中，與新馬作家共同創造抗戰文學所作過的努力和貢獻，目的是希望引起中國及其他地區學者之注意，然後作進一步的研究。這些中國作家的作品在過去只受到新馬學者正視，我們把他們當作我們的作家，把這時期的作品當作我們的遺產。其實他們也是中國的，更是世界的，中國應該承認和重視他們的成就。

目前研究中國作家在創作上對新馬抗戰文學之貢獻問題，在資料上還有很大的困難。這些作家南來以後，很多人甚至改名換姓，發表作品時，經常不斷採用不同的筆名發表，目前所見到的很多作品，作者身份很難辨別和確定。另外抗日救亡時期的報刊，很多已經散失。方修在一九七九年編《流冰作品選》才證明他在約十年前編選《馬華新文學大系》時，小說集所選高揚和流冰各一篇的作者原是一人，另外戲劇集中夏風和流冰也是同一人，理論批評集中的高揚也是流冰，由此可見在資料整理出來後，還是不易處理。在這些難題未完全解決前，很難正確而全面的研究出他們的成就，因此我這裡只是根據目前方修整理出來的《馬華新文學大系》及九冊的《馬華文學六十年集》[⑥] 的資料來考察這問題，我相信我的見解是不夠全面，更不必說深入。這只是一篇拋磚引玉的報告。

三

從作品上來看，上述比較著名的中國作家當中，以郁達夫和胡愈之的成就最大。郁達夫到新加坡後，沒有寫過一篇小說，具有藝術價值的散文則有幾篇，其中以〈馬六甲遊記〉為最佳，其次為〈檳城三宿記〉和〈覆東小記〉。這時作品多是雜感隨筆、政論性文章。他的作品比較完整地整理出來，收集在《郁達夫南遊記》、《郁達夫抗戰論文集》、《郁達夫選集》、及《馬華新文學大系》理論批評集及散文集。有關郁達夫在抗日時期的作品研究，是本文所述作家中最多的一個，因此這裡就不多談了。[⑦]

胡愈之於一九四〇年十二月應聘來新擔任《南洋商報》的總編輯，在任一直至一九四二年新加坡淪陷為止。在整整一年內，由於主持筆政，每星期為《南洋商報》撰寫五六篇社論，每篇一千五百字左右，另外還不時為該報寫些專論和雜文，此外也在《南洋商報》的晚報版寫短評，目前他戰前為《南洋商報》所寫的社論五十二篇已由方修整理出版《胡愈之作品選》，[8] 抗日期間的散文、雜感及其他作品至今還未見出版，因此從嚴格的文學尺度來衡量他對新馬抗戰文學的貢獻，還不能作出任何意見。[9]

我在上面說過，抗戰期間，在文學創作上最有成就的中國作家，不是我所說的第一類名作家，而是一批離開中國時還是文藝青年的作家，他們之中保留中國作家身份的有金丁、葉尼（吳天）、張天白、瑩姿、西玲為代表。另一批後來選擇新馬為其國家，在抗戰文學上也很有成就的可以劉思、老蕾、乳嬰（殷枝陽）、上官豸（韋量）作為代表。

我這裡試以金丁和葉尼做為例子。金丁於一九三七年由上海南來後，大部分時間在南洋女中教書，一九三八年開始在《獅聲》、《晨星》、《星火》等副刊撰稿，曾以撰寫《抗戰文藝講座》（十講）、《抗戰中的青年問題》（二十六講）、評小紅的〈關於南洋戰時的文學〉而引起極大注意。一九三八年冬至三九年中，《南洋商報》的副刊《獅聲》推動南洋文學通俗化運動，金丁幾乎是該刊在理論上的代言人。金丁在新加坡留下的作品，多數是一九三八年到一九四二年初新加坡淪陷時期。這些作品有四類：小說、雜文、文藝評論及時事論文。這些作品分別收集於方修編的《馬華新文學大系》及《金丁作品選》[10] 中。金丁目前所能見到與抗戰有關的小說只有三篇，可是這三篇小說在當時算很好的作品，前二篇取材反映日本侵略中的中國老百姓如何抗戰救國，第三篇刻劃新加坡救亡時期學校老師的人物形象。他的創作方向，代表當時正確的發展。

第一篇〈淪陷以後〉寫年青人阿黃在日軍攻佔他住的城市時，父母被殺害，妻子下落不明，他最後參加打遊擊，負責守衛一條河，小說從阿黃守夜至天明時，望見淪陷的山河故鄉開始回憶，全篇抒情的情調濃厚，雖然沒有喊打喊殺的抗日口號，卻是一篇有深度的抗日文學小說。另一篇〈誰說我們年紀小〉取材自抗戰初期一個真實故事，關於上海一位教師將英租界難民收容所的小孩訓練成兒童劇團，他們從上海撤退到武漢時，路上展開救亡宣傳。走了五十一天，四千里路上，演了七十三場戲，十五天沒飯吃。第三篇〈旁觀者〉的題材取自新加坡社會，反映從中國新來的移民、受華文教育與英文教育，土生土長的華人在日本侵略中國時複雜的心理，而且也反映這三種人生活在一起時的衝突和相互排擠的問題。前兩篇寫於一九三八，第三篇作於一九三九，都是有深度，有藝術價值之作。

金丁在新加坡淪陷後，與郁達夫、胡愈之、王任叔、王紀元、高雲覽一起撤退到蘇門答臘，戰後回來一個短時期，便回中國。[11] 像金丁一樣，葉尼也是以全部生命和全部作品投入抗日救亡運動的作家。葉尼原名洪為濟，一九三六年南來，先在馬來亞的芙蓉中學教書，一九三七年春移居新加坡，一九三九回上海。他在新馬居留二年半期間，除了積極參加救亡戲劇運動，也留下許多作品。他在新馬期間所寫的抗戰文學作品，多數收集在一九三九年回上海出版的獨幕劇集《沒有男子的戲劇》和散文集《懷祖國》。方修編的《葉尼作品選》收集了他在新馬的作品，包括獨幕劇、雜文、短論、散文，報告文學等二十五篇[12]，另外方修的《馬華新文學大系》戲劇集、散文集、理論批評集都收錄了他的代表作。

方修在《馬華新文學大系》戲劇集中「急救亡戲劇」裡收錄了葉尼的抗戰戲劇六篇：〈傷兵醫院〉、〈春回來了〉、〈沒有男子的戲劇〉、〈合力同心〉、〈活該〉及〈串好的把戲〉。這些作品都是一九三七至三九年所創作。〈傷兵醫院〉是葉尼在新馬所寫的第一個救亡戲劇，內容雖是表現上海前線戰事的慘烈以及迫切需要後方藥物接濟，戲中護士和受傷的葉先生是一位從南洋回國參戰的青年，因此也有反映新馬抗戰救亡的現實性。這時期的作品，除了〈傷兵醫院〉與〈春回來了〉(改編自田漢的〈回春之曲〉)，其他如〈合力同心〉、〈活該〉、〈串好的把戲〉、以及〈沒有男子的戲劇〉都是反映當地救亡活動，當地讀者所關注的題材。葉尼不但寫劇本，也熱心協助劇團演出和培養演員。

葉尼這時期的散文和報告文學，都是一流的抗戰文學，像收集在《葉尼作品選》與《馬華新文學大系》散文集像〈秘密的日本〉這一系列有關日本軍國主義統治下的日本故事，以及抒情散文，文筆生動，且緊緊把握住現實，現在時代雖然改變，但還是值得一讀的好作品。[13]

葉尼回中國後，又恢復南來前的筆名吳天。[14]

四

在另一群南來時還是文藝青年的作家中，我想舉出鐵抗作為代表，他跟王君實、馮蕉衣都不幸在新加坡逝世。鐵抗，原名鄭卓群，據說一九三六年南來前，已出版過一本小說集《山花》。於一九三七年接編《星洲日報》的《文藝》週刊，開始創作短篇小說〈在動盪中〉、〈運輸兵阿部信一〉等，一九三八年推出中篇〈試煉時代〉，這些作品都是代表抗戰小說前期，以中國本土抗戰為題材的要小說。〈試煉時代〉以後，鐵抗轉用新馬題材來寫小說，他的〈白蟻〉、〈洋玩具〉就是直接取材於當地現實的抗戰小說，其次〈女銷貨手〉、〈信匯〉及〈荷水〉也間接描寫了抗戰。另外他的許多散文如〈寂寞。魚港〉，救亡戲劇如〈父〉也是抗戰文學的代表作，前者是一篇文筆優美又抒情的散文，後者是描寫當地鋤奸活動的一個獨幕劇。

鐵抗當時也是一位極重要的理論批評家，他在抗戰文運中，特別是所謂馬華文藝通訊運動，扮演領導的角色。一九四一年底，鐵抗從馬來亞的邦咯島回到新加坡，不久日軍攻下新加坡，他遭受殺害，那時才十九歲[15]。

在一般人的印象中，只有從中國到新馬的歸化作家，沒有新馬出生的人到中國當作家，其實並不然，像今天臺灣小說界傑出的作家李永平和詩人陳慧樺都是馬來西亞土生土長最終回歸中國的臺灣作家。更早期的中國作家中，秦牧雖在香港出生，他在新加坡度過童年和少年，才回中國，也算是歸僑作家。後來的作家也有不少人在新馬土生土長，受完教育，在文壇上成名後才回中國，像抗戰文學的重要作家陳南（東方丙丁）和流冰（孫孺）便是。陳南大約在一九四五年回中國，抗戰時期以東方丙丁為筆名寫了大量抗戰詩歌，方修《馬華新文學大系》詩集中，竟收錄他的廿二首抗戰詩，另外小説集中，有兩篇抗戰小説，散文集有十三篇。[16]

流冰一九一四年出生於新加坡，父親早年到新馬僑居，讀完小學，曾到廣東梅縣讀中學，一九二九年回到新加坡，在新馬擔任過中、小學教師。後來又曾到過上海參加「中國詩歌會」，再去東京。一九三六年後，努力寫作，抗戰時期，曾用劉賓、夏風、高揚、高風等筆名，創作戲劇、小説、散文、評論等形式之抗日作品。在方修的《馬華新文學大系》中，他是唯一一個作家，每一集中都有作品收錄。方修編的《流冰作品選》，收錄了他四十篇作品，包括小説、童話、獨幕劇、新詩、散文、雜文、文學評論及時事評論等。[17]他的小説，目前見到的以中國抗日為題材的有〈黃浦江中的巨雷〉和〈在血泊中微笑〉為代表。他以魯迅那種單刀直入的方法，簡潔而有力地以事件反映當時的世道人心，令人讀後使讀者代入其中，了解現實後面的隱喻。〈黃浦江中的巨雷〉，作者描寫二位中國軍人在黑夜的掩飾下，游向停泊在上海黃浦江的日本旗艦「出雲號」，割穿雷網，用水雷成功地把它炸沉。小說以寂寞的上海之夜開始：

> 秋夜迷濛的月色籠住這正在被毀滅著的大都市！她好像一隻受傷的野獸，閉起了眼睛，在異常的寂靜中戰抖著，這一個難得的變成了意料之外的寂靜之夜，使這都市顯得恐怖。

最後，小說以一聲巨響結束了這個上海故事：

> 這一聲巨響震動了這可怕的寂靜的夜的都市，震動了整個世界！

〈在血泊中微笑〉寫王老爹的上海紙煙店被日本飛機炸毀了，在逃走中，兒子、媳婦被炸死，剩下他和孫兒二人。他年紀大了，不能參加遊擊隊，有一天他回到他被毀的煙店廢墟堆中看看，剛好附近停了一輛滿載軍火的日本軍車，他用火柴點燃車底的汽油，把軍車引爆了，他也同歸於盡。流冰也寫很有馬來亞鄉土的小說，〈小牛的夢〉是關於殖民時期鄉下窮孩子被趕出校門的故事。流冰的散文也很有鄉土氣息，像〈小茶居〉寫一個馬來亞小鎮上，咖啡店老闆在關切中國抗戰局勢，自己又不識字，看不懂報紙，每天請求茶客唸新聞給他聽。短短的篇幅，就把一個小鎮人物的心理描寫得真是淋漓盡致。

流冰在抗日時期，最為人注意的，又發生過最大社會影響力的，還是他的戲劇。目前能見到的，取材中國的有《金門島之一夜》，描寫一個漢奸最後發現日軍在姦淫擄掠的暴行中，連他的妻子也不放過的悲劇。取材新馬救亡實況的有《雲翳》，和《十字街頭》。前者寫南洋一個都市中，店鋪的書記拒絕替老闆去接洽一宗與日本人的交易而被開除，他寧願兒子病死，也不幹出賣民族的勾當。後者刻劃兩個從中國逃難南洋的人，一個拉二胡賣唱，一個弄西洋鏡，由於爭地盤，大打出手，後經路人排解，決心團結愛國。這是一個街頭抗日劇。

流冰在一九四〇年回中國，今天七十三歲，現任廣東省歸僑作家聯誼會理事長。[18]

五

我上面所列舉的幾位所謂中國作家，實在不能充分說明他們對新馬華文抗戰文學的貢獻，還有許多我尚未談到的作家，也有同樣的成就。譬如瑩姿（她大約一九四一年回中國），她寫了大量的抗戰詩歌，也有不少散文和劇本，[19] 我只希望通過這篇簡單的介紹，能引起中國及其他國家學人的注意，把這些作家納入中國抗戰文學的研究範圍，公平認真地研究他們的作品，客觀衡量他們在中國抗戰文學中的地位。

我所談到的這些作家，他們以作品來表現抗戰文學的內涵是宏大廣闊，多樣並存。它可以寫中國戰區大小事件，也可以寫新馬華人救亡抗日的現實。因此他們創造了許多具有濃郁新馬鄉土氣息的作品，不但提高了新馬文學創作水準，也建立了以本地生活為題材的好榜樣。他們不管生長於何處，新馬文學界一直把他們的作品當作寶貴的文學遺產。一九三七年至新加坡淪陷日軍手中的一九四二年初，乃新馬文學自一九二〇年最繁盛的時期，這一批作家的貢獻實在不容忽視，我們將會更完整的將他們的作品整理出版，作更深入的研究。

寫於一九八七年五月，新加坡國立大學肯特崗

原刊於中國現代文學研究叢刊 88；22（1988 年 6 月），頁 122-133

注釋

① 關於新馬淪陷前後與華文作家抗日和逃難之情形，詳見我的舊作〈中日人士所見郁達夫在蘇門答臘的流亡生活〉，見《中西文學關係研究》（臺北：東大，1978），頁 155-188；或見 Wong Yoon Wah, "Yu Da Fu in Exile: His Last Days in Sumatra", *Renditions*, No.23（Spring 1985）, p871-883.

② 有關當時口號之討論，見方修：《馬華華新文學史稿》（下卷）（新加坡：星洲世界書局，1965），頁 249-257；或見林文錦：《新五年馬文學理論研究（1938 至 1941）》（新加坡國立大學中文系碩士論文，1986），頁 149-150；以及方修：《馬華新文學簡史》（新加坡：萬里書局，1974），頁 156-170。

③ 林萬菁：《中國作家在新加坡及其影響，1927 至 1948 年》，（新加坡：萬里書局，1978），也有相當詳細資料有關作家參與籌賑救亡，抗日宣傳的工作。楊松年：《戰前新馬文藝副刊析論》（新加坡：同安會館，1986）對了解當時的副刊，很有幫助。關於戰前報刊，可參考余美珍《戰前五年（1937 至 1941）新加坡華文報刊研究》（新加坡國立大學中文系榮譽論文，1983）。

④ 關於當時理論批評的重要論文，可參考方修編：《馬華新文學大系》第二冊（新坡：星洲世界書局，1971）。林文錦：《戰前五年新馬文學理論研究（1937 至 1941）》（新加坡國立大學中文系碩士論文，1986）對中國作家參與當時理論批評之爭論與建設，也有涉及。有關本文所提到的作家生平，可參考馬崙：《新馬華文作家群像》（新加坡：風雲出版社，1984）。

⑤ 有關 1937 至 1942 繁盛期之新馬文學，見方修：《馬華新文學史稿》下冊（新加坡：星洲世界書局，1985）。

⑥ 方修：《馬華新文學大系》（新加坡：星洲世界書局，1971-1972），共 10 冊，收錄了 1919 至 1942 期間的理論批評（二集）、小說（二集）、戲劇，詩、散文、劇運（二集）及史料。方修編的《馬華文學六十年集》目前只出版了 10 冊，由新加坡上海書局，1979 至 1980 年出版：《白獲作品選》、《老蕾作品選》、《張天自作品選》、《金丁作品選》、《胡愈之作品選》、《鐵抗作品選》、《流冰作品選》、《葉尼作品選》、《李潤湖作品選》、《流浪作品選》，這些作品多數在抗戰期間發表，而且所收的作品絕大多數可稱為抗戰文學。

⑦ 溫梓川編：《郁達夫南遊記》（香港：世界書局，1956）；方修編：《郁達夫抗戰

論文集》（新加坡：世界書局，1977）；方修、張笳合編：《郁達夫選集》（新加坡：萬里書局，1977）。

⑧ 方修：《胡愈之作品選》（新加坡：上海書局，1979）。

⑨ 有關胡愈之文學方面作品分析，見林萬菁：《中國作家在新加坡及其影響，1927-1948》（新加坡：萬里出版社，1978），頁62-82。

⑩ 方修編：《金丁作品選》（新加坡：上海書局，1979）。

⑪ 有關金丁創作成就的文章還很少，可見林萬菁：《中國作家在新坡加及其影響，1927-1948》，頁105-106；方修：《馬華新文學史稿》下冊，頁113-115。

⑫ 方修編：《葉尼作品選》（新加坡：上海書局，1980）。

⑬ 有關葉尼（吳天）的作品分析，可參考林萬菁：《中國作家在新加坡及其影響，1927-1948》，頁25-33。

⑭ 吳天在中國大陸曾經長時期不為外人所知，最近則稍有露面，有關他回中國之後的生活及寫作，見〈記吳天〉，《回音壁》1986年第1期，頁23。

⑮ 鐵抗作品見於方修：《鐵抗作品選》（新加坡：上海書局，1979）及方修編：《馬華文學大系》各集中，方修在《鐵抗作品選．前言》中對鐵抗的介紹，值得一讀。

⑯ 生平見馬崙：《新馬華文作家群像》（新加坡：風雲出版社，1984）。

⑰ 方修編：《流冰作品選》（新加坡：上海書局，1979）。

⑱ 關於流冰回中國後之生活，見〈流冰小記〉：《回音壁》，1986年第1期，頁24。

⑲ 她是抗日時間新馬最重要作家中唯一的女性，詩、散文作品有以錄於《馬華新文學大系》。

第三輯

郁達夫的南洋

郁達夫跨界與多元的南洋歷史文化與文學書寫典範

《檳城散記》的多元新解讀與郁達夫

郁達夫跨界與多元的南洋歷史文化與文學書寫典範

一、解剖與發現南洋文學中「郁達夫的文學DNA」

我這篇論文的題目〈郁達夫的文學南洋：跨界與多元解讀〉，所謂「郁達夫的文學南洋」，是把焦點鎖定郁達夫在南洋期間的文學世界，特別有關他如何推動與影響當地的文學書寫，也就是他說的南洋文學。我的跨界解讀，是指嘗試從郁達夫主編副刊的策略、個人的構想、他對南洋各地作家寫作發展的各種鼓勵與指導。更重要，本文企圖建構郁達夫所期待的南洋文學書寫的獨特性，從藝術技巧與文學想像、到殖民社會與華人移民的多元生活，還有它與中國本土作家的中國文學作品的差異性。同時也會論述郁達夫自己在南洋的三年期間他自己的文學的創作與活動，這方面我只簡單的報告，這研究課題太重大，完整深入的論述，需要一本如博士論文那般專而精的專題研究才能處理好。

郁達夫於一九三八年十二月二十八日抵達新加坡，當時東南亞最有影響力的華文報刊《星洲日報》聘請他擔任副刊主任，他一人主編幾個文學與文化副刊，因為當時出版書本期刊的時代還未出現，副刊就是文壇，副刊就是文化界。他是當時《星洲日報》總編輯之外最高薪的編輯，可見郁達夫是以重金聘請，對華人文化與藝術負有重大的發展使命，包括新馬與整個南洋（東南亞）區域的華文文學與華人文化，有待具有高瞻遠矚的知名的、有影響力的作家兼文化人來領航、開拓，去建構中國以外的，今日我們所說的世界華人文學與文化[①]。今日新馬與東南亞的華人文化，尤其文學的蓬勃與成就，例如新馬華人文化人與文學作家之多屬全球第一，更難得的是第二代、第三、第四代的移民華人還繼續以華文寫作，書寫出世界級的優秀作品。王潤華《從新加坡華文文學到世界華文文學》論述的作家便可了解一斑。[②]現在通過個案與整體的深入研究與分析，我們逐漸發現像郁達夫這樣前衛作家所留下的文學基因，與今日歷史最悠久的華文文學的蓬勃與創新發展絕對有密切的關係。[③]就如西方殖民地的英文文學書寫，在東南亞與非洲也因為曾出現過世界經典傑作如《黑暗的心》（*Heart of Darkness*）作者康拉德（Joseph Conrad, 1857-1924），寫印度的《山野書寫》（*The Jungle Book*）作者吉卜林（R. Kipling, 1865-1936），與寫《印度之旅》（*A Passage to India*）的佛斯特（E. M. Foster, 1879-1970），寫《馬來群島短篇小說集》（*Maugham's Malaysian Stories*）的毛姆（William Somerset Maugham）等等大師的啟發，才會產生深厚的東南亞亞裔英文文學，以及大英帝國的英聯邦文學（Common wealth English Literature）。[④] 這類從殖民地到今天後殖民時代的英文作家在近幾十年來獲得諾貝爾文學獎的作家非常多，因為殖民與後殖民，多元社會產生的複雜的人生經驗與所引起的藝術想像，成就了嶄新的文學藝術。以下就是一些例子，從南非奈吉利亞的索英卡（Soyinka）、印度後裔的奈保爾（Naipaul）都是借用殖民者的語言——英文來書寫自我，書寫後殖民地的人類的新經驗：[⑤]

2021，Abdulraza Gurnah

2003，J. M. Coetzee

2001，V. S. Naipaul

2007，Doris Lessing

1994，Kenzaburo Oe

1991，Nadine Gordimer

1992，Derek Walcott

1986，Wole Soyinka

上述所說二戰前書寫東南亞的西方作家，郁達夫都很崇拜與熟悉，像康拉德與毛姆等名字就出現在他早期出版的文論裡，收錄在《郁達夫文集》第五至第七卷。[⑥] 他喜愛閱讀西方原文小說，後來到了新加坡還是如此。據與他在南洋生活的朋友所寫的回憶錄，都提到郁達夫在新加坡的中峇魯公寓擁有很多英文書籍，經常逛英文書店，即使逃難到印尼蘇門答臘叢林深處小鎮峇爺公務，他的住處仍有收藏與閱讀大量日後被日軍搜查沒收的外文文學書籍。關於郁達夫在新加坡期間仍繼續讀書寫作的見證，他的同事，戰後一直定居曼谷，成為泰國華文新聞界名人的吳繼岳說：「他在星洲三年，有錢就買英文書籍，一本厚厚的英文書，他晚上一兩個鐘頭就可以讀完，而且把值得參考的地方，用書簽夾上。等到他離開星洲時，還留下數千部英文書在他的中峇魯寓所。」汪金丁在〈郁達夫的最後〉也說，郁達夫在蘇門答臘逃亡時的家「書很多，都是那些西洋文學書，據說是從憲兵部搜羅來的。」因為那時郁達夫偽裝商人，化名趙廉，後來被日本憲兵隊知道他通曉日文，強迫他擔任日本憲兵隊的翻譯，郁達夫也因此解救了不少被日軍隊逮捕的印尼人、華人以及其他居民或逃難的人，為印尼二戰中的神話。⑦

我們需要從這樣跨地域的思維與角度來解讀郁達夫的南洋。郁達夫抵達新加坡之後，細看他這時期的文學論述，會發現他對東南亞的作家，尤其土生一代的華文作家，有一套驚人的寫作策略，即我說的「郁達夫的文學 DNA」。那就是要本土生長或新移民，以新的本土華語，書寫南洋的多元文化與種族多元的生活經驗，創造新的南洋文學想像。不是用正宗的北京話，重複五四時期如張資平等人的「想像南洋」論述。⑧

二、異域文學啟航：郁達夫南洋之夢幻之旅

南洋第一位受郁達夫啟發的作家溫梓川，也是啟發郁達夫南洋夢之旅的人。

正如前述，早在一九二九年，郁達夫就有到南洋各地一遊的念頭。後來，溫梓川在汪靜之家初次遇見郁達夫。郁達夫對溫氏詩中的南洋文化風俗大感興趣，說：「啊！南洋這地，有意思極了，真是有機會非去走走不可。」汪靜之卻向他潑冷水：「像我們這種人老遠跑到南洋去發不了財，實在沒有意思！」可是，據溫梓川說，郁達夫不以為然，並說：「司提文生的晚年就在太平洋的一個小島上渡過的，他在那裡就寫了不少非常有意義的作品。」[9]

後來郁達夫真的去了南洋，而且寫了不少遊記雜文，而溫梓川恰恰是將他的部分遺作搜集成書的第一人。這書就是《郁達夫南遊記》，於一九五六年出版。

三、浪漫的、參與土著社會與反殖民的神話之旅

郁達夫所說的英國作家就是目前我們熟悉的史蒂文孫（Robert Lousi Stevenson, 1850-1894），他那趟浪漫的、積極參與土著社會以及反殖民的神話之旅，在二十世紀現代主義文學發展後，引起西方學術與批評界重新給予他極高的評價，列為

西方經典作家之一，與約瑟夫·康拉德及亨利·詹姆斯地位相同。因為現代主義畫家或文學家的生活與語書寫，喜歡旅行到陌生的異域，擁抱異族文化、尋找新想像，自然就會推崇如史蒂文孫這樣的自我放逐之旅，成為二十世紀以後文學藝術家的新典範，郁達夫自然是狂熱擁抱這種另類自我放逐的邊緣人。

在五四以後的小説家中，恐怕少有像郁達夫對西方文學，尤其小説與小説理論都博學精通。我們今天翻閱《郁達夫文集》第五至第七卷的文論，還有第十一與十二卷的譯文，便可了解他想像的文學世界是那樣多元複雜而廣闊，調動的文學資源不只來自中國古今文學，還有日本與西方古今文學。如此，帶給他多元性的文化想像，以及對事物的深度認識。郁達夫這樣跨界的文學想像，擁有驚人的力量。所以他一聽見榴槤和娘惹等南洋異域的奇異水果，與結合異族文化與習俗的婦女，就馬上想起、羨慕《金銀島》作家史蒂文孫自我放逐的神話之旅。在南太平洋小島薩摩亞(Samoa)，史蒂文孫生活到死也不離開這片土地，他與土著往來密切，儼然融合成一體，積極參與當地政治與土著社會，反對西方殖民主義。這樣的神話之旅，成為海外探索真理的文學作家的典範。

遠赴南洋是一次自我更新，也是一場不祥的自我放逐。這個神話之旅，也具有可怕的預言性。從郁達夫所留下很多有關南洋的敘述，我們有預感，如果悲劇不曾發生，他會再次創作小説，而這些作品必然充滿域外情調與對熱帶殖民地的想像。

然而，歷史沒有如果，郁達夫最後還是被日本憲兵殺害，他沒法實現像史蒂文孫在太平洋南島上那趟參與土著社會，反殖民、以及異域書寫的浪漫神話之旅。

郁達夫的人生經歷與寫作歷史，與史蒂文孫有太多的相似。史蒂文孫常常到處旅行，尋找適合他治療結核病的氣候與土地。史蒂文生也是一位擁有過人洞察力的藝術家、文學理論家、隨筆作家與社會評論家，也被認為是南太平洋殖民歷史的見證人。身為作家，史蒂文孫的新浪漫主義雖然故事帶有異國情調的浪漫，但這些小說都在書寫社會底層的人，反映資產階級的黑暗，揭露社會黑暗和人民困苦，暴露資產社會的貪婪和虛偽等種種社會矛盾。郁達夫死後埋葬在蘇門答臘島上，史蒂文孫也是安葬在薩摩爾島上，兩人都深受當地居民和土著愛戴。[10]

四、郁達夫的反殖民的民族覺醒的文學之旅

郁達夫到南洋之夢最後成真，但要過了十一年後才實現。郁達夫抵達新加坡的日期是一九三八年十二月二十八日。從香港赴新加坡途中，郁達夫訪問了菲律賓，一九三九年一月一日他接任《星洲日報》副刊《晨星》主編，一月八日寫了一篇〈幾個問題〉，發表在一月二十一日《晨星》上。這篇文章裡說：

> 在這一次的自港來星的途中，於耶誕節後一日，

> 我曾經過菲律賓的首都馬尼拉市。當去菲律賓大學參觀的路上，於無意中，買得了一份 The Sunday Tribune Magazine，在這一份雜誌上，我又於不意中，看到了一篇記載一位元菲律賓的大作家 Rizal 的事律賓的民族英雄李查兒，他為欲改進民族的福利，糾正社會的錯誤起見，只寫了一部小說，叫作 *Not Me Tangere*。這一本小說出來後，世界各國才知道南洋有一個非律賓群島，這島國的政治、社會，以及一般島民的生活是怎樣的。李查兒當初當然不是在故意強調菲律賓的地方色彩，然而這小說一出世後，菲律賓文學，當然也就成立了。雖然他的原文是用西班牙文寫的，但這小說現在已經成了無論哪一國的愛讀物，譯成了幾十國的文字了。⑪

這是郁達夫覺醒的民族之旅。郁達夫經過菲律賓的首都馬尼拉，馬上發現反抗西班牙殖民主義統治下，依然有菲律賓民族主義大作家例如黎薩（Jose Rizal, 1861–1896）。因此他希望南洋華文作家要以創作反抗殖民主義，以文學爭取土地獨立，所以他才以一位在菲律賓的華裔作家創作為例。荷西．里薩爾（José Rizal）是菲律賓的民族英雄，亦是華人後代，常被華僑稱為柯黎薩。他是一名眼科醫生，並在文理各方面多才多藝，一八八二年至一八九二年曾旅居歐洲。雖然不懂用中文書寫，但是他借用殖民者語言——西班牙文創作了《社會毒瘤》（另譯

《不許犯我》*Touch me not*）與《起義者》（*The Reign of Greed*），揭露西班牙殖民統治的殘酷，弊端的叢生，旨在喚醒菲律賓被殖民的各個民族，包括土著與移民。他成為反殖民運動的領袖，發表了針對改革的文章和詩歌。一八九六年十二月三十日里薩爾被西班牙殖民當局處決，後來菲律賓政府將此日定為國定假日里薩爾日，封他為烈士（national hero）。他的兩本書小說《社會毒瘤》與《起義者》法定為中學生必讀的文學作品。

回看〈幾個問題〉，可以發現郁達夫一到新馬就開始建構他的南洋華文文學論述。他似乎是宣告自己來主編報紙副刊，絕不是為了一份職業，而是要有計劃地帶領南洋年輕作家，書寫熱帶土地上的新文學。他不要南洋的華文文學只是模仿中國大陸的主題、話語，他要被殖民的南洋，從西班牙殖民的菲律賓，到英國殖民的新馬，再到荷蘭殖民的印尼，一一喚醒整個地域各族群的反殖民文學書寫。他更更急切地希望創造屬於本土華人的本土語言，書寫移民在不同氣候、土地上複雜又新鮮的生活。〈幾個問題〉引述里薩爾那段話之前，郁達夫說特別強調他要建構的是真正的華文本土書寫：

> 南洋文藝，應該是南洋文藝，不應該是上海或香港文藝。南洋這地方的固有性，就是地方性，應該怎樣的使它發揚光大，在文藝作品中表現出來？

這問題實在是一個很重要而亦極普通的問題。文藝，既是受社會、環境、人種等影響的產物，則文藝作品之中，應該有極差烈的地方色彩，有很明顯的社會投影。我以為生長在南洋的僑胞，受過南洋的教育而所寫作的東西，又是以南洋為背景，敘述的事件，確是像發生在南洋的作品，多少總有一點南洋的地方色彩的。問題只在這色彩的濃厚不濃厚，與配合點染得適當不適當而已。地方色彩，在作品裡原不能夠完全抹煞掉而不管，但一味的要強調這地方色彩，而使作品的主題，反退居到了第二位去的這一種手法，也不是上乘的作風。所以，根本問題，我以為只在於人，只在於作家的出現。南洋若能產生出一位大作家出來，以南洋為中心的作品，一時能好好的寫它十部百部，則南洋文藝，有南洋地方性的文藝，自然會得成立。我們只須向這一方向去努力，修練我們自己的表現力、觀察力、消化力，將來當然是有希望的。但是，要寫出一部可以為南洋吐氣放光的作品，也是一件不容易的事情，不是人人能夠寫，天天可以寫。學幾何沒有捷徑，創造文學，也沒有捷徑，所要緊的，是在我們的時時刻刻的學習與用心。[12]

郁達夫的洞察力超強，雖然剛抵達新加坡，但是對文壇的現況與結構已經非常了解，做過分析。他決定拓展與延伸南洋華文文學，也敢於挑戰新領域。從最早至戰前，來自中國文壇的影響力完全左右馬華文學發展，副刊成了他們統治當地文壇的殖民地。林萬青的《中國作家在新加坡及其響（1927-1948）》，就研究了洪靈菲、老舍、艾蕪、吳天、許傑、高雲覽、金山、王紀元、郁達夫、楊歸、巴人（王任叔）、沈滋九、陳殘雲、江金丁等人。他們在中國時已有名氣，移居新馬不是擔任副刊編輯，便是在學校教書，影響力極大。現在重讀這些副刊，便明白本地意識、本土作品沒法迅速成長的原因。但是即使在壓抑下，本土意識的文學種子仍然一直成長。譬如在戰前二十年代，一群編者開始注意到，新馬長大或出生的作者要求關心本地生活與社會，改用本地題材來創作，於是副刊開始提倡把南洋色彩放進作品。到了一九三〇年代，由於新馬華人歸宿感日益增加，郁達夫一開始就有遠見要把當地的文學地圖重新規劃，清楚劃出除了中國的文學，還要建構南洋文學的新地圖。

可是郁達夫以多重身份，作家與編輯知名度極大，他與中國各文學與思想流派的作家文人都有深厚的關係，也當過各種文化工作的領導。但是，他還是遭到不少批評，關於這點，下節討論。

五、郁達夫的南洋邊緣話語：引爆中國中心／本土書寫的論述

由於一九三〇到一九四〇年代前後，從中國南下到東南亞各地的作家非常多，特別在新馬，因為文化與教育的工作機會多。不少像郁達夫在報紙與文化機構工作，對南洋的華人文化與華文文學各有影響、各有貢獻[13]，但目前學者專題研究所得，像我自己的〈郁達夫在新加坡與馬來亞〉、〈郁達夫在新馬與蘇門答臘〉、〈郁達夫與南洋作家本土小說書寫〉等問題的探討，發現了短短三年郁達夫在文學上嘗試了很多可能性，他的影響留下很多隱形的 DNA。

郁達夫在一九三八年十二月廿八日抵達新加坡，一九三九年一月一日就走馬上任，主編《星洲日報》三種副刊，此後更有一種文藝半月刊刊行的計劃，和編纂《星檳日報》的《星期文藝》。可惜因為日本佔領新加坡，前後只工作了三年。然而，這三年的南洋之旅，對南洋本土，以及郁達夫自己，都有非凡的意義。一九三九年一月廿一日，他在《星洲日報》與檳城的《星檳日報》同時發表〈幾個問題〉。這篇論文引起很大爭議，涉及兩個問題。第一個問題是針對南洋文藝界把國內的課題全盤搬過來的現象提出意見，我在上面討論過。郁達夫不滿當時太多人學習魯迅的雜文風格，論題內容又都是中國國內的問題是郁達夫在檳城訪問時回應讀者在座談會上的提問，郁達夫對這現

象提出質疑：

上海在最近，很有一些人在提出魯迅風的雜文問題，在現在是不是還可以適用？對最這問題，我以為不必這樣的用全副精神來對付，因為這不過是文體與作風的問題。假如參加討論的幾位先生個個都是魯迅，那試問這問題，會不會發生？再試問參加討論者中間，連一個魯迅都不會再生，則討論了，也終於何益處？法國有一位批評家說，問者人也。我們的文體我們的思想，受一點古人的影響，是難免的事，若要捨己耘人，拼命去矯揉造作，那樣何苦？

後來郁達夫又寫了〈我對你們卻沒有失望〉與〈我對你們還是不失望〉二文，他確實反對「死抱了魯迅不放，只是抄襲他的作風」，想不到這次反對盲目跟著中國文壇走，批評抄襲中國作家文風的發言，卻引起僑居新馬的中國作家如張楚琨以及幾位本土長大的新馬作家如耶魯的反對。

耶魯其實不是土生華人，是剛從福建南來的，真名為黃望清，戰後留在新加坡，成為新加坡富商。⑮ 當時郁達夫曾勸告他：⑯

我要忠告耶魯先生，對南洋土人，不要看得太輕，我們希望人家以平等來待我們。我們先必須以平等來待人家，我所說的菲律賓作家李查爾（即黎薩）的作品，不過事隨便舉的一個例子。我所說的，也是他的精神，他的人格，和他的作品。

另一位後來確定為中國江蘇左翼作家金枝芒（陳樹英，1912-1988）[17]，開始時為馬共地下成員，後來進入森林參加馬來亞反英獨立解放運動。當年這兩人都是來自中國的新移民，是熱血奔騰的左派，是極端崇拜魯迅的青年[18]。後來，郁達夫也為自己辯護，強調不是否定魯迅的價值，而是要引導與催生南洋本土華文文學的獨特性：[19]

我說討論的人若個個是魯迅的話，則那場討論或者可以不必的，這是對死抱了魯迅不放，只在抄襲他的作風的一般人說的話。這一點，我希望耶魯先生應該看清。魯迅與我相交二十年，就是在他死後的現在，我也在崇拜他的人格，崇拜他的精神。前些日子，報傳魯迅未亡人許女士滬寓失火，我還打電報去探聽，知道了起因是有一點的，但旋即撲滅，損失毫無之後，我才放心。並且許女士最近還有信來，說並沒有去延安，正在設法南遷，我也在為她想法子。所以我說用不著討論的，是文體，作風的架子問題，並不是對魯迅的人格與精神有所輕視。

魯迅在一九三〇年後，正如我在《魯迅在東南亞》的「南洋魯迅」論述所指出，在左派文化人的政治話語下，魯迅神話也開始移植到新馬，最後他代表了中國自五四以來主張現代與革命的文化思想。[20] 自然受到以中國本土為思想指導的張楚琨，與來自中國的新移民、魯迅的年輕崇拜者如耶魯與金枝芒等人的圍攻。

來到當時文化相對低落的南洋，按理說郁達夫應該擁抱中國中心的優越感，思考從一元的中國中心論出發。他卻意外的不認同書寫中國的主流，反對當地過度擁抱中國的文學觀與主題，抱怨寫作的題材與風格太受當時中國文壇潮流支配。他另一方面也對當時本土意識過分強烈的華文作家有所保留，他說：「提到有關南洋色彩的問題只在這色彩的濃厚，如果一味的強調地方色彩，而使作品主題，退居到第二位去的寫作手法，不是上乘的作風」。[21]

我細讀《郁達夫文集》的論述文章[22]，處處顯示郁達夫具有邊緣人的雙重透視力。從留學日本到回到中國，他的小說散文很明顯的表現出自己一直在自我流放。在中國，他是圈外人（outsider）、零餘者、頹廢文人、自我放逐者；到了南洋，他的心態就更加如此。

六、建構南洋本土華文文學的新傳統、新中心

郁達夫在〈幾個問題〉繼續說：「到星洲不久，就去檳城，

自檳城回來不久，又便接編三種副刊，此後更有一種文藝半月刊刊行的計劃，和《星檳日報》約星期文藝的編纂。」[24] 這裡所所說的三種副刊，是指《星洲日報》的純文藝副刊《晨星》，和《文藝週刊》，以及《星洲日報》晚報的《晨星》。此外，後來《星洲日報》還出版大型《星光畫報》每月一冊，其中文藝欄，也是由郁達夫負責。

《星洲日報》，一直是新加坡兩大華文報之一，而《晨星》更是在早期新馬華文文學發展有過極大的影響力與貢獻。今天這個副刊還繼續出版，不過已不如早期那樣有影響力了。《晨星》創刊於一九二二年，當年由胡浪漫與林健合編，副刊的編輯與文章內容，根據苗秀的《馬華文學史話》，是使用剪刀與漿糊編輯的，即大量選用大陸報紙副刊已經發表的稿件剪貼而成，沒有編輯方針與策略。[26] 郁達夫在一九三九年一月九日接手《晨星》，當天郁達夫寫了一篇〈晨星的今後〉表明他要在新馬提倡文藝，提拔作家的決心，他期待「培植出許多可以照躍南天，照耀全國，照耀全世界的大作家。」

編了兩個月的副刊，一九三九年二月二十六日他寫了一篇〈看稿的結果〉，發表在檳城的《星檳日報》的《文藝雙週刊》上。他這說兩個月「所看稿子，長短大小，總已經有一千篇的數目」。[27] 文中郁達夫毫不客氣的點出南洋青年作品的兩大缺點，也大膽說出一大期望：

(一) 缺少多角度的南洋書寫：在這千把篇稿子裡所表達的，簡括起來說一句，就是「差不多」的現象。文藝是時代的產物，也是環境與人種的產物，每一時代與一地方的文藝作品，都有「差不多」的現象，原是無可奈何的事情，但在南洋這種「差不多」的傾向，似乎太呆板了一點。同一件事情，同一個主題，我們寫的時候，可以從許多的角度來寫的，而南洋的作者，卻是只從正面入手的居多。

(二) 讀書太少：其次是文字的問題，在國內的作家，無論如何，寫幾句文字總是清通的，所缺乏的是內容、作意以及整篇文字的佈局和技巧的熟練等等。而在南洋呢，則有許多投稿者，似乎很有不注意於文字的洗煉的。我看有許多作者，他們都有作意，都有思想，但到了一起筆來，卻辭不能夠達意，筆不能夠從心，致弄得文字都不大通順。在這裡，我才看出了南洋的青年，讀書讀得太少了的弊病。

(三) 期望海外方面的文化中心：我正在希望以後的南洋，尤其是檳城能夠漸漸發展開來，成一個中國文壇已經四散後的海外方面的文化中心地。

今天南洋已經實現郁達夫的盼望，東南亞已經是中國以外最重要的一個華文文學與中華文化中心。

六、郁達夫與青年作家的啟蒙對話：建構另一個華文文學中心與藝術性的文學想像

郁達夫看稿很用心，積極選取好作品，鼓勵新作者。而最令人敬佩的是其超前的遠見：「郁達夫與青年作家的對話超越啟蒙：建構另一個華文文學中心。」當時經常投稿《晨星》的馬華作家劉前度先生，在懷念郁達夫的一篇文章中說，郁達夫要拓寬南洋的文學視野與版圖，非常重視參考與學習西方文學的創作技巧方法與藝術想像：

> 他編的《晨星》，很喜歡提拔後進的寫作人，只要內容好，寫作技術成熟，都會被採用。雖說他常常感到篇幅不夠，要求投稿者寫出的著作，最好不要超過三四千字，但是好的作品，往往超過這種範圍，他都沒有割愛，反而盡量發表。通常我投去的，多數為近代歐美作家小說的譯作，他很快就將它登載出來，這不是說他和我有什麼特別交情，只不過表示他對歐美小說的重視吧了。[28]

但是郁達夫也同樣重視中國文學的傳統。當時經常投稿郁達夫主編《晨星》的新加坡年輕作家苗秀（他自己也在一九四七至一九五〇年當上了《晨星》主編）就說，當年郁達夫主編《晨星》

星洲日報

在戰鬥中

魚藤

DERRIS (TUBA ROOT)

口腔疼痛

Knox Company
P.O. Box 615 S'pore

一九三九年《星洲日報》的文藝副刊「晨星」

後，除了得到以前那些作家繼續支持，還吸收了大批新人。此外，郁達夫選經常發表中國名作家的作品，包括矛盾、艾蕪、適夷、柯靈、蕭紅、姚雪垠、老舍、姚蓬子等，藉以啟發本地作者和溝通兩地之文藝。這就是郁達夫建構南洋文壇成為中國之外另一個中心的文學策略。[29]

七、副刊新典範：發揮多功能的文學／文化傳播功能

郁達夫主編下的《星洲日報》副刊建立了一個新典範，那就是使新馬華文文學甚至文化思想的發展，轉以華文報紙文藝副刊為發展中心。從此，副刊在培養新人、開導新潮流、發表作品等方面始終對整個文藝界，發揮極重大的影響力。郁達夫之前的報紙副刊，運作是靜態的編輯方式，主要作為發表作品的園地，尤其通過剪貼轉載中國的報章作品。在郁達夫主編下，副刊變成一個積極活躍的文學團體、發揮多功能的文學／文化傳播效果。我這裡不必重複分析這些副刊的內容，像《新加坡早期華文報章文藝副刊研究》[30]已有研究。《郁達夫文集》第七卷很多文章說明了他策劃的導航，包括提供寫作題材、藝術技巧、文學思潮參考。當然，他自己也兼具多重身份，是文藝理論、寫作經驗與社會運動，還有抗戰的領導。

《星洲日報》副刊總編輯工作開始後，郁達夫從牛車水的中心南天酒店搬遷，定居在新加坡的中峇魯住宅區，是當時新

加坡最高級的公寓。具體地址是中峇魯路（Tiong Bahru Rd.）六十五座二十四號三樓，這是溫梓川說的。[31] 郁飛記憶中，是先住三樓廿二號，後來關楚璞離職後，搬到二樓廿二號。由於主編副刊，他常與青年接觸，又沒有架子，報館同事與文藝青年都喜歡他。後來成為泰國曼谷資深報界代表的吳繼岳在一九三九年八月曾受聘於《星洲日報》，當記者兼晚報電訊編輯，他的辦公桌剛好與郁達夫並列，他的印象是這樣：

> 主筆關楚璞的驕傲態度，和郁達夫先生的和藹可親，成了一個強烈的對照。本來郁先生比關某更有資格擺架子的，因為他無論聲譽和地位都不是關某所能比擬，但郁先生卻一點子也沒有，他對同事，不論職位高低，都一視同仁，不分彼此。同事有事請教他，他都知無不言，言無不盡，因此同事都很敬愛他。我上班不到幾天，就對郁先生發生好感。[32]

新加坡作家苗秀那時常常投稿《晨星》，後來回憶說：

> 郁達夫很喜歡接近文藝青年，他那時候的寓所在中峇魯，筆者不止一次到過他的寓所。
>
> 他給我的印象很好，我覺得他的性格平易近人，毫無半點大作家的架子，對我們這些來訪的搞文藝的年青

人，非常歡迎，態度也極誠懇，對於年青的寫作者，他更是獎勵不遺餘力。[33]

我一九七三年從美國讀完博士，受聘於南洋大學中文系，我的辦公室隔壁就是苗秀（盧紹權）。他當時是助理教授，但實際上只有高中學歷，而且是受殖民地英文學校的教育，上學只學英語，中文是自學，卻還成為新馬華文著名小説家，實在不平凡。苗秀平常熟讀中英文文學名作，因此特別被中西文學造詣高深的郁達夫賞識，也是這個原因，南洋大學破格聘請他為中文系助理教授，專門講授東南亞華文文學。我們課餘聊天，他知道我也寫作，碩士論文研究郁達夫在南洋，因此一見如故，成為全系最常聊天的同事。在他身上，我也感受到他曾在郁達夫身上找到的親切開朗，現實而浪漫的氣質。可惜他只完成三年一聘，就離開了。他一再表示，非常感恩、有幸遇到郁達夫的提拔及啟發，雖然他最重要的小説是在二戰結束，郁達夫逝世後才寫的。

如果我們説南洋沒有郁達夫，很多人不會成為作家，也不算很誇張。在三十年代末與四十年代初開始成名的本地作家如王君實（1910-1941）、鐵抗（1914-1942）、馮蕉衣（1914-1940），他們年輕時從中國移民來新馬，都深受郁達夫提倡的文藝思想影響而努力創作。他們堅決以行動抵抗日本侵佔東南亞，也是因為受到郁達夫關於抗戰的言論與行動，而勇敢加入當地華人反日社團，以及英軍領導的防侵略組織。[34] 一九四一年，日本開始從北馬往南馬進攻，郁達夫積極的參加抗日活動。我在〈中國作家對新馬抗戰文學的貢獻〉[35]、〈中日人士所見郁達夫在蘇門答臘的流亡生活〉已有所敘述，他不但幫忙新加坡英國殖民政府新聞部編刊物宣傳抗日，而且擔任「文化界戰時工作團主席」及「文化界戰時幹部訓練班主任」等職位。他本來可以趁早逃走，可只是將兒子郁飛先送回中國，自己留下來，與其他文化人盡力工作到最後關頭，才倉皇乘電艇逃亡到荷屬印尼的蘇島。

另外，郁達夫對馮蕉衣的提拔與愛護也是非常感人。一九一四年馮蕉衣出生在中國廣東潮安，一九三七年南來，之後在商店擔任書記。他擅長散文與詩歌創作，在《晨星》等副刊大量投稿，一九三七年出版的《衡窩集》，是新加坡戰前最早的詩集之一。一九四〇年馮蕉衣病逝，僅僅廿七歲。他的詩被郁達夫評為「適宜於寫抒情小詩」，且是「生來的抒情詩人」[36]。對這文藝青年，郁達夫先後寫了兩篇文章，更在他墓碑上親筆書法題字，親自送葬。郁達夫下面這篇刊在《星洲日報》的紀念文章就很真切感人：[37]

> 詩人馮蕉衣，和我本來是不認得的，到了星洲之後，他時常在《晨星》欄投稿，我也覺得他的詩富於熱情，不過修辭似乎太過於堆砌。所以他投來的稿，我有時候

也為他略改，有時候，就一字不易地為他發表。

經過了幾月，他就時時來看我，我曾當面向他指出許多他的缺點。他聽了之後，似乎也很能接受，近半年來，他的詩和散文，我覺得已經進步得多了。

我曾親自送他入殮，亦曾親自送他入土，向他棺上拋了最後餞別的一土。

原載一九四〇年十月十七日《星洲日報·紀念詩人馮蕉衣特輯》

郁達夫在〈序馮蕉衣的遺詩〉坦誠地說，他只知道馮蕉衣是投稿的年輕朋友，了解不多，他也不是偉大的詩人。郁達夫對一位普通的投稿者那樣用心，實在很難得，可能就是想以此勉勵更多年輕人寫作吧：[38]

簡單的説明。馮蕉衣是一位生來的抒情詩人。因為他的才氣，他的傾向，他的性情，都是適宜於寫抒情小詩的。但他並不是一位大詩人。

八、郁達夫啟發與影響下中國南來南洋青年作家的典範個案研究：馮蕉衣、王君實與鐵抗

這裡我舉出幾位受郁達夫啟發影響的中國南來作家與南洋

本土的華人作家為例。

上面說過的馮蕉衣是中國南來作家的其中一位，他努力寫抒情小詩，抒發個人在殖民社會的困苦，經常投稿《晨星》副刊。郁達夫也出乎意料地經常與他見面、改稿，甚至關懷他的貧苦生活。其次是王君實（王修慧，1910-1942），一九三七年赴新加坡，看了郁達夫主編的副刊，受到其中的文學與反日戰爭言論所啟發，積極從事文學活動，也寫了大量宣傳抗日的文章。他才思敏捷，文筆優美，除了詩歌、散文，小說與郁達夫的氣質與才華相似，有郁達夫式那種社會主義文學色彩外加浪漫主義的混合。比如王君實的散文〈海岸線〉，書寫初到南來的苦悶：[39]

> 一九三七年的夏天，在熱裡，我感到生命的最難擔受，苦悶壓著我的心懷。有時帶了幾本破書，用熱水瓶滿盛了酒，蹁躚的全然是漫步著，踏著陽光，在臨水的草坪上坐下……但願在我未死之前，我又作一回的遊客。那時候，這陰暗的天轉成朗快，這污濁的死水變成了奔流。似乎預示自己在這片土地上的悲劇。

這簡直就是郁達夫式的散文，怪不得他們一見如故，互相欣賞。一九四二年日軍佔領新加坡，派兵包圍王氏所住的友人書店，限三天內交出王君實。為了不連累書店，他寫下絕筆書，然後跳樓殉難，遺著有《王君實選集》。[40]

另一位是鐵抗（1913-1942）原名鄭卓群，出生於廣東潮陽。一九三六年冬南來馬來亞，在民眾學校教書，並主編《星洲日報》服務版，一九三六至一九三八年接編《星洲日報》的《文藝》週刊，與郁達夫是同事兼晚輩朋友。一九七九年方修主編並出版的《鐵抗作品選》，收集了鐵抗先生的代表作，包括中篇小說〈試煉時代〉、〈白蟻〉與〈洋玩具〉，這三篇都發表在《晨星》副刊。第一篇在郁達夫主編之前，寫遠在中國的抗日愛國戰事；〈白蟻〉暴露馬華救亡陣營中各種蛀蟲般的人物；

郁達夫在新加坡的故居與當任編輯的《星洲日報》報社館

與〈洋玩具〉描寫三十年代英國的殖民地教育的實況，極符合南洋書寫的典範小說，可以說回應了郁達夫呼喚本土華人社會書寫的號召。[41] 一九四二年初，星洲淪陷，鐵抗死於日軍檢查期間，才二十八歲。[42]

九、郁達夫啟發與影響下南洋本土作家的典範個案研究：溫梓川（1911-1986）、威北華（1923-1961）、苗秀（1920-1980）

（一）南洋典範之一：檳城作家溫梓川，郁達夫最早的追隨者

溫梓川（1911-1986）又名溫玉舒，曾用筆名南洋伯、半峇峇等，暗喻自己具有的本土文化認同感，這也是郁達夫的本地寫作策略。溫梓川生於馬來西亞檳城，曾在一九二〇年代到中國中山大學與暨南大學讀書。畢業後回到檳城擔任中學教員，也做過檳城《光華日報》的總編輯。已出版著作：

短篇小說集：《美麗的謊》、《夫妻夜話》、《某少男日記》；
散文集：《梓川小品》、《文人的另一面》、《冬天裡的倫敦》；
詩集：《咖啡店的侍女》、《夢囈》、《美麗的肖像》；
譯著：《托爾斯泰短篇小說集》、《走向橋邊的女人》；
論著：《馬來亞研究》、《華人在檳城》

在馬來西亞檳城的現代華文作家群中，溫梓川可以說是傳承了

五四新文學精神的第一代作家，他企圖延續郁達夫自傳敘事的小說傳統。他因為崇拜郁達夫在南洋社會文化的參與，所以重視媒體副刊的力量。他除了在學校教書，把精力都放在編輯工作，所以他的文化書寫與編輯使命，壓倒了創作南洋小說的使命。他的小說、散文傾向自我抒情，筆下的檳城地域，有濃郁南洋風情，含有郁達夫自傳敘事的小說風格，也有郁達夫社會主義的色彩。如以南洋為題材的短篇小說〈美麗的謊〉、〈夫妻夜話〉、〈某少男日記〉就是開創性的南洋書寫，可惜南洋想像由於未完全開展，用力不深，成就不大。

（二）典範之二：苗秀在郁達夫影響下建構南洋城市社會的本土小說

苗秀（1920-1980）是具有本土南洋華文文學新傳統的典範，這就是郁達夫要建構的南洋華文的典範，不過他生前還未看見其完整的發展，因為苗秀的代表作是在戰後才出現。苗秀原名盧紹權，生於新加坡，筆名有文之流、聞人俊、軍茄、軍笳、夏盈、苗毅等。苗秀在英殖新加坡接受的只有英文教育，從未在華校讀書，但他通過勤奮自學華語，十七歲便用華文在郁達夫主編的《星洲日報》副刊《晨星》和《星光書報》上發表短篇作品，甚得郁達夫賞識，對他加以指導，故創作也深受中國現代文學的影響。

他是東南亞第一位最完整地創作「南洋書寫」的本土作

家，他的長篇、中篇、短篇小說都有獨創性。雖然書寫的中心為新加坡，但他筆下的小人物來自南洋各地的民族，以城市底層為中心，形成了華文文學的新傳統。他的作品有：

長篇小說：《火浪》（1960）、《殘夜行》（1976，曾獲新加坡1978年度書籍獎）、《蛹》（1979）和《初熟》（1979）；
中篇小說：《年代和青春》（1952）、《小城憂悒》（1962）；
短篇小說集：《旅愁》（1953）、《第十六個》（1955）、邊鼓（1958）、《紅霧》（1963）和《人畜之間》（1960）；
散文集：《文學與生活》（1967）和《馬華文學史話》（1968）等。

目前研究苗秀的小說很多，論者都看見他的特點如自敘傳小說、主觀抒情、浪漫主義色彩、剖析內心的心理小說，而帶有社會主義色彩的主題也處處可見。[43] 他擅長描寫社會下層人物，代表作是中篇小說《新加坡屋頂下》（1952），後陸續發表長篇小說《火浪》（1960）、《殘夜行》，對二戰前後的東南亞，尤其是西方殖民主義與日本侵佔東南亞帶來一系列暴行、壓迫、剝削下的生活，有抒情史詩式的書寫。

（三）典範之三：威北華（魯白野，馬來西亞 / 星加坡 / 印尼的南洋書寫）

寫文學書時，他署名威北華，文化書則用魯白野為名。他原名李學敏，一九二三年出生在馬來亞霹靂怡寶，他短暫的一生，非常神秘，也缺少記錄。現在可知，他大約在新加坡接受過中學教育後，一九四一日本侵略佔領馬來亞之前隨父親前往印尼。日軍佔領印尼期間他像郁達夫逃亡蘇門答臘叢林時一樣，曾受日軍拘捕受刑，逃亡印尼後，他亦積極參加當地的文化活動。一九四五年後，他參加印尼軍隊，加入反抗荷蘭殖民統治的獨立戰爭。一九四八年回返新加坡，他在《星洲日報》、《南洋商報》等報紙副刊大量發表作品；像郁達夫，他也曾擔任《星洲日報》副刊編輯。一九六一年，威北華逝世於新加坡，當時只有三十八歲。他是一位全能型的天才：他是小說家、現代詩人、散文家、文化書寫學者、翻譯家，每個領域都有潛力發展成大師級。威北華在小說與散文中不斷的重復他從馬來亞逃難到印尼各島嶼，曾經四處流浪、當兵、教書、搞文藝活動的那些往事。最後他回返新加坡與馬來亞，寫了十本著作：

威北華《春耕》(散文)，新加坡：友聯圖書公司，1955。

威北華《流星》(小說)，新加坡：南洋商報社發行、南洋印刷社印刷，1955。

威北華《黎明前的行腳》(小說、詩、散文)，新加坡：世界書局，1959。

魯白野《獅城散記》(文化散記)，新加坡：世界書局，1953。

魯白野《馬來散記》(文化散記),新加坡:世界書局,1954。

魯白野《馬來散記續集》(文化散記),新加坡:世界書局,1954。

魯白野《馬來亞》,新加坡:世界書局,1958。

魯白野《印度印象》(文化散記),新加坡:世界書局,1959。

魯白野《實用馬華英大辭典》,新加坡:世界書局,1959。

樓文牧編《愛詩集》,新加坡:世界書局,1960。

如在〈伸訴〉那篇散文中所敘述,威北華在一九五〇年代初開始就以現代主義的手法寫詩、散文和小說,令人難以相信。他幾乎打破詩、散文、小說的形式與寫作手法的分類,甚至連他自稱為散記的《獅城散記》、《馬來散記》,文字都具藝術美,絕不是普通報告文學的文筆。可見無論是威北華的文學書寫,還是魯白野的地方文化歷史散記,他都用盡心思去打造文學的美感。

威北華抗戰前後從馬來西亞、新加坡、流浪到印尼,那是郁達夫式的南洋探索之旅,他通曉多種語文,最後也沿著郁達夫的路,進入《星洲日報》,企圖通過副刊推動民族文化獨立運動。他受過包括西方現代主義(荷蘭)與印尼結合的現代主義潮流,還有馬來文化的薰陶,而他的個人浪漫氣質與抒情的文筆，與郁達夫非常相似。

雖然至目前為止，還沒有文字記載足以證明威北華如何受到郁達夫的啟發與影響，只知道他在印尼參加文學活動時，與印尼名作家安華那群五十年代印尼文作家關係密切，受各種新文學潮流的影響，而這時候印尼文作家與華文作家都有接觸與閱讀中國五四的新文學作品。[44]同時《比較文學導論》（*Introduction to Comparative Study of Literature*）主張，過去的文學作品，對後來作家尋找形式、主題、題材和技巧，是一個取之不盡的泉源。[45]威北華應該都在印尼閱讀了一九一九以來郁達夫等人的五四新文學作品。他的散文、小說與文化書寫，都有郁達夫風格的烙印。

十、郁達夫南洋舊詩詞「偶吟哩句，南洋詩人和者如雲」

郁達夫在新加坡不是一個過客，三年匆忙短暫的歲月中，他對新馬與印尼，甚至整個南洋的文學發展以及社會文化，都起了超乎想像的作用。本文前面已簡略說過他對新馬文學界的鼓勵與刺激。由於他在中國文壇的名氣，又喜歡做舊詩詞，正如他自己所說：「偶吟哩句，南洋詩人和者如雲」，因此成為當時南洋文化界文人崇拜的偶像。各行各業寫舊詩的文化人都與他互相吟詩，他經常在報界的聚會、各方言社團如醉化林、名人俱樂部如怡和軒俱樂部吟詩。逝世後一般人是比較知道郁達夫在南洋所寫的舊詩詞，主因是這方面的作品很早就被搜集出來，像陸丹林編的《郁達詩詞鈔》，鄭子瑜編的《達夫詩詞集》及劉心皇的《郁達夫詩詞彙編》，都輯有晚年作品，而且流傳很廣。

目前郁達夫南洋舊詩詞很受重視，研究論文非常多，凡是觸及南洋戰前的文學，郁達夫的作品是不可或缺。如趙穎的《新加坡華文舊體示研究》有專章討論他的舊詩詞，學者都發現他的舊詩，一如散文、小說、遊記，有好強的自傳性、故事性、真實經驗與內心感受，可讀性極高。他很少玩弄玄虛的傳統詞句，切實記錄了二戰時代流落南洋的華人那些離散的生活與情懷。[46] 比如偽裝趙廉在蘇門答臘逃難途中，經常走到一個巴東小山鎮，聆聽盟軍在巴達維亞電臺的新聞廣播，節目主持是一位來自中國的女士，以前與他同在盟軍反日機構工作。這人叫李筱（曉）英，她廣播的聲音美麗大方，所以郁達夫說「郤喜長空播玉音」，他們在新加坡都有很好的工作，如今流落印尼，「鳳凰浪跡成凡鳥」，「滿地月明思故國。」這是郁達夫《亂離雜詩》組詩十一首之一，短短幾句製造了浪漫的情調、帶出戰爭下愛情與思鄉無奈，具悲劇的效果：

郤喜長空播玉音，靈犀一點此傳心。
鳳凰浪跡成凡鳥，精衛臨淵是怨禽。
滿地月明思故國，窮途裘敝感黃金。
茫茫大難愁來日，剩把微情付苦吟。

郁達夫於一九三八年底年抵達新加坡後不久，一九三九年初他奉老板胡文虎之命，北上檳城，參加檳城《星洲日報》開始發行的慶祝活動。一月二日郁達夫抵達檳城，住在《星檳日報》對面之杭州旅店。因為他是浙江富陽人，杭州自然使他思鄉和失眠，因此當晚便寫了一首七絕〈宿杭州旅店〉(檳城雜感)：

故園歸去已無家，傳舍名留炎海涯。
一夜鄉愁消未得，隔窗聽唱後庭花。

一九三九年一月一日

第二天在大霧中登檳城的升旗山看見，菊花盛開開：

好山多半被雲遮，
高處旗升風日淡，
北望白原路正器。
南天冬盡見秋花。

一九三九年一月二日檳榔嶼

在一九四二年二月四日郁達夫與文化界朋友共十九人在日軍攻陷新加坡前夕，從陳嘉庚的怡和軒出發，乘小船逃難到馬六甲海峽對岸的蘇門答臘。當時兵荒馬亂之際，郁達夫在電船上也寫詩記載倉皇、無助與悲涼的旅程：

星洲既陷，厄蘇島困孤舟中，賦此見志

傷亂倦行役。
西來又一關。
偶傳如夢令，
低唱念家山。
海闊迴潮緩，
頹隨南雁侶
風微夕照殷。
從此賦刀環。

一九四二年二月蘇門答臘

自二〇一二年以來，我住在南方大學的星辰樓宿舍四樓，天氣晴朗的旁晚，總愛遠眺西邊馬六甲海峽上空，正好太陽西下，燦爛的夕陽久不消失。我便想起郁達夫當年逃亡也看過海峽的這片天空，他的詩句「風微夕照殷」，加上「海闊迴潮緩」把黃昏時馬六甲的海峽與天空永恆化了。根據新加坡詩人潘受的回憶，他本來也是準備乘那艘電船逃離星洲，後來中國作家也急於逃亡，人數太多，就讓他們先走。後來潘受一九四二年二月六日乘法國郵輪逃亡印度[47]。

二戰後潘受聽聞郁達夫遇難，有詩〈怡和軒與諸友夜坐追話郁達夫之死紀念〉：

嚴警烏啼寇壓城，當時共此議宵征，
陸游家國於詩見，杜牧江湖載酒行。
耿耿三年支萬忍，遲遲一死換千生，
招魂何處收殘骨，徒博虞初説部名。

潘受此詩的附注是第一手的真實資料，揭露郁達夫如何在日軍攻陷新加坡之前逃去蘇門答臘：

一九四二年二月達夫自新嘉坡圍城出走，其小電船原為洪永安備以供余與永安兩家眷屬用者，約定五日黎明開往鄰近之蘇門答臘小島，余告知達夫及李鐵民，皆欲同行。先一夕乃同下榻怡和軒待發。達夫所攜小行篋衣物數事，而外有白蘭地酒一瓶，牛肉干十餘塊，詩韻一部，曰舟中可唱和也。相與大笑，酒三人立盡之。達夫又言胡愈老等數人尚無以為計，餘念與永安兩家別購得西行船票行期為六日，因商得永安同意，將小電船坐位盡讓與之，遂分途。郁達夫既至蘇門答臘化名趙廉，嗣為日寇所得，命充通譯三年，間全活甚。眾寇降懼平日罪行，多不能逃其耳目，又早知其人即郁達夫，乃密害之以滅口。竟無有知其死所者。

目前再讀從一九三八年底至一九四五年，郁達夫從抵達新加坡到蘇門答臘失蹤這期間，所寫的舊詩詞，[48] 不但構成南洋文學重要的的一章，也是郁達夫自己亂離與離散的傑作。從中國文學來觀察，如周嘉謙所說，這是中國離散詩學重要、精彩的一章，但是必須重新解讀郁達夫超越遺民與移民的心態，而是落地生根的本土華人，反西方與日本的殖民主義寫詩。[49]

本論文考察晚清以降，面對廿世紀的新舊交替，殖民與西學雙方衝擊之下，中國南方、台灣與南洋這幾批詩人群體的離散際遇。從他們寫於境外的漢詩創作，探究一個政治／文化遺民的精神處境，討論漢詩文類的越界與現代性脈絡。漢詩有著源遠流長的傳統，作為士人文化心靈的寄託與投射，已成為一代流亡知識分子用以銘刻歷史嬗變，見證家國離散的重要媒介。

注釋

① 參考王潤華：〈郁達夫在新加坡與馬來亞〉，《中西文學關係研究》（臺北：東大圖書，1987，頁155-188。

② 王潤華：《從新加坡華文文學到世界華文文學》（新加坡：八邑會館叢書，1994）。

③ 我的最近的研討會論文〈郁達夫與南洋作家本土小説書寫〉（2022年3月11-13日杭州師範大學文學院主辦郁達夫研究國際學術論壇）開始嘗試這方面的研究。

④ 參考 Bruce King(edit), *Literature of the World in English* (London:, Routledge & Kegan Paul,1974), Anna Rutherford(ed.),*From Common to Post-Colonial* (Sydney: Dangaroo Press,1992.

⑤ 關於其簡單的獲得諾貝爾文學獎之作品特殊成就，參考諾爾委員的簡要推薦：https://en.wikipedia.org/wiki/List_of_Nobel_laureates_in_Literature

⑥ 見王自立、陳子善編：《郁達夫文集》（香港：三聯書店，1983）第5-7卷。

⑦ 吳繼岳《憶郁達夫》，頁34，汪金丁：《郁達夫的最後》，收集於《郁達夫紀念集》（南洋熱帶出版社，1959），74-93頁。

⑧ 參考我的中國人的五四想像南洋與與本土華人南洋象的差異性：王潤華〈五四南洋想像與東南洋想像對話之後〉《2019文字現象》（新加坡：聯合早報華文媒體，2020，頁71-86）。

⑨ 見溫梓川編：《郁達夫南遊記》（香港世界書局，1956），溫梓川之「代序」。

⑩ https://en.wikipedia.org/wiki/Robert_Louis_Stevenson

⑪ 王自立、陳子善編：〈幾個問題〉《郁達夫文集》第七卷，頁49-50。

⑫ 同上，頁48-49。

⑬ 參考我指導的學位論文：《中國南來作家及其影響，1927-1948》（新加坡：萬里書局，1978）。

⑭ 見王任叔：〈記郁達夫〉，收錄於《郁達夫紀念集》，頁1-16。王任叔（巴人）是十八人中的一個。

⑮ 其中一位筆名叫耶魯的年輕人，現在身份查明，為後來新加坡富商黃望清，曾任駐日本大使。晚年回歸廈門。他出生廈門，在 1931 至 35 就讀廈大政治經濟，1935 年南渡緬甸、新加坡和沙撈越等地。目前有朱立文編著《從鼓浪嶼到新加坡：一位外籍華人的歷程黃望青傳》（廈門：廈門大學出版社，1995）。

⑯〈我對您們卻沒有失望〉《郁達夫夫文集》第七集，頁 57。

⑰ 著名馬來亞左翼作家。1950 年後進入森林參加馬共解放戰爭，成為遊擊隊作家，著有《抗英戰爭小說選》（吉隆坡，21 世紀，2004）；《饑餓》（吉隆坡：21 世紀，2008）等小說。

⑱ 莊華興：〈從失蹤到隱匿：以郁達夫和金枝芒為例探討馬華文學的存在之議〉，收錄於《緬懷馬新文壇前輩金枝芒》，頁 17-36。

⑲〈我對您們卻沒有失望〉，《郁達夫夫文集》第 7 集，頁 56。

⑳ 王潤華、潘國駒等編：《魯迅在東南亞》（新加坡：八方文化，2019）。

㉑〈幾個問題〉，《郁達夫夫文集》第 7 集，頁 56。

㉒《郁達夫文集》第 5-7 集（文論），第 8 集（雜文）第 1-12（譯文）。

㉓ 參考 Edward Sils, Center and Periphery: *Essays in Macrosociology* (University of Chicago Press1975)；又參考“Intellectual Exile: Expatriates and Marginals”, Edward Said Reader (New York: Vintage Books,2000).

㉔〈幾個問題〉收入《郁達夫南遊記》，頁 55-61；又參考 Edward Said, *Exile*: *Expatriates and Marginals*。

㉕ 見珊珊（吳繼岳）：〈回憶達夫夫〉，刊於《知識天地》第 9 及 10 期（1976 年 12 月），頁 36。

㉖ 苗秀：〈郁達夫的悲劇〉《馬華文學史話》（新加坡：青年書局，1968），頁 408-421。

㉗〈看稿的結果〉現收入《郁達夫南遊記》，頁 62-64。

㉘ 劉前度：〈郁達夫在馬來亞〉，附錄於《郁達夫南遊記》，頁 156-157。

㉙ 苗秀：〈郁達夫的悲劇〉，《馬華文學史話》，頁 408-421。

㉚ 楊松年、周維介：《新加坡早期華文報章文藝副刊研究》（新加坡：教育出版社，1980）。

㉛ 溫梓川：〈郁達夫別傳〉，《蕉風》第 153 期，頁 66.

㉜〈回憶郁達夫〉，《知識天地》，第 9 及第 10 期，頁 36。

㉝〈郁達夫的悲劇〉,《馬華文學史話》,頁 418。

㉞ 林徐典編:《郁達夫抗戰論文集》(新加坡:世界書局,1977)。

㉟ 我在〈中國作家對新馬抗戰文學的貢獻〉,《中國現代文學研究叢刊》88;22(1988 年 6 月),122-133;與〈中日人士所見郁達夫在蘇門答臘的流亡生活〉《中西文學關係研究》(臺北:東大圖書,1987),頁 155-188。

㊱〈序馮蕉衣的遺詩〉,《郁達夫文集》第七集(文論),頁 283-284。

㊲〈悼詩人馮蕉衣〉,《郁達夫文集》第四集(散文),頁 369-370。

㊳〈序馮蕉衣的遺詩〉,《郁達夫文集》第七集(文論),頁 284。

㊴ 王修慧(王君實),〈海岸線〉,方修編《馬華新文學大系》,散文第七集(新加坡:星洲世界書局,1971),頁 436-444。

㊵ 方修、葉冠複編:《王君實選集》(新加坡:萬里書局,1979)。

㊶ 方修編:《鐵抗作品選》(新加坡:1997);參考駱明編《《鐵抗研究專集》(新加坡:新加坡文藝研究會,2006)。

㊷ 朱崇科:〈卓爾不群論鐵抗〉,世界華文文學論壇,2021。

㊸ 見劉思的論述,參考陳賢泖主編:《海外華文文學史》第一卷(廈門:鷺江出版社 1999),頁 96-109;林錦:《苗秀研究專集》(新加坡:新加坡文藝研究會,1991)。

㊹ 參考廖建裕:《現階段的印尼華人族群》(新加坡:八方文化,2002)。

㊺ 王潤華譯:《比較文學理論集》(臺北:國家書店,1983),頁 85-108,Jan Brandt Corstius, *Introduction to Comparative Study of Literature*, New York: Randon House,1968.。

㊻ 趙穎:〈郁達夫:故國歸去已無家,傳舍名留炎海涯〉,《新加坡華文舊體示研究》(北京:科學出版社,2015),頁 1116-123。

㊼ 潘受:《海外廬詩鈔》(新加坡:新加坡文化學術協會,1985),頁卷 2,頁 15。

㊽ 朱少璋注:《郁達夫詩注》(香港:獲益出版,1995),頁 182-258;《郁達夫文集》,第 10 卷(詩詞),頁 362-531。

㊾ 高嘉謙:《遺民、疆界與現代性:漢詩的南方離散與抒情(1895-1945)》(臺北:聯經出版,2016)。

《檳城散記》的多元新解讀與郁達夫

一、回返歷史現場：重構我們的東南亞歷史、土地、風土人情

重回歷史現場去思考，東南亞各國的歷史、土地、風土人情、特別是與中國以及華人許多珍貴的文化歷史與共同記憶，近代以來都受到西方殖民者的壓抑，或者被西方學者以「東方主義」式論述的歪曲改寫，甚至故意被遺忘。現在我們要重新挖掘考古，用自己本土的語言與視野，透過文化研究帶動下的各種小敘述，建構多角度、多元文化的歷史，尤其是中國與東南亞以及華人華僑的關係。[①]

明代鄭和率領當時世界上最龐大的「無敵艦隊」，七次下西洋。這一系列的和平與文化之旅，首次在西元一四〇五年七月十一日出發，至今六百多年。為了探險新世界、新知識，中華艦隊不怕洶湧的浪濤，啟航越洋過海，走向新陸地、新島嶼。鄭和的文化遠航，啟發了華人及其文化走向異域，走向新世界。[②]

根據比較可靠的史料，鄭和每次航向西方都會沿途停留作深度文化交流，特別有五次在馬六甲（Melaka 或 Malacca）停

留很久。我自小常到鄭和他們曾經駐紮與挖井的馬六甲河口與三寶山遊玩，現在還記得那裏流傳著許多神話與史實難分的故事，如鄭和協助馬來人擊敗外來侵略者，建立了馬六甲王朝；在西方殖民者還未侵略之前，是馬來西亞歷史上第一個強盛的國家，馬六甲也成為東南亞商業最繁盛的城市。但是我們還沒完整建構整個東南亞海上絲路的漢學論述，特別是從新馬，又以馬六甲為中心出發，作為現代漢學的南亞新起點。

在紀念與研究鄭和或海上絲路之旅之外，學者還未注意到它們與今天國際漢學研究的關係。鄭和七下西洋，前後廿九年，目的固然很多，我們人文科學的學者，最應該注意的是這個文化之旅帶來的重大意義與成就。當時，鄭和帶領的一大批學者，均熟習馬來、阿拉伯語、梵文等語言、對當地文化有深度認識，而且所擁有的知識橫跨多個領域，可以說他們是作了

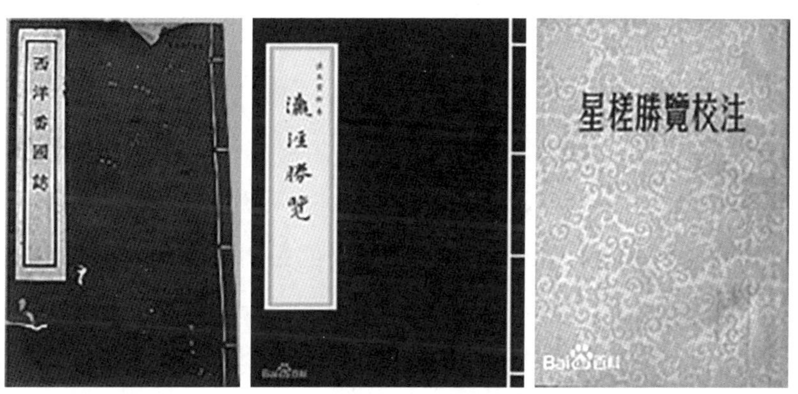

上圖 :《瀛涯勝覽》、《星槎勝覽》、《西洋番國志》封面。

充分準備才去這場實地調研的學術之旅。雖然原始的航海紀錄早已遺失，而航海醫生陳良紹《遐觀集》、匡愚《華夷勝覽》等等隨船人員著作皆已失傳，然而現在還保留曾隨鄭和下西洋的大學者馬歡（大約 1380–1460）、費信（1385- ? ）、鞏珍（ ? - ? ）三人的見聞紀錄，他們各自所著的《瀛涯勝覽》、《星槎勝覽》、《西洋番國志》，便成為研究鄭和以及明代東南亞文化、歷史、經濟、物產的第一手資料。

這三本書都各自將南洋幾十個「國家」的航路、海潮、地理、國王、政治、風土、人文、語言、文字、氣候、物產、工藝、交易、貨幣和野生動植物等狀況記錄下來，成為最早也是典範性的南洋書寫，就是今天所說東南亞本土書寫。

《西洋番國志》為明朝鞏珍著，一四三四年成書。鞏珍跟隨鄭和是在最後一次遠航，即第七次下西洋。書中記錄了鄭和船隊經過的不同國家：占城國（今越南南部），爪哇國（今印尼爪哇島）、舊港國（今印尼巴領旁）、暹羅國（今泰國）、滿剌加國（今馬來西亞馬六甲）、蘇門答剌國（今印尼蘇門答臘島）、啞魯、南巫里（今印尼蘇門答臘島西北角）、柯枝國（今印度西南部的柯欽一帶）、小葛蘭、古里國、阿丹、榜葛剌、忽魯謨斯國、天方等二十個西洋國家。鞏珍對途中的山川形勢、人物風俗、物產氣候等，都一一作了忠實而詳盡的記錄，寫進書中。此書和鄭和的另兩個隨行人員——馬歡所撰的《瀛涯勝覽》及費信所撰的《星槎勝覽》，並稱為記載鄭和下西洋三部最原初的史料。

物換星移，到了像李鐘玨（1853-1927）在《新加坡風土記》寫南洋地理文化，因為他長期生活當地，有親身經驗為基礎，於是就有了更精細深入，更具突破的的南洋書寫，因而更有深度。李鐘玨為清朝外交官員，光緒十三年（1887 年）赴新加坡任職與遊歷兩個月，後來根據自己的觀感寫成《新加坡風土記》。本書從以前遊記式的漫談過渡到專題記述新加坡的風土人情。李鐘玨主要記述了新加坡的地理、物產、風俗習慣、人口等，亦述及英國在新加坡的統治、軍隊、機構等。對新加坡華僑社會及英國殖民政府剝削和壓迫華僑的情況，尤其對苦力貿易（或「豬仔貿易」）、「豬花」（被拐賣到南洋各地的中國婦女），以及英國殖民者誘惑華僑吸毒（鴉片）、賭博等，均記述頗詳，是研究英國統治新加坡時期與華僑歷史的珍貴資料。[③]這本書成為了東南亞本土歷史文化書寫最早的典範。這個本土書寫的新傳統稍後也影響了酈國祥分別於一九五八出版的《檳城散記》與一九七四年出版的《檳城散記續集》[④]。

二、〈馬六甲遊記〉的密碼：本土與世界對話文化歷史書寫典範

在二次大戰前，説到新馬本土書寫，最經典的著作必然是郁達夫在一九四〇年六月九日發表在新加坡《星洲日報．文藝》的〈馬六甲遊記〉，他是為了《南洋學報創》刊號而寫的。一九四〇年成立的南洋學會，郁達夫也是發起人之一。它原名「中國南洋學會」，由新馬一批南洋研究的中國學者姚楠、許雲樵、張禮千、郁達夫、劉士木、李長傅、韓槐准、關楚璞等創辦，是東南亞華人最早研究南洋課題的學術團體。郁達夫最有代表性，因為如日語、英文、德語這些當時漢學研究著述資料的重要語言他都精通，就如他國際的文學藝術視野，給這個

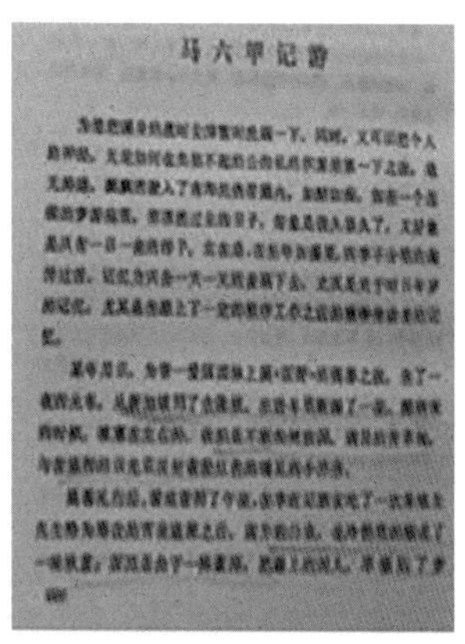
马六甲记游

左上圖：《南洋學報》第七十五卷 2021 年 12 月，右上圖：郁達夫〈馬六甲遊記〉

南洋研究領域帶來不單止中國，而是比肩世界的研究與考察視野。這個學術機構，一開始就主張利用世界各國的資料研究南洋，特別是南洋與華人、與中華文化的研究。⑤

郁達夫為了南洋學會出版《南洋學報》創刊號，特地寫了一篇有文學意境、文化書寫、地理文化考古等跨學科意義的〈馬六甲遊記〉，尤其對馬六甲歷史古跡以西方殖民主義的視角去考察，省思亞洲人為何缺少深謀遠慮的與冒險心。綜合多主題、多線敘事的手法、成就了這篇至今無人可及的馬六甲經典書寫。無論讀者當作遊記、散文，還是類似列維．斯特勞斯(Claude Lev-Straus, 1908-2009)《憂鬱的熱帶》那種考古人類學家的文化書寫，都是堪稱經典的傑作。這篇〈馬六甲遊記〉一開始，就展現南洋熱帶的異域圖像：

> 上山下嶺，盡在樹膠園椰子林的中間打圈圈，一直到過了丹平的關卡以後，樣子卻有點不同了。同模型似地精巧玲瓏的馬來人亞答屋的住宅，配合上各種不同的椰子樹的陰影，有獨木的小橋，有頸項上長著雙峰的牛車，還有負載著重荷，在小山坳密林下來去的原始馬來人的遠景，這些點綴，分明在告訴我，是在南洋的山野裡旅行。但偶一轉向，車駛入了平原，則又天空開展，水田裡的稻秤青蔥，田塍樹影下，還有一二皮膚黝黑的農夫在默默地休息，這又像是在故國江南的曠野，正當

五六月耕耘方起勁的時候。

這是神來一筆，極富西方、中國江南與南洋現代畫派的想像結構圖，遠久模糊的神話也活生生的攝取呈現出來：

據説就是在十四世紀中葉，當新加坡的馬來人，被爪哇西來的外人所侵略，酋長斯干達夏率領群衆避至此地，息樹蔭下，偶問旁人以此樹何名，人以「馬六甲」對，於是這地方的名字，就從此定下了。而這一株有五六百年高壽的馬六甲樹，到現在也還婆娑獨立在聖保羅的山下那一個舊式棧橋接岸的海濱。枝葉紛披，這樹所覆的蔭處，倒確有一連以上的士兵可紮營。

郁達夫學識精博，他看見的不止眼前景象，也看見埋葬在廢墟裡的歷史，尤其西方輪流搶奪他人土地的霸權情況，也感歎鄭和的和平之旅遭到西方的毀滅：

新加坡西來的馬來人所開闢的世界，這是在十四世紀中葉的事情。在這先頭，從宋代的中國冊籍《諸藩志》裡，雖可以見到巴領旁王國的繁榮，但馬六甲這一名，卻未被發現。到了明朝，鄭和下南洋的前後，馬六甲就在中國書籍上漸漸知名了，這是十四世紀末葉的事情。

> 在十六世紀初年，葡萄牙人第奧義·洛泊斯特·色開拉（Diogo Lopes de Sequeira）率領五艘海船到此通商，當為馬六甲和西歐交通的開始時期。一五一一年，馬六甲被亞兒封所·達兒勃開兒克（Alfonso dal Bugergue）所征服以後，南洋群島就成了葡萄牙人獨佔的市場。其後荷蘭繼起……一八二四年的倫敦會議以後，英國終以蘇門答臘和荷蘭換回了這馬六甲的統治權。

在聖保羅教堂的廢墟，郁達夫看見「周圍的牆壁，以及正殿中上一層的石屋頂，仍舊是屹然不動，有泰山磐石般的外貌」，他不禁問自己：「我又起了大陸國民不善經營海外殖民事業的缺憾；到現在被強鄰壓境，弄得半壁江山，盡染上腥污，大半原因，也就在這一點國民太無冒險心，國家太無深謀遠慮的弱點之上。」

遊記最後又出現超現實的空間。當他回返 Rest House，夢幻中有一位像是本土人士，又像是西方傳教士的人來與他對話。他說回新加坡後計劃寫一篇小說，大概題名為〈馬六甲夜話〉或〈古城夜話〉：「這一篇 Imaginary Conversations 的對話，我想總有一天會把它寫出來。」⑥

這篇遊記刊登在創刊號上，郁達夫一定寄託了特別的密碼與寓意：我們需要從西方殖民史、中國歷史文化、考古廢墟、風俗神話，還有多方對話來解讀南洋與中華文化的密碼。這豈不是後來新馬學者所開拓的南洋研究，或稱東南亞研究、東南亞漢學研究的典範？顯然他們這批學者決定超越「中國南洋研究」，提倡更具世界眼光的「南洋研究」——使用多種語言和來自海內外各種資料來分析研究。

上述郁達夫這篇地方書寫經典之作〈馬六甲遊記〉是文化歷史書寫的新典範，啟發了以後所有的文化歷史書寫，譬如也是構成日後當代經典文化歷史書寫的魯白野《馬來散記》與《獅城散記》[8]，還有鄺國祥的《檳城散記》[9]。關於這方面的複雜影響，本文後半再論述。

上圖：馬六甲殖民主義留下的城堡與聖保羅山廢墟

三、《獅城散記》、《馬來散記》：馬來老人本土敘述：重寫新馬歷史文化，顛覆了西方的東方主義的東南亞歷史文化書寫

薩義德（Edward Said, 1935-2003）說，亞洲通過歐洲的想像而得到表述，歐洲文化正是通過東方學這一學科底下政治的、社會的、軍事的、意識形態的、科學的、以及想像的方式來處理，甚至創造東方。因此，西方作家創造了一個被扭曲的南洋。[10] 就如長期居住新馬的毛姆（Somerset Maugham, 1874-1965）與康拉德（Joseph Conrad, 1857-1924）這些西方作家，使用西方霸權話語，套用「東方主義」的思維，將新加

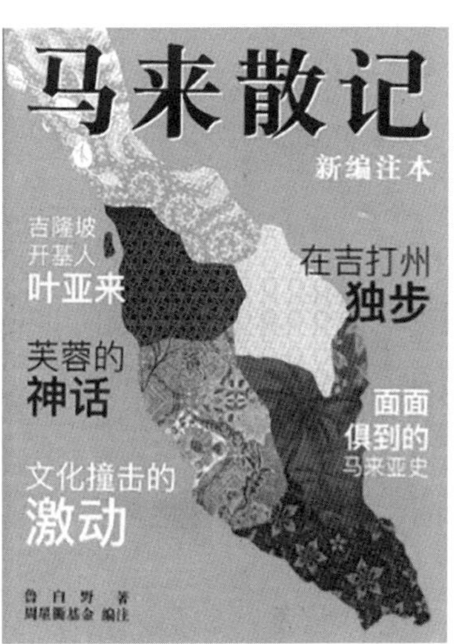

上圖：2019 新編注本《獅城散記》與《馬來散記》

坡及南洋簡化為單純的殖民地客體，將多族群的生活排除在他們的視野之外。東南亞讀者閱讀毛姆關於東南亞的小說與散文便可了解，他們像很多在殖民地的西方白人作家，發展出的那種所謂殖民地文學，故意簡化或醜化殖民的他者及其社會。毛姆書寫南洋的小說，代表作收集在《毛姆的馬來西亞小說》（*Maugham' Malaysia Stories*）、《毛姆的婆羅洲小說》（*Maugham's Borneo Stories*）⑪ 與《木麻黃樹》（*Casuarina Tree*）⑫ 等小說集。在這些小說，白人永遠是主人，華人及其他族群都是白人的情婦、傭人、車夫，而且心智與行為都低劣。

而魯白野的一九五〇年代就默默寫了《馬來散記》與《獅城散記》，企圖顛覆強大的東方主義論述。他的歷史感加上社會文化使命感，為文人少有。白野是詩人，也是歷史學者。他的《獅城散記》冷靜客觀，以超越民族政治的視野，書寫這個地方的各個方面，包括西方殖民、華人移民、地理、歷史、文化、古跡等。他在《獅城散記》的序，一開頭就說明這本文化歷史書寫在敘事藝術的定位：⑬

> 深夜閉門聽雨，不如挑燈夜讀著書，或是撐起了一把破舊的傘，到隔壁的馬來老人家中，聽他誠懇地向我傾訴他的長長的夜話。

魯白野通過一位馬來老人敘述者而寫成《獅城散記》：

這樣，我以虔誠的心情在告訴自己，讓我在這靜靜底夜中，掮起筆桿來吧。讓我小心翼翼地把老人一晚舊話記下來，儘管是記在一面菲薄的蕉葉上也好，總不會被雨季中的椰風吹掉了。⑭

這位馬來老人象徵本土古老永恆的聲音，講出百年來被殖民被侵略被剝削的悲劇。老人其實就是作者自己。在《獅城散記》各個篇章中，如〈十九世紀的星洲華人〉、〈萊佛士登陸的情景〉，都在顛覆西方書寫的那套新加坡歷史。

新馬華人移民史可追溯至漢、唐時期，但是中國和馬來群島頻密的商業活動和文化交流，則在元、明朝代，那時才有中國人在當地定居的明確記載。華人第一波大量移居南洋的歷史則是在十五世紀之後開始。《獅城散記》到今天仍然值得重新出版與閱讀，因為魯白野讓本土歷史說話，他是有歷史感的作家，對這片土地的過去、現在與未來都有感情。

《獅城散記》與《馬來散記》以多個小敘事建構了很多歷史真實圖像，反映了殖民者的統治與當地人民的生活，尤其是很真實的日常社會動態。比如〈十九世紀的生活剪影〉，就是寫牛車水在戒嚴期間一個夜晚與街燈的故事：

星洲開埠不久，生活……充滿了暗殺，欺騙，械鬥，拐帶；

生活水遠停滯在半開化的階段。在海上，馬來海盜在殺人越貨。在島上，攜械搶劫時常發生。因此，每當傍晚八時，福康寧炮臺必鳴炮告訴市民開始戒嚴的時辰。而聖安得烈教堂也敲鐘附和，次早五時，康寧炮臺又鳴炮啟示戒嚴終了，一天的生活便重新開始。

> 1824年4月1日，星洲第一次在市區內燃著了街燈。這寥寥無兒的使用椰油的燈，成為星洲夜中孱弱的光明的媒介。在這個晚上，柏爾維斯貨庫（John Purvis & Co）竟為人破門入內，竊去了約值五百元的貨物。1864年5月14日，星洲街燈開始改用瓦斯燃燒。當印度人首次把媒氣燈點著時，市民像發現了竊火者普羅米修一樣，成群結隊跟在他的後頭嘩笑，從一盞燈走到另一盞燈，直到行完了這點火行程方止。

今天這些馬來本土敘述，就如魯白野的那位年邁的馬來人所象徵，早已呼喚我們重新追溯本土歷史，拒絕西方殖民主義製造的、開發的歷史。

四、郁達夫、溫梓川、鄺國祥：南洋夢土探索之旅

南洋第一位受郁達夫啟發的作家溫梓川，也是啟發郁達

上圖左起：郁達夫、溫梓川、鄺國祥照片

夫踏上南洋夢幻之旅的人，正如上文曾講述，在一九二九年溫梓川在汪靜之家初次遇見郁達夫，[15]因為他那些以南洋風光為題材的詩，郁達夫看過後開啟了與南洋的因緣，後來他真的去了南洋，而且寫了不少遊記雜文，而溫梓川卻又恰恰是將他部分遺作搜集成書的第一人。這書就是《郁達夫南遊記》，於一九五六年出版。[16]

郁達夫在一九三八年十二月廿八日抵達新加坡，一九三九年一月一日就走馬上任，主編《星洲日報》三種副刊，此後更有一種文藝半月刊刊行，和《星檳日報》星期文藝副刊的計劃。[17]抵達新加坡兩天後，他奉《星洲日報》老板胡文虎之命，北上檳城，慶祝當地同屬星系兄弟報的《星檳日報》於一九三九年元旦開始發行。在檳城的時候，報館安排郁達夫與年輕讀者對話。回新加坡不久，一九三九年二月廿六日他寫了一篇文章〈看稿的結果〉[18]，發表在檳城的《星檳日報》的《文藝雙週刊》

上，這是他在當地與青年作者對話後的感想。他指出檳城是移民與地方風情——南洋色彩濃厚的地方，應該創造出富本土南洋地方色彩的華文文學，但是他發現年輕人創作的不多，比不上吉隆坡，太平、怡寶、馬六甲。他指出當地作品的筆法「太呆板」，同樣的事件，同一個主題，沒有從不同的多角度解讀，作多樣化的書寫。文學是時代的產物，也是環境與人的產物，每一個時代，每一個地方的文藝作品，應該有其獨特與獨創性，但南洋目前的文學作品沒有表達出來。所以，郁達夫要求作者多讀、多寫、多想、多改。

我相信這些話對當時住在檳城的溫梓川與酈國祥感受特別強烈，自然也產生極大的啟發。溫梓川原來就認識郁達夫，他是受郁達夫影響最大的新馬作家之一，其他還有苗秀、威北華(魯白野)、馮蕉衣、王君實與鐵抗等。[19] 當時溫梓川與酈國祥同時在檳城時中學校教書，後者是校長，兩人同住學校宿舍，剛好樓上樓下，每天都一起聊天。[20] 兩人後來喜愛文學，寫作散文又均是本土的歷史文化；他們都曾擔任副刊編輯，而且很顯然都受了郁達夫的影響。

酈國祥又深受溫梓川的啟發與影響。戰前溫梓川開始鼓勵酈國祥的寫作：

> 我和酈國祥先生認識，倏忽已三十多年了。記得當時我們都是十多歲的青年人，同在一家小學作者按：檳

城時中學校）裡任職，雖然他早已結了婚，養了兩個孩子，但是家眷卻遠在廣東大埔鄉間；我則孑然一身，除一肩行李，幾本破書之外，別無長物，也無家室之累，因此同住在一間校舍要，他的房間就在我的房間樓上，他每晚一定很遲才就寢，很早就起床。每當晨曦初上，便照例可以聽到他誦讀英文的朗朗書聲。他除了辦公之外，既不看電影，也不會打牌，偶爾喜歡和我喝兩杯悶酒，散散步，看看閒書之外別無嗜好。他老是羡慕我的多姿多彩的生活，時時形諸口舌。有一次，他從外面回來，興沖沖地對我說：「這是你的作品，原來你還從事寫作。」說著把剛買到的一冊我的少作《梓川小品》遞給我才知道這部賣了給書店的袖珍本小書，已經出版了。我當即說：「你也可以從事寫作的！」

「哪裡？哪裡？」他接二連三地謙遜。

「只是你不肯寫罷了。」我說。

鄺國祥的《檳城散記》與《檳城散記續集》，都是由於溫梓川的催促而寫，發表在溫氏編的副刊上。《檳城散記》與續集更是溫梓川在二戰之後拉稿與提供專欄的鼓勵下才有了成果：

戰後，學校還未恢復，我進了報館工作，公餘之暇，便常去找，邀他一道去尋幽探勝。我對他說，你現在可以寫一點東西了。材料俯拾即是，你寫的文章，我可以給你辟專欄發表，稿費雖則不多，也可以幫補一點生活上的零用。他依舊謙遜再三，認為自己能不能寫還是成問題。我對他説，你不能沒有自信心，你能，胡適説的自古成功在嘗試，你一向佩服胡適，何不試試？過了幾天，他果然交來一篇〈坐在三輪車上教公民〉，接著又寫了一個長篇《桃李春風》，每星期還寫了一篇檳城的掌故。我也特地為他辟了「檳城雜寫」專欄給他發表，他先後一寫了一百五十多篇。這時期，他在課餘之暇，可以説過的是書齋裡的寫作生活。後來，我替他出版了《桃李春風》的單行本，他高興得很，接著我給他編了一本《檳城散記》，介紹給世界書局出版。剩下的幾十篇掌故文章，打算增訂一番編成續集。文章也託人謄清了，可是他這時交際漸多。

從引文可見，戰後溫梓川開始邀請酈國祥在他主編的《光華日報》副刊寫「檳城雜寫」，最後也是由他編輯、寫序與推薦給星洲世界書局，在一九五八年出版。[21] 當時，另外還有一本續集沒有整理好，雖然稿件早與五十年代已經寫好，但由於酈國祥退休前後工作與社會應酬多，後來生病，於一九七一逝世，因此一直拖到到一九七三年後才出版。

五、《檳城散記》：繼承本土歷史文化、跨文化對話、顛覆霸權話語與文學性書寫的多元大傳統

鄭國祥《檳城散記》及其續集，繼承了我上面所說的明清中國學者兼作家的南洋歷史文化，與中國本土以及各民族的書寫；同時融合西方漢學家的跨文化對話模式，使用了豐富的田野與檔案的資料。另外，更繼承了郁達夫、魯白野以來，顛覆殖民霸權話語的文學書寫。

本文前面已簡略説過明代鄭和七次下西洋，首次在西元一四〇五年七月十一日出發，為了探險新世界、新知識，隨團有不少精通地理風俗的學者與語言學家隨行，像馬歡的《瀛涯勝覽》與費信《星槎勝覽》的歷史文化書寫，將南洋的地理文

上圖：《檳城散記》、《檳城散記．續集》

化歷史，特別是中國與西方的關係，首次作深入而廣博的論述。到了清代，李鐘玨《新加坡風土記》寫南洋地理文化，更是具突破性的的南洋研究。從李鐘玨這個世代的著作開始，產生了很多以當地長期生活經驗為基礎的撰述，比之前的著作更有深度，鄺國祥的作品無疑是其中的代表。

根據簡單的鄺國祥傳記資料，[22] 鄺國祥出生於一九〇四年，原籍中國廣東大埔永興。中學時代就接受中英文教學課程，畢業後，大約在一九三〇年廿六歲的時候，與曾任檳榔嶼著名前清領事張弼士（1840-1916）侄孫女張世珠結婚。不久後即受聘檳城時中學校擔任校長，到了檳城，溫梓川是該校老師，住在其宿舍的樓上，看見他每天早上都在練習讀英文。從《檳城散記》可見，鄺國祥除了中國新舊學淵博，英文造詣也很高，因為檳城為殖民地，很多檔案資料記錄都是英文，他的《檳城散記》大量引用殖民政府資料與西方著作足以佐證。這一點非常類似魯白野的《馬來散記》與《獅城散記》。鄺國祥雖用華文書寫，但對本土的歷史與文化，都能根據需要，在中國古籍、殖民者記錄和民間流傳的知識三者之間靈活運用。所以我說《檳城散記》是中國與西方、南洋本土與中國互相的對話。這一點又類近於魯白野那種敘事策略。

就以《檳城散記》中的第一篇〈檳島春秋〉為例，他經常運用本土、西方與中國的報導作比較式敘事，轉換不同的視角：[23]

本城未開闢之前，全島到處荒涼，人煙稀少，那時島上居民，僅有少數的中國人和馬來人，總計人數才五十八名，檳城未開闢之前，僅有五十八人之說，係出自卜克望氏所著《檳榔嶼開闢史》。一說則謂萊特（筆者按：Francis Light, 740-1794）登岸時（筆者按：1786），帶士卒百人，所登岸之處，僅有馬來土人五十二人，其餘皆森林云。他們大都居住在丹統道光一帶，過著孤島單調的捉魚生活。

英國殖民者的敘述，常常故意遺忘中國移民，所以萊特說五十二人全是馬來人，這是殖民者敘述慣用的「故意遺忘」手法。這點在《獅城散記》的〈萊佛士登陸情景〉亦同樣出現：㉔

萊佛士上岸的地點，就在印督達爾胡絲紀念碑的所在地，據萊氏的估計，當時居民一百五十人，中有華人卅名，這是不準確的，因為他是聽天猛公這樣說，而沒有親自去計算過。以後利德博士說星洲人口應在二百至三百之間，我以為此較準確，因為他預算在實地裡一定還有「海民」居住，而我以為深林中也一定還有華僑在居住。

再看《檳城散記》關於檳城名稱的敘述，鄺國光的多元敘事所展現的本土多元文化，實在超越了西方的東方主義，甚至中國的南洋論述：

> 檳榔嶼雖為彈丸之地，但名稱紛歧，為南洋各埠之冠，當萊特氏舉行開埠典禮時，即宣稱：「今日佔據此島，名檳榔嶼，今稱威爾斯太子島！而檳榔嶼市誠則又名為喬治鎮，這名是用以紀念當時英王喬治三世的。中國政府公文者則稱檳榔嶼。粵人或稱之為「新埠」，國人則多依樣馬來人的稱謂，「丹絨」，而 Penang 譯音，有譯為「庇能」的，日本人則譯為了「彼南」，海國公餘錄則譯為「碧瀾」，愈益典雅。或又稱之為「檳城」，那又如星洲巴城，像中國內地城市的名稱了。其他如檳島、檳江，那又是墨客騷人所自撰，略似「東海之寶石」與「東方之樂園」等名稱，為東西遊客讚美之辭，不是檳城專用的名稱了。

六、魯白野與鄺國光一起出現的傳奇性：跨越歷史文化與文學書寫

魯白野的《獅城散記》與《馬來散記》分別先後出版於一九五三與一九五四年。鄺國光《檳城散記》與《檳城散記續

集》則在一九五八與一九七四年，續集的文章如果不是整理工作耽擱多年，其實應該是一九五八年同時出版。

魯白野最早在一九五〇年的《星洲週刊》發表很多小說、詩、與文化歷史的散記。他寫《獅城散記》的文章在報刊雜誌發表後，在一九五三年出版成書，馬上另一本《馬來散記》則在一九五四年出版，所以只能暫定他在一九五〇年之前就開始本土歷史文化的寫作了。而鄺國光的〈海珠嶼大伯公〉發表於一九四八年八月八日的《光華日報》副刊，他的《濱城散記》在一九五八年出版。從這些零星的資料，只可以說明他們的書大概都是在一九五〇年代完成的。我們還找不到足夠資料來確定誰寫作在先，兩人有沒有過互動與影響。希望以後有學者可以就他們的寫作日期與互動關係詳細考證。

鄺國光與魯白野兩人都只有中學畢業，都是自學成功的典

上圖：魯白野《馬來散記》、《獅城散記》、鄺國祥《檳城散記》

範。他們的學問淵博，中、英、馬來文的資料都很熟悉，也善於利用。在戰後那一代，他們的作品已經肯定是具有國際視野的文化寫作。在敘述本土的文化歷史上，方法都非常相似，寫作年代亦然。我在〈重讀魯白野〉一文已談過他在馬來亞、新加坡與印尼的學習、流浪、當兵、編輯的生活，讓他有豐富的閱歷與文化經驗，才使他的語言能力與學問廣博深入。鄺國光也是自學，雖然中學畢業，但沒有歷史文化的專業文憑，只是靠自己的勤奮與興趣，培養成專家。溫梓川說，戰前他們二人住樓上樓下，都是書呆子，愛讀書：

> 後來相處日久，我又漸漸地知道他精研歷史，自己擔任的功課，就是歷史，他每每講述歷史或故事，不但學生喜歡靜聽，就是同事，也往往會不知不覺凝神靜聽，他講述時的逸興濃飛，手舞足蹈，的是痛快淋漓；繪影繪聲，又彷彿是他自己會親歷其境，目擊一切的樣子。如果他的這種說書，記錄下來，往往就是一篇很精彩的文章。可是他從不肯輕易下筆寫作。

這段回憶足以說明《檳城散記》雖然考據瑣碎，但分析深入而詳細。不過，鄺國光往往把詳細的參考資料隱藏起來，今天對做學術考據的人來說，當然是很可惜。在日本侵略戰爭與殖民統治結束後，大量西方與中文史料流失，有些更不知典藏何處。

魯白野與鄺國祥都是文藝作家，前者以「威北華」的筆名出版不少文學創作，例如：《春耕》(散文，1955)、《流星》(小說，1955)、《黎明前的行腳》(小說、詩歌、散文，1959)。[25]在戰後他的文學創作是馬華文學的獨創風格，形成了本土新的流派，他綜合了中國五四如郁達夫小說與散文的敘事藝術，有浪漫、自我、頹廢、暴露的元素。詩歌則繼承馬來(印尼)文學之中安華與荷蘭現代主義的多元傳統，我已在〈重讀魯白野〉一文做了概要的分析。[26]

鄺國祥可能也是受溫梓川推薦，在一九五〇年代初期出任《星檳日報》每日副刊《蓮花河》的編輯，每天傍晚時分就到蓮花河《星檳日報》報社看版取稿。他最早給溫梓川的文稿是一些很純文學的散文，如〈坐在三輪車上教公民〉。後來他給溫梓川連載的長篇《桃李春風》，我還沒機會閱讀，但據說是「涉及早期檳城的華教情況」：[27]

> 順便一提，就是當年檳城時中小學校長鄺國祥先生也出版過一本《桃李春風》，涉及早期檳城的華教情況，如果鐘靈校友們要再版鐘靈叢書，可以考慮將鄺校長這本華教史料的……[28]

然後，他才專心撰寫《檳城散記》這一系列歷史文化的本土書寫。[29]這種文學創作的經驗與背景，進一步說明溫與鄺的「散記」，文字敘述都很流暢，能夠雅俗共賞。鄺國光還有其他著作，如考證華文教育與宗教信仰的論文：〈檳榔嶼大伯公〉、〈成立一百五十年的本城嘉應會館〉，以及他的舊詩詞與書法，還期待學者日後搜集、研究與出版。[30]

七、文化研究、地球村喚醒的「小敘述」與掀起地方性書寫的熱潮

二戰以來文化研究的三大思想潮流，都姓「後」：後結構主義（Post-Structuralism）、後現代主義（Post-Modernism）、後殖民主義（Post-Colonialism），導致文學思潮走向後設思考。這種研究潮流與寫作思考促使一切人文與社會科學研究，尤其文學書寫，從文化的廣大角度重新出發，帶到一個新的語境，形成新的典範（Paradigm）。[31]

這個新典範「文化研究」（Cultural），或稱文化批評（Cultural Criticism）、又稱文化評論（Cultural Critique）在六十年代中期開始成形，最早始於英國伯明翰大學（Birmingham University）的當代文化研究中心（Centre for Contemporary Cultural Studies）。但是在七十年代到了美國後，快速成長，倡導以跨學科的角度與多種方法學來從事文學研究。從事文化批評的學者，反對把文化限制在「高尚文化」（High Culture）之內，極重視通俗的大眾文化與生活。[32]

上圖：《南洋鄉土集》、《橡葉飄落的季節》、《麻河風蕭蕭》、《檳城老路志銘》

在全球化地球村的帶動下，掀起地方書寫與研究的熱潮，從大敘述走向小敘述[33]，從單元走向多元地方文化。這類創作我閱讀過很多，譬如鄭文輝的《麻河風蕭蕭》[34]，就是融合新馬土地與華人歷史文化，一部以小敘事為中心的典範。他說寫完全書，才發現這部著作「不像歷史，不像回憶錄，不像傳記，也不像小說」。他又說：「但，它卻有歷史的背景；有回憶的事蹟；有傳記的影子；更有小說的題材。」這句感言，充分說明作者如何使用新歷史主義，建構歷史或後現代文學的書寫模式，以各種「小敘述」來敘事：「有小地方的歷史的背景；有個人回憶的事蹟；有個人傳記的影子；更有小說的題材。」之所以有小說的成分，因為作者投入了個人的想像與感受，從回憶中再創造，這一些「都是些個人的隱私、和芝麻小事，原本不宜公開的，但是這卻是我退休後的甜蜜回憶。」這就是小敘述（mini narratives）。[35]

從一九五〇年代以來，新馬兩地繼承郁達夫、魯白野、鄺國祥以來跨越文化歷史與文學的文類傳統，以小敘事展現在地的地景書寫、地方文化書寫以及地方歷史書寫，成為新馬學者、文化人、文學作家最特出的跨文類作品。我自己書架上隨手拿來就有：

1. 伊藤，《彼南劫灰錄》（檳城：鐘靈中學，1957；重排版馬來亞二戰歷史研究會，2018）。
2. 王潤華，《南洋鄉土集》（臺北：時報文化，1981）。
3. 冰谷，《橡葉飄落的季節：園坵散記》（吉隆坡：有人，2012 初版，2020 第二版）。
4. 張少寬，《檳城與華人史話》（吉隆坡：燧人氏，2002）。
5. 鄭良樹，《吉隆坡之誕生：葉亞來前傳》（柔佛巴魯：南方學院出版社，2005）。
6. 陳政欣，《文學的武吉》（吉隆坡：有人，2014）。
7. 李龍，《甘榜情土地請故鄉情》（新加坡：富科傳媒，2018）。
8. 漠河，《漠河散文選集》（哈爾濱：北方文藝出版社，1999）。
9. 王潤華，《重返集》（臺北：新地文化，2009）。
10. 杜忠全，《老檳城路志名》（吉隆坡：大江，2009 初版，

2011 第二版）。

其實各種跨文類的書寫，在東南亞華人文化教育界很早就非常重視，譬如查閱自二十世紀以來，重視華人語文與全人教育的中學華文課本，除了選讀小說、歷史、詩詞、傳記這類正統文章之外，也很重視在地的地景、歷史與文化的篇章。譬如中學適用的《中華文選》，由中華書局新加坡分局出版，一九五〇年以來普遍為東南亞華文中學採用為華文課本，由宋文翰主編，共八冊。單單書寫東南亞的地景就收錄了三篇，那是寫西貢的植物園、新加坡的皇家花園與馬六甲的歷史廢墟：[36]

1. 巴金〈植物園〉（第二冊）
2. 郭嵩燾〈新加坡洪家花園〉（第二冊）
3. 郁達夫〈馬六甲遊記〉（第四冊）

除了本土的在地書寫，中國的地景就更多了：如徐蔚南〈山陰道上〉（第二冊）、蘇軾〈記承天寺夜遊〉（第三冊）、聞一多〈青島〉、老舍〈濟南的冬天〉（第三冊），袁宏道〈滿井遊記〉、馮至〈在贛江上〉（第四冊），白居易〈廬山草堂記〉、范仲淹〈岳陽樓記〉、姚鼐〈登泰山記〉（第五冊）。

再以目前新加坡的中學華文課本《H1 華文》為例，收錄了王潤華的〈沉默的橡膠樹〉與梁文福的〈最後的牛車水〉[37]，這是供新加坡初級學院與高級中學使用。至於馬來西亞的華文教科書收錄了很多篇馬華文學作品，華文小學、國民中學與華文獨立中學都有，最近出版伍燕翎編的《馬華教科書上的馬華文學》，我仔細閱讀「國中篇」，屬於本土地景的就已經有王潤華的〈雨樹〉，魯莽〈橡林裡的夜聲〉、冰穀〈兩顆橡仔〉、王潤華〈榴槤〉、吳岸〈讚美〉（寫沙巴的京那巴魯山——神山），沈慶旺的〈我們那個年代的魚〉。[38] 數量實在很驚人，十六篇居然有六篇是寫地方景物。

英國文化地理學者康麥克（Mike Crang）在二〇一三年到新加坡國立大學地理系研究東南亞的文化地理學，從地理的角度探索殖民地與移民社會的多元文化以及其中的複雜意義。他把焦點集中在真實生活情境中的文化，發現東南亞殖民地與移民社會的熱帶地景往往因人而產生特殊意義的文化符號。[39] 在東南亞，人文地標是廣義的，包括人物、一些風景、一個地域，代表著南洋的文化積澱，流淌著千百年文化的血液。而這些文化地標，不僅僅是一處美景，更是人文精神的符號。譬如橡橡膠樹作為地標，是華人被殖民者移植到熱帶的經濟植物，是剝削、欺壓、被殖民者的象徵，橡膠樹上則是華人刻耐勞精神的棲息地。在殖民時期，來自西方的殖民作家都說榴槤味道奇臭無比，也代表了西方拒絕認同本土，與本土的衝突。

這次新加坡的周星衢基金二〇一九年重編與注釋魯白野的《獅城散記》與《馬來散記》之後，又把鄺國祥的《檳城散記》

與續集重新編印與注釋，可以喚醒我們重新認識我們土地上複雜的多元文化。

注釋

① 這是我在《越界跨國族文學解讀》（臺北：萬卷樓，2004）與《越界跨國族》（廣州：廣東人民出版社，2017）等書所建構的研究方法。

② 王天有等編：《鄭和遠航與世界文明：紀念鄭和下西洋 600 周年論文集》（北京大學出版社，2005）。

③ 王潤華：〈鄭和登陸馬六甲以後：中華文化的傳承與創新〉，《貴州師範大學學報》總 231 期，2021，頁 119-124。王潤華：〈重構海上絲路上的東南亞漢學新考古〉，第五屆「一帶一路：海上絲綢之路國際學術研討會」，南方大學學院與華僑大學聯合主辦，2021 年 11 月 16 日，發表在《南方大學學報》第 7 期，2022 年 8 月。

④ 鄺國祥：《檳城散記》（新加坡：世界書局，1958）與鄺國祥：《檳城散記續集》（新加坡：世界書局，1974）。

⑤ 李志賢主編：《南洋研究：回顧、現狀與展望》（新加坡：八方文化與南洋學會聯合出版，2012）。

⑥ 郁達夫：《郁達夫文集》第 4 卷（散文）（香港：三聯書店，1982），頁 350-356。

⑦《南洋學報》第 1 卷第 1 輯，1940 年 6 月。

⑧ 魯白野：《馬來散記》、《馬來散記續集》（新加坡：世界書局，1954 初版）；魯白野：《馬來散記》（增訂注釋本）（新加坡：周星衢基金會編著與出版，2019）；《獅城散記》（新加坡：世界書局，1953 初版；新加坡周星衢基金會編著與出版，2019 增訂注釋本）。

⑨ 鄺國祥：《檳城散記》（新加坡：世界書局，1958，注釋本）與鄺國祥：《檳城散記續集》，（新加坡：世界書局，1974）；鄺國祥：《檳城散記》（增訂注釋本）新加坡：周星衢基金會編著與出版，2022）。

⑩ 愛德華。薩義德著，王宇根譯：《東方學》（北京：三聯，1999），页 4-5；Edward Said, *Orientalism* (New York: Pantheon Books,1978).

⑪ *Somerset Maugham's Malaysia Stories*, ed. Anthony Burgess (Singapore: Heinemann,

1969); *Maugham's Borneo Stories* ed. G.V. De Freitas (Singapore: Heinemann, 1976).

⑫ *The Casuarina Tree: six Stories*（London: Heinemann, 1965）.

⑬ 魯白野：《獅城散記》（新加坡：世界書局，1957）頁 2；《獅城散記新編注釋本》，（新加坡：周星衢基金，2019），頁 25。

⑭ 威北華：《黎明前的行腳》（新加坡：世界書局，1959），頁 113-114。

⑮ 林水檬等編：《馬來西亞華人史》（吉隆坡：馬來西亞留台校友會，1984）。

⑯ 見溫梓川編：《郁達夫南遊記》（香港：世界書局，1956），溫梓川之「代序」。

⑰ 王潤華：〈郁達夫在新加坡與馬來亞〉與〈中日人士所見郁達夫在蘇門答臘的流亡生活〉，《中西文學關係研究》（臺北：東大，1987），頁 189-206，207-226。

⑱《郁達夫文集》第 7 卷（散文），頁 74-75。

⑲ 王潤華：〈郁達夫與南洋作家本土小説書寫〉，「郁達夫研究國際研討會」杭州師範大學，南京大學合辦，2022 年 3 月 12 日。

⑳ 溫梓川：〈代序〉，《檳城散記續集》（新加坡：新加坡世界書局，1974），頁 1-2。

㉑ 同上。

㉒ 杜忠全的鄺國祥小傳：https：//www.geni.com/people/Kwot-Seong；鄺國祥之子鄺廣勝醫生口述，2012 年 4 月 17 日於檳城打槍埔鄺藥房。《檳榔嶼客屬公會四十周年紀念刊》（檳城：檳榔嶼客屬公會，1980）

㉓ 鄺國光：〈檳島春秋〉，《檳城散記》（新加坡：世界書局，1958），頁 2。

㉔ 魯白野：〈萊佛士登陸情景〉，《獅城散記》（新加坡：新加坡周星衢基金，2019）頁 46-47。

㉕ 威北華：《春耕》（散文）（新加坡：友聯圖書公司，1955）、《流星》（小説）（新加坡：南洋商報社發行，1955），《黎明前的行腳》（小説、詩、散文）（新加坡：世界書局，1959）。

㉖ 魯白野：《馬來散記新編注本》（新加坡：新加坡周星衢基金編注與出版，2019），頁 6-23。

㉗ 文化乞兒博客「自説自話」的一篇文章〈冀望再版鐘靈中學叢書〉，https：//ruiliangpeng.blogspot.com/2012/05/.

㉘ 鄺國祥：《桃李春風》（吉隆坡：馬來亞出版社，1953），共 122 頁。

㉙ 溫梓川：〈序〉，《檳城散記》，頁 3。

㉚〈海珠嶼大伯公〉，《光華日報》副刊，1948 年 8 月 8 日；〈成立一百五十年的本城嘉應會館〉，《光華日刊》1970 年 2 月 16 日；〈六十年來檳城華校史話〉，《時中學校四十六周年紀念特刊》（1954 年出版），頁 71-79；〈三談海珠嶼大伯公〉，《光華日報》，1950 年 5 月 28 日；〈檳榔嶼海珠嶼大伯公〉，《南洋學報》13 期，1957 年，頁 53-58。

㉛ 這些理論與批評派系錯綜複雜，參考：Bill Ashcroft and other eds., *The Post-Colonial Studies Reader* (London: Routledge,1997); K.M. *Twentieth-Century Literary Theory: A Reader* (New York: St. Martin' s Press, 1993)；羅綱、劉象愚主編：《殖民主義文化理論》（北京：中國社會科學出版社，1999）。

㉜ Simon During, *The Cultural Studies Reader*, 3rd ed.（London: Routledge，2007）; Andrew Edgar, and Peter Sedgwick ,*Cultural Theory: The Key Concepts* , 2nd ed. (New York: Routledge,2005).

㉝ Jean Francois Lyotard, tr. Geoff Bennington and Brian Massuni, *The Postmodern Condition : A Report on Knowledge* (Manchester: Manchester University Press, 1984).

㉞ 鄭文輝：《麻河風蕭蕭》（新加坡：藍點圖書，2016 出版；2019 再版）。

㉟ 我為這本書寫了讀後感〈小敘述的典範：新馬土地與華人歷史文化的書寫：我讀鄭文輝的《麻河風蕭蕭》〉，《麻河風蕭蕭》（新加坡：藍點圖書，2016 出版；2019 再版），頁 2-7。

㊱ 宋文翰編：《中華文選》（新加坡：中華書局，1970 版）。

㊲ SNP 泛太平洋出版社編輯委員會編：（根據教育部最新課程票准編寫）《H1 華文》（新加坡：教育出版社，2006），頁 66-77，88-96。

㊳ 伍燕翎編：《馬華教科書上的馬華文學：國中篇》（吉隆坡：馬來西亞華文作家協會，2021），頁 58-67，99-113，150-166，167-179-，167-179，180-191，192-203。

㊴ Mike Crang, *Cultural Geography*（Routledge, 1998）。

第四輯

郁達夫英文論文

Yu Dafu in Singapore, Malaya and Sumatra

Yu Dafu in Exile: His Last Days in Sumatra

Yu Dafu and the war-resistance literature of Singapore and Malaya, 1937-1942

Yu Ta-fu in Singapore, Malaya, and Sumatra, 1939-1945

I From Fu-chou 福州 to Singapore

a. A Sudden Decision

Curiously enough, it was to Mr. Wen Tzu-ch' uan 溫梓川[1], the first man to collect and publish his essays[2] scattered among the newspaper and periodicals in Singapore and Malaya that Yu Ta-fu revealed for the first time, his interest in Nan-yang[3]. As Wen Tzu-ch' uan recalled[4] in 1956, he met Yu Ta-fu unexpectedly at Wang Ching-chih' s house.[5] " It was a Sunday in the early fall of 1929."[6] Both of them were invited to have a drink with Wang Ching-chih, whose collection of poems, *Chi mo ti kuo* 寂寞的國 (*The lonely country*) had been published that day.

Yu Ta-fu was pleased to hear that Wen Tzu-ch' uan was interested in writing poem in classical form. After reading two tz' u poems on tropical landscapes, written by Wen, Yu Ta-fu said seriously, "Nan-yang is a wonderful place so far away." Yu Ta-fu replied that R. Louis Stevenson had spent his eventing years on a small island in the Pacific[7] and as a result, wrote quite a number of significant books.[8]

Yu Ta-fu's dream could not however be realized until eleven years later. The news of Mr. Yu Ta-fu's arrival at Singapore for an editorial post of a newspaper, at last appeared.[9] The exact date of his arrival is December 28, 1938.[10]

Yu Ta-fu was invited by Ch'en Kung-chih 陳公治,[11] the governor of Fu-chou province 福建省 to be a counsellor (ts'an i 參議) to the Fu-chien Provincial Government starting February 1936.[12] He held the post, which invited many criticisms from his friends,[13] until he left China for Singapore.[14] During the period it seemed he did not plan to go abroad, though accepted an invitation by a number of organizations and universities in Tokyo, for lectures in the Winter of 1937. He was hastened to come back after one month, due to rumors of Hsi-an Incident.[15]

During 1927, a time he was madly in love with Wang Ying-hsia,[16] he turned his thoughts many times to an ideal paradise in a foreign country. In the Winter of 1927, February 1, when he was struggling in the depth of poverty,[17] he joted down in his diary: "Immersed in thinking S's[18] gestures and conduct, I would like to take her abroad, Paris, Venice or Florence and spend an exotic Spring there. But I don't have enough of money, my hands are tied."[19] When Wang Ying-hsia refused his love, he exclaimed desperately: "I want to tell her that I want to go Paris and destroy my heart-broken body."[20] Eighteen days later when Ying-hsia, his "Beatrice", promised to marry him, he said: "I would like to take her to Europe with me." [21] Though he toyed with such a plan for a short time, it was proved too romantic to be realized.[22]

Yu Ta-fu was commissioned by the Political Bureau 政治部 of the Central Military Committee 中央軍事委員會 , in Wu-han 武漢 under Kuo Mo-jo 郭沫若 in late 1937. He left Fu-chou in the early of January, 1938 for Wu-han. Once in Wu-han, he was appointed as a member of the Planning Committee, as well as a director of Han-k' ou Chinese National Literary Circles Anti-Japanese Association 漢口中華全國文藝界擾敵協會 . Before the fall of Wu-han in July, he led the writers to visit soldiers at the fronts.[23] Hsieh Ping-ying 謝冰瑩 , who was in the Wounded Soldiers Service Corps, once met him on the battle field. Yu Ta-fu dressed himself as usual. He told Hsieh Ping-ying: " I should not put on my long gown when I visit the fronts. People teased me wherever I go. Now I have also devoted my life to the country like all of you." [24]

When the bombing of Wu-han reached its critical stage, the population was evacuated. Yu Ta-Fu took refuge in Ch' ang-te 常德 and later in Han-shou 漢壽 in Hu-nan 湖南 province. [25]In addition to the thunders of war, Yu Ta-fu was also driven mad by the rumours and his own discovery of his common-law' s infidelity.[26] One day he received a telegram from Ch' en Kung-chih, asking him to return to Fu-chou. Ta-fu recalled in 1942 in Singapore:

> In mid-September, governor Kung-chih sent me a telegram again,

> asking me return to Fu-chou to serve the nation. I have already decided to scarify every things, so that I started my way alone and rushed back to Fu-chou.[27]
>
> Also, on my way to Chien-yang 建陽, I wrote these twenty eight words and sent to Ying-hsia. The fact was that I have already made up my mind to leave China, go to Nan-yang for Overseas propaganda. If I can stay in the tropical primitive region until my last day, then my wish is fulfilled.[28]

According to the above record, it appears that Ta-fu conceived the idea of going to Nan-yang while on his way back to Fu-chou. It would then have been a sudden decision.

b. Events Leading to His Sudden Decision

In an informal address delivered at a welcome party in Penang on January 4, 1939, Yu Ta-fu said that before the fall of Han-k' ou, writers decided to serve the nation in many ways: by joining the armed forces, by infiltrating into the enemy-occupied areas or by going abroad to do overseas propaganda.[29] Hu Yu-chih 胡愈之 who worked in Third Office (propaganda) in the Central Hilitary Committee, also went to Singapore in 1940 with the same mission.[30]

As mentioned above his quarrel with Wang Ying-hsia had reached the stage of hopeless reconciliation. Wang Ying-hsia' s letters[31] point out:

He knows that, in China, one cannot attack and hurt people without reason, otherwise people would regard him as a mad dog. So he was forced to escape to Nan-yang where he dared to hurt me…[32]

After my arrival at Fu-chou, you persuaded me with all means to go with you to Nan-yang. Soon afterwards your abnormal behavior and your mental torture are becoming more unendurable as day goes on. All the evidence show that you have a premediated plan. It also proves that you did not dare to say anything you liked when you were in China. Of course, I also understand that your predicament… You have written too many confession letters…[33]

What I am concerned with here, is not about the controversary, or whether or not Wang Ying-hsia's accusation are groundless. I think her accusations at least disclose the fact that, suddenly, Yu Ta-fu's notorious state, became unbearable to himself. Added to the "call" of Wu-han, caused him to change his mind, while on his way back to Fu-chou.

c. Events Accelerating His Decision

Chang Hsiu-ya 張秀亞 believes that Yu Ta-fu left China for Singapore in mid-September 1938[34]. Actually Ta-fu's sudden decision was delayed until December, through the exact date of his departure is not available. As soon as he received Ch'en Kung-chih's telegram in mid-September he rushed back to Fu-chou . Ta-fu sent a poem[35] to Jo-p' iao, a monk in Hang-chou October 12, 1938. It is safe to guese that he probably arrived at Fu-chou at the end of September or in early October.

As he arrived in Fu-chou, he joined the Fu-chien Provincial Government again, as he had originally intended. It is believed that Ta-fu was not happy during his stay in Fu-chou, and, far worse, he was in considerable debt. He was not contented in such an obscure position and grew restless. It might also be possible that he had been waiting for some employment to turn up and finding means of reaching the South Seas Islands 南洋群島 since his coming back from Han-shou. In an essay entitled " Three Night in Penang" 檳城三宿記 , written on January 1, 1939, a few days after his arrival at Singapore, he mentions that, one day he suddenly received a telegram from Mr. Hu Chao-hsiang 胡兆祥 , who invited him to accept a post in *Hsing-chou Jih-pao* 星洲日報 (*Singapore Daily News*) in Singapore. Ta-fu accepted the appointment and hurried around to get ready. At any rate, it was through the appointment of *Hsing-chou Jih-pao* that he actually went to Singapore.

A few days before Yu Ta-fu departed for Singapore, Wang Ying-hsia arrived Fu-chou with their oldest son. It seemed a reconciliation had been reached between them. So they went together to Singapore, hoping for an eternal reconciliation.

Besides oversea propaganda which he had conceived in Wu-han, his notorious state, after the quarrels with his wife, his poverty and unhappy life during his stay in Fu-chou, I think the following factors also contributed some reasons for his decision to leave China. As Sun Pai-kang points out, after Yu Ta-fu lived together with Wang Ying-hsia and ended his vagrancy life, he ceased to write short story and turned out to be a ming shih 名士 (social elite). He devoted his energy to travel essays 遊記 , and classical poems. As a traditional Chinese man of letters, he needed a lot of travel. When he accepted a governmental post in Fu-chou, he confessed that he wanted to collect materials for some longer works. As previously mentioned, he considered R. L. Stevenson's journey as fruitful and significant. Yu Ta-fu's travel essays, produced in Singapore, reflect his intention.

The warring situation of Fu-chou at that time also deserves our attention. Fourty thousands Japanese forces gathered at Taiwan launched their full-scale attacks on the coastal lines of Kuang-tung and Fu-chien on October 12. Kuang-chou was occupied by the Japanese on October 21, 1938. At the time Ta-fu left China for Singapore, the population and armed forces of Chin-men 金門 and Hsia-men were evacuated and retreated. Fu-chou fell to the hands of the Japanese on April 22, 1939. Thus we can imagine that Yu Ta-fu, as every civilian in Fu-chou would be planning to go to some other places. Under such circumstances Ta-fu of course would accept Hu Chao-hsiang's invitation without hesitation.

The question of why Yu Ta-fu went to Nan-Yang, does not pass unnoticed among contemporary commentators. Yeh ling-feng

葉靈風, who opposed Yu Ta-fu' s marriage with Wang Ying-hsia during their first stage of love, remarks:

> I strongly believe that, without the break of their marriage, Ta-fu would not throw himself to Nan-yang, a remote and primitive region, and thus he also would not die tragicly at the hands of the Japanese.

Sui Pai-kang' s view is in common with Yeh Ling-feng' s:

> I am quite agreed with that Ling-feng has said before that without the quarrel, Ta-fu would not have thrown himself to lian-yang.

Chang Hsiu-ya has a similar comment. Hsu Kai-yu (Hsu Chich-yu 許芥昱), on the other hand, considers that it is Yu Ta-fu who should pay the price for his own death, instead of just placing the blame on Wang Ying-hsia:

> Discovery of his common-law wife' s infidelity in 1937 drove him to despair. He tried to lose himself in the South Sea Islands and spent the war years incognito.

These commentators' points of departure are almost the same, and their opinions which are most prominent today, are more than adequate to explain Ta-fu' s decision to leave China.

Among other comments, I have found Han Su-yin's view is groundless:

> Following the course of events in China, the Kuomintang suppression of liberal and intellectual elements there, writers such as Yu Ta-fu and others fled to Southeast Asia……

Besides, I think as my present study will show later, Su Hsueh-lin's 蘇雪林 claim is hard to substantiated by evidence:

When the resistant war broke out, intellectuals gathered at the rear of the battlefield, suffering or enjoying together with the government. But Yu Ta-fu still behaved as an epicurean. In fear of the bitter life at the rear, he escaped to Sumatra incognito. He operated a wine shop, married, and his life was comfortable. We know nothing about the reason why he wanted to be an advisor to the Japanese forces.

d. The Passage to Singapore

There are no writings dealing with his journey from Fu-chou to Singapore. According to "Sui chao hsin yu" 歲朝新語, an essay written by Yu Ta-fu on his way to Singapore, he states that the ship called at Hsia-men and Hong Kong respectively for twenty four hours. Hsia-men was a "dead city" because the population and defense forces had been evacuated. Though his stay in Hong Kong was brief, he wrote an essay called "Kuo yu chia" 國與家 which was published in 星座 , the literary supplement of *Hsing-tao Jih-pao* 星洲日報 . In this essay, he reveals something ironic to give vent to his old hatred which he professed to have forgotten.

When he arrived in Hong Kong, people were busying themselves preparing for the coming of the New Year, and the year 1938 had only seven or eight days left. He also mentions that the ship arrived at Hong Kong "in the following morning" after it left Hsia-men, so he should have departed on December 21 or 22.

In an other essay entitled "幾個問題" , he also reveals that the ship called at Manila, capital of the Philippines on the December 26, "the day after Christmas" . And on his way to visit Philippines University, he bought a copy of the *Sunday Tribune Magazine*. He probably stopped over less than twenty four hours, because he arrived in Singapore on December 28, 1938.

Yu Ta-Fu in the essay "three Nights in Penang" , states that his passage from Fu-chou to Singapore took him fifty days. This figure is in contradiction with the accounts he gives in the above-mentioned essays. It appears to be either an adjective or includes the days before he got on board.

II His Singapore Days

On arriving in Singapore on December 28, 1938, together with his wife and a son, he took up residence in Nan T' ien Hotel 南天旅店, Room No. 8. He told his friends: "I have decided to move to Singapore for good; I don' t wish to return to China."

As soon as he arrived in Singapore, he made a tour to Penang which lasted about eight days. Out of this trip came four poems and two essays, which give detailed information about his journey. He was warmly welcomed by the pressman and writers in Penang. At a welcome party he made a report on the activities of writers in China and said that he wanted to propagate local literature and culture with the Overseas Chinese.

a. Yu Ta-fu and Local Literature and Culture

"On my return from Penang, I took over the three supplementary sections of *Hsing-chou Jih-pao*. I am also expecting to edit one literacy bi-weekly and the 'Sunday literary Section' of *Hsing-ping Jih-pao* 星檳日報." The three supplementary sections are: "Ch' en Hsing" 晨星 (Morning Stars), a pure literary supplement of *Hsing-chou Jih-pao*; "Fan Hsing" 繁星 (Constellation), a supplementary section of all kinds of interest, of *Hsing-chou Jih-pao* (evening edition); and "Wen-I Chou-kan" 文藝週刊, also a literary supplement of *Hsing-chou Jih-pao*. *Hsing-chou Pan-yueh-kan* 星洲半月刊 was a magazine sponsored by *Hsing-chou Jih-pao*. In addition, Yu Ta-fu was also responsible for the literary section of *Hsing-kuang Hua-pao* 星光畫報 (*Star light pictorial magazine*). Wang Ying-hsia also worked at the editorial board of *Hsing-chou Jih-pao* and edited its "Fu-nu-pan" 婦女版

(Women section).

Among these newspaper literary supplements, "Ch' en Hsing" (01932-1955) played an important role in the development of Malayan-Chinese literature 馬華文學 . The first issue of "Ch' en Hsing" edited by Yu Ta-fu came out on January 9, 1939. Yu Ta-fu contributed an article called "Morning stars: Today and future" (晨星的今後), which fully reflected his enthusiasm. He was hopeful that he could help produce some distinguished local writers.

Wen Tzu-ch' uan, a frequent contributor of "Ch' en Hsing" during this period, says:

> "Morning Stars" , of which Yu Ta-fu was its editor, always discovered and encouraged new writers. All contributions which were good in subject-matter were accepted and published, though the technique lacked perfection. He always felt that the space was limited and proposed that all contributions should not exceed three or four thousand words. But all good contributions with more than four thousand words were also accepted.

Miao Hsiu, who was editor of "Ch' en Hsing" between 1947 and 1950, considered Yu Ta-fu had done a significant job, for two main reasons. Firstly he cultivated a group of young writers and secondly, he enlightened the local writers by publishing the works of Chinese writers, such as Mao Tun 矛盾 , Lao She 老舍 and Ai Wu 艾無 , who had established considerable reputations by then.

As Miao Hsiu points out, Ta-fu is criticized by many writers of today, because he favored the middle course. The thoughts expressed in most writings, were not considered progressive enough, when compared with the earlier period. I think the suppression by the British Government and Yu Ta-fu as a non-radical writer are important factors:

> Already, between 1928 and 1942, there had been suppression from the British Government due to the strong anti-colonial tone of the writing, and this had driven writers underground……

In considering Yu Ta-fu' s contribution to the local literature, we must also note that in Malaya and Singapore, "the newspaper has played a very essential role in the promotion of contemporary literature." As Han Su-yin remarks, "Without the newspaper many writings would never have been published."

Yu Ta-fu moved to Tiong Bahru Road, No. 24, third floor after staying in Nan T' ian Hotel for a few months. A young writer who visited him regularly, stated that, his cordiality impressed him very much. Ta-fu never regarded himself as a teacher or as a famous writer; yet he tried to encourage young writers to write with all their means. As early as 1927, Yu Ta-fu was a "legend to the younger generation in Singapore and Malaya." The so called decadent romanticism tendency was prominent at this time, especially after "Lu I" 綠漪, a supplement of *Kuo-min Jih-pao* 國民日報 was founded. It was therefore easy to imagine that Yu Ta-fu was an idol of most young people.

As for the middle-age generation, Yu Ta-fu was also a writer of interest – and, no doubt, of admiration. *Hsing-chou Jih-pao* invited him to edit its supplements, not because he was a veteran pressman, but because his influential name was useful. After he arrived in Singapore, he was "ordered" by Hu Wen-hu to visit Penang to boast the circulation of the newly-founded *Hsing-chou Jih-pao*, which he also admitted. It appears that Yu Ta-fu was aware of his influential role in Singapore and Malaya, and revealed when said:

> When I was in Penang, I composed some rustic words into verse for fun, thousand fellow poets in Nan-yang harmonized me with poems.

However, many progressive young writers were angered to see the numerous classical poems appear and they put the blame on Yu Ta-fu. They censured him as a renegade, of which I will mention later.

Yu Ta-fu was a cultural leader, Together with Hsu Yun-chiao 許雲樵 and others, he founded the Nan-yang Hsueh-hui 南洋學會, an Academy devoted to the study of history, literature and culture of Southeast Asia. No matter what writers, or artists coming from other places to Singapore of Malaya, or what plays produced, or books published, it became his special privilege to write at least a few hundred words to welcome them or to comment on their productions. For a writer, I think his excessive social activities were detrimental to him.

Before Second World War, many Chinese writers settled in Malaya for a certain period. These writers could be divided into two groups. The writers of the first group are those "whose bodies are here" but "whose hearts remain in China". They came to Malaya or Singapore as tourist or guests, or just took Malaya and Singapore as a nook or as a golden land where they could amas money. Therefore during their stay in these two places, they either alienated themselves from the local society or did nothing to promote the local literature. They apparently thought that Malayan-Chinese literature could not exist; it was merely a branch of Chinese literature. Therefore the writers in Malaya and Singapore should write things happened in China, if they were patriotic.

Hung Ling-fei 洪靈菲 (pen name Li Tieh-lang 李鐵郎 ,died 1935) went to Singapore in 1927, where he wrote his novel *Liu wang* 流亡 (*The Flight*) which are published in 1928 by Hsien-tai shu-chu 現代書局 . He was completely isolated from the local people during his stay in Singapore. On his return voyage from England, Lao She was in short of money. He was stranded for some time in Singapore. He earned money for his traveling expenses to China by teaching in Hua-ch' iao Chung-hsueh 華僑中學 (Overseas Chinese High School) in Singapore. During his stay in Singapore he wrote a fantasy for children called *Hsiao-po sheng-jih* 小波的生日 (*Hsia-po's birthday*).

Quite different from them, writers like Yang Sao 楊騷, Pa-jen 巴人 (Wang Jen-shu 王任叔), Hsu Chieh 許傑 were actively engaged in the local activities and had a hand in directing the local literacy movement. Hsu Chieh travelled to Malaya in late 1928, where he edited for some time the newspaper *I Ch'un-pao* 益羣報 (in Kuala Lumpur) and composed many sketches on the experiences of his journey, which he collected into one volume, entitled *Yeh-tzu yu liu-lian* 椰子與榴槤. Besides he also edited a literary supplement called "Tao-shang" 島上 and directed many discussions on literary problems.

As I have shown above, Yu Ta-fu belong to the second group. On his return to Singapore from Penang in early 1939, he wrote an essay "Chi-ko wen-t' i", in which he expounded his view on some problems the Chinese writers in Malaya and Singapore were facing. Yu Ta-fu accepted the definition of Malayan-Chinese writer, namely, that Chinese literature produced in Malaya (including Singapore) had a life if its own, unfettered by the Chinese social context, and its aim was to portray local societies, not China. In short, they should be free it from association which was happening in China, and directed it along its own independent way. This article, which appeared both in *Hsing-chou Jih-pao* and

Hsing-ping Jih-pao on the same day (January 21, 1921), did not remain unnoticed. It caused a stir in the literary world.

b. The Final Break Between Yu Ta-fu and Wang Ying-hsia

Yu Ta-fu and Wang Ying-hsia went to Singapore together, hoping to patch up their break, as themselves admitted. As soon as they arrived in Singapore, the local pressman like Li His-liang 李西浪 , Li T' ieh-min 李鐵民 , Hu Liang-man 胡浪漫 , and others wrote a great number of classical poems to praise their perfect ally without reserve. It seemed in all the years living together they had never a discordous word spoken. But as a matter of fact, their new life did not seem to have remedied the separation which was growing between them. I have mentioned before, Yu Ta-fu wrote two essays, "Kuo yu chia" and "Sui chao hsin yu" on his way to Singapore. In the first essay he gave vent to his old hatred by saying something to hurt Wang Ying-hsia, and in the second one, he did not mention Ying-hsia a word. On arriving Singapore, he wrote a regular poem "Ti Hsing-chou kan-fu" 抵星洲感賦 in which he also satired his wife. He did not bring his wife along his trip to Penang. If he could forget the past as he professed in "Hui-chia shih-chi" , I think Ying-hsia' s name would at least appear one time in the travel-essays. All the evidence points to the fact that their relation grew steadily worse at that time.

According to Chin Tzu-ko, after receiving a letter from Lu

Tan-lin, editor of *Ta Feng Shih-k'an* 大風旬刊 (published in Hong Kong), Yu Ta-fu collected nineteen pieces of regular shih poems and one tz' u poem he had written recently and wrote a brief annotation to each poem. He sent out the poems on January 20, 1939, and wrote that, after the publication of the monthly, he needed two copies, instead of money rewarded. Besides, he also asked Lu Tan-lin send a copy to Chiang Kai-shih 蔣介石 , Yeh Ch' u-ts' ang 葉楚傖 , Yu Yu-jen 于右任 , Shao Li-tsu 邵力子 and Liu Ya-tzu 柳亞子 . *Ta Feng Shun-k'an* issue No. 30, carrying the story of Wang Ying-hsia' s infedility, were published in March 1939 in Hong Kong and was sold out within a few weeks. This issue of *Ta Feng Shun-k'an* was reprinted three times within a year.

Wang Ying-hsia, in refutation of Ta-fu' s "distortion of fact", wrote a series of letter and published them in *Ta-Feng Shun-k'an*. In her letters, she repudiated Yu Ta-fu' s accusation and attacked him by revealing the dark side of his private life. As the quarrel broke out, more violent than usual, many attempts were made by Tan-Lin and Chang Ssu-jen 張斯仁 , the seal artist, to prevent the break between them. But all effort were in vain. They divorced in February, 1940, and Lo Liang-t' ao 羅良鑄 , editor of *Hsing-chou Jih-pao* acted as their witness. Though they were divorced by consent, Ta-fu was entitled to take care the children. On the eve of Wang Ying-hsia' s departure for China, Ta-fu gave her a farewell party at Nan T' ien Hotel 南天酒店 . Yu Ta-fu composed two classical poems to mark the lamentable event at the party.

It is reported that Wang Ying-hsia went straight ahead to Chungking 重慶. She was introduced to the Foreign Relations Department to accept a secretarial post. Soon afterwards she was married to Chung Hsien-tao 鐘賢道, a native of Ling-po 寧波. He was the manager of San Pei Ship Company 三北輪船公司 in Chungking office. After the war, Wang Ying-hsia lived in Shanghai with her husband.

c. His participation in Local Anti-Japanese Activities

As early as 1939 the possibility of a Japanese attack through Siam had been foreseen. When the Second World War broke out in Europe on September 3, 1939, the Japanese occupied Southern Indo-China with the consent of the German-controlled Government of France. This brought the Japanese within striking distance of Malaya. The Japanese determined to push forward with their long-cherished plan for domination of Asia. On December 7, 1941, the same day that they attacked Pearl Harbor, they also landed on Kelantan, and bombed the airfield in Kedah, Wellesley and Kelantan, seriously weakening the British Air Force. Malaya was totally unprepared for war. Great Britain's troops, mainly Indians, having been trained for offensive, were disheartened at once.

On the evening of December 8, two of the biggest ships of the British Eastern Fleet, under the command of Admiral Sir Tom Phillips, were both sunk by Japanese air attack in the Gulf of Siam.

As a result of these disasters, the British fleet was crippled. The Japanese, with control of the sea, were able to send expeditions wherever they liked to South East Asia.

The Pacific War had started, and peaceful Malaya found herself in the middle of the storm. Long before the war came to Malaya, Yu Ta-fu had faith in the ultimate defeat of the Japanese. His essay written in this period reveal high spirits. He made some significant contribution to the Overseas Chinese Relieved Fund Association（華僑籌賑會）. Wen Tzu-ch’uan recalls:

> On the eve of the ourbreak of the Pacific War, Ta-fu was very busy. He went around to speak, to attend meetings, and was Deputy Editor-in-Chief of *Hsing-chou Jih-pao*……*Fang Hua Pao* 繁華報 also invited him to accept the post of Editor-in-Chief. Besides, the British Information Services Bureau asked him to take up an important post.

Yu Ta-fu’s work in the British Information Services Bureau was to edit *Hua Chiao Chou-pao* 華僑週報 (Overseas Chinese Weekly), an official magazine devoted to the anti-Japanese propaganda. Besides the editorial work, he also listened to Japanese propaganda broadcasting and translated the important parts into English. He always wrote letters and published them openly to refute the Japanese writers who spoke for the warlords. The other posts he held were: Chariman of Wen-hua-chieh chan-shih kung-tso-t’uan

文化界戰時工作團 (Intellectuals Wartime Service Corps) and director of Wen-hua-chieh chan-shih kan-pu shun-nien-pan 文化界戰時幹部訓練班 (Intellectuals Wartime Personal Training Class).

When the Japanese was advancing down the Malaya Peninsula six weeks later, an effeort was made to get the Chinese into a common war front. The British Government approached the Chinese leaders and asked for full cooperation against the invaders. After some hesitation, Ch' en Chia-keng accepted, and at the end of the December 1941, the Chinese Mobilization Committee was established under the chairmanship of Ch' en Chia-keng. This committee, not only received the blessing from the Governor Sir Shenton Thomas, it also had the approval of both the Kuomintang and the Communist Party. According to Hu Yu-chih, who was in charge of the propaganda division in the committee, Yu Ta-fu was an executive committee in the committee, the chairman of Wen-hua-chieh k' ang Jih lien-ho-hui 文化界抗日聯合會 (Intellectual Anti-Japanese Association). The Chinese Mobilization Committee was later proved to be an important political party. Its members fought bravely when the Japanese landed on Singapore, and many then later remain active in the southern part of Malaya.

III His last Days in Sumatra

a. A Narrow Escape from the Besieged City

After the first clashes, which seriously weakened the British air and naval forces, the Japanese easily gained control of the Malaya' s chief ports and the main linese of communication. Due to the lack of reinforcements, the British forces became depleted and exhausted within a few weeks. Coupled with Japanese control of the sea, this was fatal, for, even if the British forces were able to hold their positions on the main road and railway for a while, the enemy was always able to outflank them farther south along the coast. Supplied with food and ammunition by air, the Japanese continued their confident three-pronged advance down both coasts and down the center of Johore. Since skirmishing could not hold up the enemy' s progress, withdrawal after withdrawal took place. On January 27, 1942, General Wavell, the commander of British armed forces in Singapore, permitted Malaya troops to retreat to Singapore. The withdrawal was completed on the night of January 30.

For a fortnight the Japanese had been bombing the aerodromes and naval bases at Singapore. Now the entime landscape too came under the enemy' s artillery fire. The situation was hopeless hence the defense of Singapore had been designed to meet the Japanese attack from the sea. Though the Overseas Chinese in Singapore had offered full cooperation against the invaders, and the British Government in turn agreed to provide men chosen by the Mobilization Committee with military training, this was only a last-minute development, and was too late to be really effective. Ch' en Chia-keng, who led the whole Chinese population to resist Japanese invasion, realized his men were not enough to turn the tide and that further resistance would be useless. Furthermore, no determined resistance was foreseen from the British. When Governor Sir Shenton Thomas turned down his request for a guarantee of evacuation for the leaders who were engaged in the anti-Japanese activities in case of danger, he decided to abandon Singapore and fled to Sumatra in a small boat on January 3, 1942. From there he advanced to Java, where he took refuge until the end of the war.

On the day Ch' en Chia' keng deserted Singapore an emergency meeting was called by other important members of the Overseas Chinese Mobilization Committee. Their conclusion was similar with Ch' en' s view that resistance would become useless and the British force would not fight to the last man. Instead of remaining in the besieged city and sacrificing themselves needlessly, they decided to rent a small boat and withdraw to Sumatra. Yu Ta-fu, together with eighteen other persons, escaped from the surrounded city and proceeded to Sumatra on the morning of February 4, 1942, eleven days before the fall of Singapore.

On Bengalis Island

Hu yu-chih was the silent spectator of Yu Ta-fu' s eventful and tragic life on Sumatra. When he returned to Singapore in 1945, he drew up a report about Yu Ta-fu' s escape and his mysterious disappearance. It is the first and the most authoritative voice to speak of Yu Ta-fu's days in Sumatra. According to Hu's account, on which the following account is chiefly based, they landed at Karimun, the nearest Dutch island to Singapore, in the evening. They were forced to remain there for two days because most of them were without legal papers. They sailed to Slatpandjang, another small island, on the evening of February 6. They were delivered later to Bengalis Island by the Dutch officers on February 9. After short discussion on this island they planned to go to Java by obtaining permits from the Dutch Government and then go back to China via India. But their request was turned down by the Dutch-Java Government. Hopeless of finding any other means to advance, they waited in terror. The straits of Malacca roared outside the window, and terror gripped their hearts, particular when the news they received from the radio revealed that the situation was growing steadily worse. The fall of Singapore on February 15, 1942 stunned them all. Dutch defensive forces had retreated to Java and they were free to go to any place they liked. But the communications were cut. They waited without hope until Ch'en Chung-p'ei 陳仲培, a generous Overseas Chinese, offered them a favor. They were shipped to a place called Pandang Village on Pandang Island, not far from Bengalis, on February 16.

In Pandang Village

They were warmly received by the family of Ch'en Chung-p'ei.

They rented a house next to Ch' en' s. Residents in Pandang Village a A desolate village There were only a few Chinese families. They took refuge in the village for one and half months. Yu Ta-fu was temporarily relieved and began to study the Indonesian language energetically. It is said that he composed a good number of poems there; almost a poem each day. His posthumous poems "Luan Li Tsa shih 亂離雜詩 (Miscellaneous poems written in exile in the years of war), which still exist today, consisted of eleven regular poems and were mostly written during his stay in Pandang Village. According to Hu yu-chih, the first nine of the eleven poems were written at this time. The first seven poems were written for a girl he loved. Yu Ta-fu met her after he was divorced from Wang ying-hsia. She worked for the Allies in the radio station as monitor and then retreated to Java with the Allies Forces before the fall of Singapore. When Yu Ta-fu was in Pandang Village, almost every three days, he went to a nearby town to listen to her voice on the radio from a broadcasting station in Java, as shown by the "Miscellaneous poems" No. 6. Bidding farewell to Ch' en Chung-p' ei, he wrote No. 8 and No. 9.

In P' eng-ho-ling 彭鶴嶺

The ultimate destinations of Yu Ta-fu and his fellow refugees were India and China. Their original plan was to travel to Java where they could still easily catch a ship bound for India, so they had no intention of settling in Indonesia. They were waiting for some chance to turn up. But all their schemes proved futile. The Governor of Java surrendered without a struggle on March 9, 1942. The invaders could come to take over the islands at any time. They were stunned by the resounding victory of the enemy. Hopeless of finding any means of running away from the Japanese-occupied areas, they turned their thoughts to looking for place among the deep forests to spend their days incognito. They were split into two groups. Yu Ta-fu and Wang Chi-yuen formed the first group. They found a seaside village called P' eng-ho-ling, about ten miles from Pandang Village. Under the cover of a grocery store which was set up with the help of a local business man named K' ou Wen-ch' eng 寇文成 , they took refuge until mid-April.

By April, a month later, Yu discovered that they could not even hide themselves safely among the wilderness. Since the takeover of Singapore by the Japanese, those who refused to work for the invaders poured in like flood water. So the desolate place in which Yu Ta-fu lived was exposed to the attention of Japanese agents. Far worse, rumors were circulating that agents and Chinese collaborators were sent from Shonanto, (the Japanese occupied Singapore) to look for the Chinese intellectuals who refused to cooperate with the invaders. Many anti-Japanese leaders were brought back to Shonanto and suffered inhuman torture.

As the situation grew intense, Yu Ta-fu decided to move

forward to the interior of Sumatra where no people knew his identity. Ta-fu wandered along the Sungei Siak (River Siak) with Wang Chi-yuan, who unfortunately was forced to stay in a small town midway for sickness. Then Yu Ta-fu travelled together with an unknown businessman to Pekan Baru (Paokan Baroe) in a sampan. Sampan trip ended according to his "Miscellaneous poems" No.11, he probably passed a small town on the river.

After a journey of indescribable hardships and of dramatic events which lasted about four or five days, he arrived at Pajakumbuh in early May. But he had not yet come to the end of his hardships. Instead of the rest and comfort he had expected to find, disappointment awaited him. It seemed all the elements were in league against him. He was suspected by the local Chinese of Indonesia of being a spy sent by the Japanese to investigate their activities. The local Chinese leaders were reluctant to help him, even though he had a dozen recommendation letters with him.

The reason was due to on the way to Pajakumbuh, a Japanese army truck stopped the bus for information to Pekan Baru. Without knowing the intention of the Japanese officers, most of the passengers rushed out for safety. Yu Ta-fu stayed in the bus unstirred and told the Japanese officers how to get to Pekan Baru with perfect Japanese. One of the Japanese officers talked politely with Yu, and saluted him before he left. This scene caused suspicion about his identity.

Japanese Interpreter

When he arrived at Pajakumbuh, he was almost unrecognizable by his own friends because of his deep tanned skin and his dressing. He disguised himself as Chao Lien 趙廉 , a rich businessman who seemed to have unlimited money to spend.

Actually he was mortally afraid of squandering it, for it was all he had to rely on. Out of work and being on his limited savings, after two or three months, his money was exhausted. While Yu Ta-fu and his fellow refugees were planning to do some small scale business upon which they could reply and under which they could take cover, they received a relief fund from Sedolga. With four hundred rupiah of relief fund and about two hundred sen of local investments, they set up a wine-brewing factory on September 1, 1942. It was named Chao Yu Chi Chiu Ch' ang 趙豫記酒廠 . Chao Lien appeared as the owner, Chang Ch' u-k' un acted as manager and Hu Yu-chih was the accountant. After six months, due to the increased number of Japanese soldiers, it began to enjoy a good business. Though Yu Ta-fu was at last free from financial worry, he still lived frugally and worked hard.

Chao Lien exposed his perfect Japanese to the Japanese military police at the end of May, 1942, during his visit to Ts' ai Ch' eng-ta for looking a house. As he entered the door, a military police was arguing with Mr. Ts' ai over some problem. There was a language barrier between them. Knowing Yu know Japanese quite well, Ts' ai asked Yu to be the interpreter.

According to Hu Yu-chih's report, Yu was made to accept the post as an interpreter by force, a point widely followed by later writers. The story is that the commander of military police stationed at Bukit Tinggi, come to Pajakumbuh personally to invite Ta-fu to be their interpreter. Though he insisted that he could not desert his business, he bowed to pressure and submitted himself at last. As soon as he stepped into military police headquarter Ta-fu mediated resigning, tried to run away from the lair. He disguised himself as a rich businessman, knew nothing of politics. He accepted the post but refused to be paid.

Yu Ta-fu moved to Bukit Tinggi. During the next six or seven months, he went back to Pajakumbuh once a week, sometimes twice. With the exception of one mission, on which he was sent to Atjeh (a province of Sumatra) to spy the Allied espionage networks, which lasted about one month, all the time he worked at Bukit Tinggi headquarter. His services, according to Hu Yu-chih, was to be interpreter during the interrogation of Indonesian and Chinese suspects, but, according to Wen Tzu-ch'uan, was to listen and translate the broadcasting of Allied forces into Japanese.

Chao Lien quited his job in the early 1943, after serving six or seven months, on the pretext that he was suffering from tuberculosis. He entered the Sa Wa Lun To 薩瓦倫多 Hospital for medical treatment for a short time. A doctor of that hospital who accepted his bribes issue a medical paper for him. Couple with the transferring of commander under which Yu Ta-fu worked, his resignation was finally approved.

As I had mentioned, Yu Ta-fu entered the military police headquarter sometime between September and October 1942 and resigned six or seven months later with a false medical paper. The Japanese did not surrender until August 15, 1945. Hu Yu-chih praised Yu Ta-fu as a patriot for the reason that he stayed behind and did what he could for the conquered people. He exerted considerable influence for the benefit of the local societies. Using the position, Ta-fu tried to do what he could for the welfare of his fellow refugees. But he did not accept the position at the bless of anti-Japanese leaders. Hu Yu-chic says, "Some of our friends operated underground activities in Sumatra to widen Overseas Chinese anti-Japanese propaganda to study the problems of Indonesian. But we did not let Yu Ta-fu join us. Perhaps Ta-fu knew something about our activities, and pretended knowing nothing." Though he was very influential, his Dutch-style bungalow built in a coconut tree estate in the residential area of Pajakumbuh was occupied by the invaders he served. Thus we have reasons to believe that Ta-fu was forced to accept the post. He entered the military police headquarter neither with deliberated intention nor material designs nor political sympathies. His closeness with the Japanese was up to a certain point.

c. His Third Marriage

After his resignation, Yu Ta-fu travelled frequently between Pajakumbuh and Padang where he was a co-owner of Jung Sheng Hotel 榮生旅店. He frequently had excessively drink in Liang Yueh Chuang 兩月莊 and Jung Sheng Chiu Lou 榮生酒樓 or accompanied the Japanese police in whoring. Because of his bachelor life was suspicious to the Japnese, he started looking for a wife as indicated by a poem he wrote. The first two lines go like this:

> Going to see the flowers thousand times passionately,
> The scenery of Padang looks like West Lake's
> 老去看花意尚勤，
> 巴東景物似湖濆。

He asked his friends in Padang to be his matchmakers, saying that he did not care about the family background or good looking. Detailed accounts of his "arranged dates" are available. Chao Lien married a Padang girl on September 15, 1943, the same day Italy surrendered to the Allied. The matchmakers were Wu Yuan-hu 吳元湖, and Ch' I Ju-ch' ang 戚汝昌, the owners of Hai-T' ien Hotel 海天旅店, a place he always waited when he went to Padang. His bride was Ch' en Lien-yu 陳蓮有, a native of T' ai shan 台山, Canton 廣東. She was twenty-one and Yu Ta-fu was fourty eight when they were married. The ceremony was held in Jung Sheng Chiu Lou in Padang. Host of the dignitaries in the town were invited. It is believed that he penned the marriage certificates himself on the eve of his third marriage:

Marriage Certificate

It is to certify that Mr. Chao, native of Fu-chien, forty years old, and Miss Ho Li-yu, native of Canton, twenty years old, married in Padang on the fifth day of September in the year of Showa. Due to the war, the ceremony was simplified.

Witness Wu Shun-tung

Matchmakers Ch'i Ju-ch'ang
Wu Yuan-hu

結婚證書

男：趙廉

原籍福建年四十歲

女：何麗有

原籍廣東年二十歲

右二人於昭和十八年九月十五日在巴東結婚因

在戰時一切從簡

此證

證婚人：呉順通

介紹人：戚汝昌

呉文湖

昭和十八年十五日

Yu Ta-fu's third marriage is immortalized by four regular shih poems he wrote on the night he married Ho Li-yu. Yu was comfortably off then and his family was very happy, though his wife is illiterate and their media of communication was Indonesian. After one year, in July, 1944, his wife gave birth a son. He was named by Ta-fu as Ta-ya 大雅. The birth of Ta-ya brought them more closely. His wife gave birth a daughter in the following day after Ta-fu disappeared, on August 29, 1945. They lived together for one year and three hundred and forty eight days. Until his death Ho Li-yu did not know her husband Chao Lien was Yu Ta-fu, a famous writer.

d. His Mysterious Death

In early 1944, Bukit Tinggi, an isolated town, was turned to be a military bastion by the Japanese. The agents working in the military police headquarter were transferred from Singapore and were well informed of the intellectuals in Singapore. Among them was a man identified as Hung Geng-p'ei 洪根培, who was trained in Koa Renseijo 興正練成所 (an agents training school) and was responsible for rounding up those anti-Japanese leaders from Singapore. Shortly after his arrival at Bukit Tinggi, he discovered that Chao Lien was Yu Ta-fu. He brought the charge against Yu Ta-fu as a spy of the allied forces. Far worse, the former principal of Chung-hua School in Pajakumbuh came forward to testified against him.

Nothing happened, though he was overshadowed by the Japanese agents and police. It was not until August that year, a secret agent frankly told him that, in order to prove that he was Yu Ta-fu, the famous Chinese writer, they worked very hard to collect all kinds of evidence. Many Yu' s fellow refugees left Pajakumbuh for other places, upon learning the information, but Yu did not even think of running away, though he knew his life was at stake. He told his friends that he was a fish inside the Japanese manfishers' net.

On the morning of August 14, upon learning from unknown sources that Japanese was going to surrender, Yu Ta-fu was as happy as the skylard on the wind. He was so excited by the news that he went around and told his friends. Those refugees who had been living incognito for three years emerged from obscurity and became active again. They discussed with Ta-fu how to take over the Japanese newspaper in Padang, how to organized the Overseas Chinese in western Sumatra. Under his leadership, a preparatory committee which planned to hold a welcome parade for his return of the allied forces was established.

On the evening of August 29, some of the executive members of the Su His Hua-ch' iao Fan-chih Kung-ssu 蘇西華僑繁殖公司 (Western Sumatra Overseas Chinese Plantation Company) held an informal meeting at Yu Ta-fu' s living room. The main topic was the plan in management of the plantation in the future.

At eight o' clock, a young man of unknown nationality knocked at the door. Ta-fu opened the door and exchanged a few words with him. They conversed in Indonesian. Ta-fu returned to the living room and told his friends that he wanted to go out for a while and would be back within a few minutes. Then he walked out, in pyjamas and wearing slippers, with that young man, and vanished in the dark. His friends waited for him until midnight, but he did not come back.

The earliest report of Yu Ta-fu' s death indicated that Yu Ta-fu went to a nearby coffee shop with the stranger. They talked for a few minutes and Ta-fu seemed unhappy. Then they stepped out of the coffee shop and walked toward a deserted road. The owner of a farm house by the road saw a car drove away alfter picking up two men. It was too dark that the farmer could not tell how identify them.

The next day, the Japanese authorities which still controlled Pajakumbuh order of Sumatra promised to investigate the case. As Hu Yu-chih points out, in the interval between the surrender and the arrival of the Allied, the Indonesia independent war broke out. After the Japanese' s evacuation, Pajakumbuh was still ridden by chaos.

According to the information released from the headquarter of Allied forces stationed at Medan, Sumatra, Yu Ta-fu was massacred and buried together with four other Europeans in

Tandjong Gedai, a small town about seven kilometers from Bukit Tinggi. This was disclosed during the interrogation of Japanese prisoners by the Allied.

It seems, as I have mentioned, the Japanese did not arrest or execute him because Yu Ta-fu could be used as an important clue to find out the activities of the people around him. On the other hand, perhaps, they knew the fact that Yu Ta-fu did not engage in anti-japanese activities since he escaped to Sumatra. If they arrested him and forced him to work for them it could be expected that he would scarify himself rather to be a traitor. So they left him free and watched him. Ta-fu did not even try to escape for several reasons. He over-believed the good nature of the Japanese, though nationalism caused them to conquered the world. More over, no escape was possible since he was closely watched by the Japanese agents. His activities after the surrender and being a man of letters, who was intended to expose the barbarity and cruelty of war-mongers contributed his final death.

Wen Tzu-ch' uan in his "The Enigma of Yu Ta-fu' s Death", an appendix to his "Biography of Yu Ta-fu", outlines several speculations on Yu ta-fu' s death. First, he was kidnapped and was murdered by evil-minded people who wished to occupy his property. Second, he was betrayed and murdered by one of his friends who, under Yu' s power, committed a lot of crimes throughout the occupation. This man murdered Yu by buying a gunman. Third, after the surrender, many revolutionaries took revenge of those who had relations with the Japanese, and without understanding the nature of the service he offered to the Japanese, they killed Yu Ta-fu. Since these speculations have not been solidly substantiated, no elaboration is necessary here.

e. Yu Ta-fu's Assets in Sumatra

As I have mentioned before that Chao Lian exerted considerable influence for the benefit of the local society. Because of his relation with the Japanese authorities, many people considered it was a wise move to enter partnership with him. The following table shows the holdings Yu Ta-fu owned or shared with others.

	Assets	**Relevant Events**
1	Chao Yu Chi Chiu Ch'ang 趙豫記酒廠 (Chao Yu's Wine-brewing Factory)	Opened: September 1, 1942. Closed: Nine months after Yu Ta-fu's died (about April 1946). Capital: About five hundred sen. Location: On Lu P'u His Lang Chieh 魯樸西朗街. Yu was the alleged owner.
2	Soup-boiling Factory	Yu was the alleged owner. It was closed down within a few months.
3	Paper Factory	Yu Ta-fu appeared as owner. Set up by his fellow refugees from Singapore.

4	Coconut and Private House	Location: In the outskirts of Pajakumbuh. Coconut Estate: 135 meters in length, 25 meters in width, with more than thirty coconut trees in it. Private house: Ta-fu lived in the Dutch-style bungalow before and after his marriage. It was occupied by Japanese and Indonesian by turn.
5	Jung Sheng Lu Tien 榮生旅店 (and its extension Jung Sheng Chiu Lou (榮生酒樓)	Location: On P'eng Lo Chieh 盆洛街 , Padang. Founded by Wu Yuan-hu 吳元湖 and Ch'i Ju-ch'ang 戚汝昌 . In order to avoid Japanese people's disturbance, they asked Yu Ta-fu to enter partnership.
6	Western Sumatra Overseas Chinese Plantation	Established: June 1, 1945. Capital: Twenty thousand dollars in Japanese currency. Land: Four thousand square meters. This company was set up with the investment of many people, and for the reasons of the Overseas Chinese economic situation in the future and of the safety of the young people who were being carried away for manual labour.

Yu Ta-fu drew up a will in Ts' ai Ch' en-ta' s house on February 13, 1945, the Chinese New Year Day. In his will he mentioned some of the assets listed above:

> ……I have been engaged in business for eight years. The money I have earned almost has been spent in helping the poor and the destitute. Therefore not many left. At the present moment I have only more than twenty thousand Rupiah in cash. The property of my house worth a little more than three thousand Rupiah. I have a piece of

land about one hundred and twenty five meters in length and twenty five meters in width, and a private house. The total worth of these two items is about fourteen thousand sen. All these assets, money and other valuable holdings will be inherited and devided by my wife Ho Li-yu, my son Ta-ya and his brother or sister (not born yet). Paper factory and Ch' i Chia Po 齊家坡 shares and others have not been sure how much I can get.

Yu ta-fu' s wife Ho Li-yu moved to Padang from Pajakumbuh four years after Yu Ta-fu' s death. She was married to a Chinese businessman Liu Sung-shou 劉松壽, a native of T' ai-shan 台山, Conton. Yu' s children were sent to Djakarta and being taken care by Ts' ai Ch' ing-chu in 1954. In 1960, the business of Ho Li-yu and Liu Song-shou was closed down by Indonesian Government and they were repatriated to China by Overseas Chinese Affairs Bureau of Communist China.

Reference

① Wen Tzu-ch'uan, a famous Malayan-Chinese writer, has been teaching in Penang for many years. He wrote a biography of Yu Ta-fu ("Yu Ta-fu pieh chuan" 郁達夫別傳) and it was serialized in *Chao Feng Yueh-k'an* 蕉風月刊 (published in Kuala Lumpur, Malaysia), No. 143-163, 1964-1966.

② *Yu Ta-fu nan yu-chi* 郁達夫南遊記 (Hong Kong: Shih-Chieh ch' u-pan-she 世界出版社, 1956). With an Introduction by Wen Tzu-ch' uan and three appended articles on Yu Ta-fu.

③ The peninsula and islande of Southeast Asia are the main centers of the Overseas Chinese population and are collectively termed Nan-yang which may literally translate as South Seas.

④ "Introduction", *Yu Ta-fu nan yu-chi*, pp. 2-4.

⑤ Wang Ching-chih was living at Chen ju yang chia mu Ch' iao 真茹楊家木橋 in Shanghai.

⑥ I think it was wrongly dated, because Wang Ching-chih' s *The Lonely Country* was published in 1927 by K' ai-ming shu-tien 開明書店, Shanghai, C. F. Wang Che-fu 王哲甫, *Chung-kuo hsin wen-hsueh yun-tung shih* 中國新文學運動史 (Hong Kong: Far Eastern Library Co 遠東圖書公司, 1965), pp. 111-482.

⑦ According to Yu Ta-fu' s *Yu Ta-fu jiu-chi chiu chung chi ch'i-t'a* 郁達夫日記九種及其他 (Hong Kong: Hung yeh shu-chu 宏業書局, 1963), p. 126, he bought a copy of R. L. Stevenson' s *In the South Sea* on his way back from College of Law 法科大學. (Entry of April 5, 1927).

⑧ Yu Ta-fu, Yu *Ta-fu nan yu -chi*, pp. 3-4.

⑨ Ibid, p. 4 .

⑩ Ibid，pp. 1, 44.

⑪ After the fall of Fu-chou in April 22, 1939, he was deposed by the Central Government.

⑫ Sun Pai-kang 孫百剛, *Yu Ta-fu yu Wang Ying-hsia* 郁達夫與王映霞 (Hong Kong: Hung yeh shu-chu, 1962), pp. 56, 60-61; also Chin Tzu-ko 金紫閣, *Yu Ta-fu ti ai-ch'ing sheng-huo* 郁達夫的愛情生活 (Hong Kong: Lan t' ien shu-wu 藍天書屋), p. 13. Besides the post of counsellor, he was also the head of Office of Communique (公報室) and editor of *Fu-chien Min-pao* 福建民報, *Hsiao-min-pao* 小民報 and many other newspaper literary supplements, such as "Hsin Yuan-lin" 新園林, "Hsin Ts' un" 新村 and "K' ang-chan Wen-I" 抗戰文藝。

⑬ Sun Pai-kang, op. cit, p. 75.

⑭ See this paper, pp. 8-9.

⑮ Yu Ta-fu, *Yu Ta-fu jin-chi chiu chung chi ch'i-t'a*, p. 204 。

⑯ Wang Ying-hsia is well-known as "beauty of Hang-chou" 杭州美人. Her family name is Chin 金. Her father Chin Ping-sun 金冰孫, a deciple of Wang Erh-nan 王二南, died early. Ying-hsia and her brother were adopted by Wang Ern-nan as his children. C.f. Sun Pai-kang, op.cit, p. 14 and Chin Tzu-ko, op.cit, p. 8.

⑰ This part of diary entitled as "Poor Winter Diary" 窮冬日記.

⑱ Madam S is Chin-yin 之音, widow of Ch' en Hsiao-chiang 陳曉江, an obscure artist. Ta-fu met her quite often at Chou Ch' ing-hou' s 周勤豪 home in 1927. *See Yu Ta-fu jin-chi chiu chung chi ch'i-t'a*, pp. 58-59.

⑲ Ibid, p. 64.

⑳ Ibid, p. 72 (February 9, 1927).

㉑ Ibid, pp. 88 -89 (February 28, 1927).

㉒ Ta-fu did not leave China since his return from Japan in 1922 (except his lecturing tour in 1937)。Chin Tzu-ko' s record that Yu Ta-fu left China for Japan in 1927 with Wang Ying-hsia to spend their honey moon is not true. (C.f. Chin Tzu-ko, pp. 33-34), though we find these words in his diary (p.200, dated July 31, 1927) : " (I) have made up my mind —— so that I can leave China happily ——。" Yu Ta-fu also mentioned in his *Yu Ta-fu jin-chi chiu chung chi ch'i-t'a* that he abandoned his romantic project at the advise of Wang Ying-hsia who encouraged him to take part in revolution (p. 97).

㉓ Chin Tzu-ko, op.cit, pp. 23-24; Yu Ta-Fu, *Yu Ta-Fu jin-chi chiu chung chi ch'i-*

t'a, pp. 206 -209.

㉔ Hsieh Ping-ying, *Tso chia yin Hsiang chi* 作家印象記 (Taipei: San min shu-chu 三民書局 , 1967), p.57.

㉕ Chin Tzu-ko, op.cit, p.25; Yu Ta-fu , Yu Ta-fu jih-chi chiu chung chi ch' I t' a, p. 209. I Chun-tsu 易君左 , who was working at *Ch'ang-sha Huang-oh'ang-p'ing Kuo-min Jih-pao* 長江皇倉坪國民日報 , became Ta-fu' s close friend (c.f., no. 152, p.68 of Wen Tzy-ch' uan, " Yu Ta-fu pieh chuan").

㉖ Chin Tzu-ko, op.cit, pp. 22-28; Yu Ta-fu, *Yu Ta-fu jih-chi chiu chung chi ch'i - t'a*, pp. 203-232.

㉗ Yu Ta-fu jih-chi chiu chung chi ch' i - t' a , p. 211.

㉘ Ibid, p. 213.

㉙ Yu Ta-fu, *Yu Ta-fu nan yu-chi*, p.7.

㉚ *Who Is Who in Communist China* (Hong Kong: Union Research Institute, 1966), p.264.

㉛ After Yu Ta-fu' s "Hui-chia shih-chi 毀家詩紀 published in *Ta Feng Shun-k'an* 大風旬刊（No. 30, March 1939）in Hong Kong, Wang Ying-hsia wrote four letters to repudiated his accusation and defense herself by disclosing many "crimes" committed by Yu Ta-fu. These letters were also published in *Ta Feng Shun-k'an* in 1939. See Yu Ta-fu jih-chi chiu chung chi ch' i-t' a, pp. 216-232.

㉜ Ibid, p. 220.

㉝ Ibid, p. 222. For Yu Ta-fu' s confession letters which published openly at that time, see Wen Tzu-ch' uan, op.cit, No. 152, p.67.

㉞ Chang Hsiu-ya, *Chin tai Chung-kuo tso-chia yu tso-p'ing* 近代中國作家與作品 (Taipei : Ch' un wen-hsueh ch' u-pan-she 純文學出版社 , 1967) ，p.82.

㉟ Yu Ta-fu, *Yu Ta-fu shih-tz'u ch'ao*, ed. Lu Tan-lin l 陸丹林 (Hong Kong: Shanghai shu-chu 上海書局 , 1962), p. 2

Appendix I

Chronology of Important Events

Abbreviations

Ch' en	Ch' en Chia-keng, Nan ch' iao hui-i lu.
Chin	Chin Tzu-ko, Yu Ta-fu ti ai-ch' ing sheng-huo.
Hu	Hu Yu-chih, Yu Ta-fu ti liu-wang ho shih-tsung.
Lu	Yu Ta-fu, Yu Ta-fu shih-tz' u ch' ao, ed. Lu Tan-lin
Miao	Miao Hsiu, Ma-hua wen-hsueh shih-hua.
Sui	Yu Ta-fu, "Sui chao hsin yu" .
Sun	Sun Pai-kang, Yu Ta-fu yu Wang Ying-hsia.
Wen	Wen Tzu-ch' uan, "Yu Ta-fu pieh-chuan" .
Yen	Yen K' ai, Shih-jen Yu Ta-fu
Yu	Yu Ta-fu, Yu Ta-fu nan yu-chi, ed. Wen Tzu-ch' uan.

1938

September	By September, 1938, Ta-fu returned to Fu-chou. His life was not comfortably off…… As the war of resistance began, Fu-chien provincial government was facing financial crisis. During his stay in Fu-chou of a period of almost three months he was paid a little more than one hundred dollars, though his expenses nearly came to five hundred dollars…… He told his old acquaintances whenever he met them, grudgingly, "People believe that I amassed a large fortune after entering civil service. They cannot imagine that after accepting this governmental post my new debt is pilling up." His stay in Fu-chien was cut short, after about three months. Sometime in December, Ta-fu suddenly got

September	a telegram from Hu Chao-hsing who invited him to Nan-yang. At the time when his final decision was made, Ying-hsia came to Fu-chou with her eleven years old son Yang-ch' un…… They went together to Nan-yang for Overseas propaganda (Wen, 153, 62).
About December 21-22	On its way to Singapore, the ship called at Hsia-men and Hong Kong respectively for twenty four hours (Sui, 309). Though his stay was short, he wrote "Kuo yu chia" and published it in Hsing-tao Jih-pao. It says something of the unfaithfulness of Wang Ying-hsai…… (Wen, 153, 62).
December 23	He wrote "Sui chao hsin yu" on board (Sui, 309).
December 26	On the day following Christmas I paid a whirlwind-visit to Manila, capital of the Philippines on route to Singapore. On the way to visit Philippines University, I bought a copy of the Sunday Tribune Magazine (Yu, 58).
December 28	Arrived at Singapore on December 28, two days before the New Year holidays (Yu, 44). On arriving Singapore with his family, he lived in Nan-t' ien Hotel, Room No. 8 (Wen, 153, 62).

1939

January 1	He arrived at Penang on the first day of 1939, and spent a night in Hang-chou Hotel, just in front of Hsing-ping Jih-pao Building (Wen, 153, 62). The evening that we arrived we had our dinner at Spring Tide Hotel (春波別業旅店) on the north coast (Yu, 45).
January 2	He moved in Hsien-tai lu-tien 現代旅店 the following day (Wen, 153, 62).
January 3	The following day we climbed up the top of Penang Hill (Yu, 46).

January 4	Our dilettante friends in Penang decided to give a banquet in honour of Yu Ta-fu at a restaurant (Tsui lin chu 醉林居) on the outskirts of Penang on January 4 at five o'clock...... The dinner began at 5 p.m. and ended at 8 p.m. (Yu, IV). At the banquet Yu Ta-fu made a report on the anti-Japanese activities of Chinese writers...... (Yu, 6).
January 5	Next morning, his travel essay "Three Nights in Penang" appeared in the local news section of Hsing-ping Jih-pao (Wen, 153, 63). After spending three nights in Penang, we crossed the Prsi by ferry (Yu, 49). It happened (train derailment) at 4:40, about ten to twenty minutes from Tanjong Malim, two and half a hour from Kuala Lumpur (Yu, 52).
January 6	Arrived at Kuala Lumpur at 12:10...... Dr. Ch'en Chen-wen 陳振文 invited us to his hotel, and Mr. Ch'en Chi-mou 陳濟謀 composed our mind with a feast of fat things (Yu, 54).
January 7	We were back in Singapore the next morning at about sic o' clock (Yu, 54).
January 9	The date Yu Ta-fu also took over the editorship of "Fan Hsing", a literary supplement of *Hsing-chou Jih-pao* (evening edition)...... and "Wen-i Chou-kan (literary weekly) (Miao, 412).
January 11	...... on January 11, his "Fu-t'se hsia-chi" 覆車小記 appeared in the local section of Hsing ping Jih-pao (Wen, 153, 63).
January 21	On January 21, both Hsing ping Jih-pao and Hsing-chou Jih-pao published "Chi-ko wen-t'i" 幾個問題 , an answer to the question I raised...... (Wen, 153, 63). It was unexpected that, shortly after Mr. Yu took over the editorship of "Ch'en Hsing", he got into trouble. A number if "Shih Sheng" 師生 frequent contributors criticized him. The thing which triggered the war of the pen was the publication of his article "Chi-ko wen-t'i" (Miao, 412).

January 24	After the publication of this article ("Chi-ko wen-t' i"), "Shih Sheng" published Yeh Lu' s 耶魯 "Tu liao Yu Ta-fu Hsien-sheng ti 'Chi-ko wen-t' i' i hou" 讀了郁達夫先生「幾個問題」以後 (After reading Mr. Yu Ta-fu' s 'A few problems') which launched out an all out attack on Yu Ta-fu (Miao, 415).
January 25	After the appearance of Yeh Lu' s long article. Ta-fu wrote "Wo tui ni-men ch' ueh mei-yu shih-wang" 我對你們卻沒有失望, about a thousand word, and published it on January 25 in Ch' en Hsing (Wen, 153, 65).
January 26	Next day, the 26th, "Wo-men ti t' uang-shun" 我們的通訊 appeared in "Shih Sheng" of *Nan-yang Shang-pao* (Nan-yang Commercial Press) (Wen, 153, 65).
January 27	Ta-fu published "Wo tui ni-men hai shih pu shih-wang" 我對你們還是不失望, about a few hundred words, in "Ch' en Hsing" on January 27 (Wen, 153, 66).
February 2	More articles poured out both by "Ch' en Hsing" and "Shih Sheng" (Wen, 153, 66). In support of "Shih Sheng", "Hsin Kuo-min Wen-hsueh" 新國民文學, the literary supplement of *Hsin Kuo-min Jih-pao* 新國民日報, also issued polemical essays (Wen, 153, 66).
Mid-February	…… he moved to Tiong Bahru Road, No. 24, third floor (Wen,153.66).
March 5	*Yu Ta-fu' s "hui chia shih chi" 毀家詩紀 published in *Ta Feng Shun-k'an*, published in Hong Kong (Jih, 215).
March 18 - Mid-April	*Wang ying-hsia wrote four letters as reaction to Yu Ta-fu' s poems and published them in *Ta feng Shun-k'an* also (Jih, 216-232).
Summer	…… When I woke up in the morning, my friends told me that they were going to Malacca. I took the chance and joined them (Yu, 66).

1940

By February	They divorced by comment and Dr. Lo Liang-t' ao 羅良鑄 editor of *Hsing-chou Jih-pao*, acted as their witness (Wen, 154, 69). On the eve of Wang ying-hsia' s leaving, a farewell party was given by Yu Ta-fu. He wrote three regular shih poems at the party for her (Wen, 154, 69).
Autumn	(Ying-hsia) was recommended to the Foreign Relations Department (in Ch'ung-ch'ing 重慶) to be a secretary. Ta-fu lived with his thirteen years old son in Singapore. Sometime later, he was fascinated by a young women whose last name is Li 李…… (Wen, 154, 69). Wang Ying-hsia was married to Chung Hsien-tao 鐘賢道 , a native of Ning-po 寧波 . He was then the manager of San-pai Ship Company's branch office in Ch'ung-ch'ing (Chin, 59).

1941

	During his stay in Singapore, Yu Ta-fu together with Liu Shih-mu 劉士木 , Han Huai-chun 韓槐准 , Ch' en Yu-sung 陳育松 , Hsu Yun-chia 許雲樵 , founded the Nan-yang Learned Society 南洋學會 , a body devoted to the studies of costume, culture, literature and history of the South Seas Island 南洋群島 (Wen, 154, 68).
December 31	On the 31st, at 2 o' clock, a meeting was called in the chamber of Commerce to elect the members of the committee (Ch' en, 378). Before the outbreak of the Pacific war, Ta-fu busied himself in lecturing and in attending meetings. He was also the deputy Editor-in-chief of *Hsing-chou Jih-pao* for a couple of weeks, and was appointed as Editor-in-chief of *Fan-hua-pao* 繁華報 . Besides these appointments, he held an important post in the British Information office in Singapore…… (Wen, 154, 69).

1942

January	In January 1942, Singapore Overseas Chinese Mobilization Committee 新加坡華僑抗敵動員委員會, under the chairmanship of Mr. Ch' en Chia-keng was established. I was responsible for the propaganda, and Yu Ta-fu was elected as an director of the working committee. Besides, he also was the chairman of Culture Circles Anti-Japanese Association 文化界抗日聯合會 (Hu, 3).
February 3	At the most critical moment, Ch' en Chia-keng, the chairman of Singapore Overseas Chinese Mobilization Committee, proposed to Sir Shenton Thomas, Governor of Singapore, that if Singapore was ever evacuated, members of the Committee should be given the right of safe evacuation in the hour of danger. But the Governor Thomas answered that the government was unable to do that (Hu, 4). On the day Ch' en Chia-keng left Singapore…… an emergency meeting was called. They decided to rent a boat and evacuated to Sumatra. The boat was rent by Liu Wu-tan 劉武丹 (Ch' en, 4).
February 4	On the morning of February 4, 1942, our refugee boat (a small wretched motorboat) carrying twenty eight persons of all and sexs, left Singapore quietly. Ta-fu and I, each carried two suitcases. His son, Yu-fei 郁飛 was brought to China by his friend a week ago. He left a large collection of books to his friend. As soon as our boat stole out of harbor, fleets of Japanese bombers were hovering over our heads already (Hu, 5). …… Arriving at Karimun, a nearest Dutch island from Singapore, the officers on shore mistook us as Japanese landing craft, and stopped us by firing at us …… We were allowed to land, but were put under custody for two days because most of us intruded into their waters without carrying legal papers (Hu, 6).

February 6	We sailed to Slatpandjang, another small island, on the evening of February 6 …… spent a night on the island. We discussed our further advancement. Our final plan was that seven of us (Yu Ta-fu 郁達夫 , Mr. and Mrs. Hu Yu-chih 胡愈之 , Wang Chi-yuan 王紀元 , Shao Tsung-han 邵宗漢 , Chang Lu-i 張綠綺) advanced ahead-acrossed the mainland of Sumatra and then tried to go to Java…… If we could catch a ship in Java, perhaps, we still could go back to China (Hu, 6).
February 9	We asked permit to go to Java, but the officers on the island were not empowered to approve our application. So we were sent to another island called Dengalis. We arrived there on February 9, and were received by Mr. Wu 吳 , chairman of the local Chamber of Commerce. We stayed in the Club of Chinese Commerce…… (Hu, 6).
February 13	The vice Governor promised to send a telegram to Batavia, the Capital of Dutch-Indonesia to ask permission for us after five days, the Dutch officer told us that the telegram was answered but the authority concerned rejected our request (Hu, 7).
February 13-15	Trapped on the island, being unable neither to retreat nor advance, we were full of anxiety. Indignation burnt our heart too. The only thing we could do was listening the roaring of the cannons from the opposite coast over the Straits of Malacca. The thunders of war become more threatening day by day. From the news we received from radio we knew that the situation grew steadily worse. On February 15, after the sun went down, the fightings over the straits suddenly became quiet. We knew the lull was an ominous sign. When we turned on the radio after midnight, the broadcasting from the Allied on Java announced that Singapore was fallen into the hands of Japanese invading forces, and the General officer Lt. General A. E. Perceval had already surrendered to the Japanese conquerors. The night we could not sleep…… (Hu, 7).

February 16	With the help of Ch' en Chung-p' ei 陳仲培, an Overseas Chinese on Pandang Island, we proceed to Pandang Village in boat on the evening of February 16. We were warmly received by the family of Ch' en Chung-p' ei. We rent a house next by Ch' en' s. Pandang Village was a desolate village. Of the whole population, there were only a few Chinese families the rest were Indonesian (Hu, 8).
February 16-about March 13	We stayed there about one and a half months. We began to learn Malay. Ta-fu composed a poem each day. His "Luan li tsa shih" 亂離雜詩 (Miscellaneous poems of war and flights) still exist today, were mostly written in that village (Hu, 8).
March 9	However, on March 9, our hope was vanished. In the evening we learned from the radio that the Governor of Dutch-Java had surrendered…… (Hu, 9).
Mid-March-Mid-April	A few days later, Ta-fu and Chi-yuan formed the first group and went out to look for a place to hide themselves. They found a seaside village called P' eng-ho-ling 彭鶴嶺, about ten miles from Pandang Village. With the help of K' ou Wen-ch' eng 寇文成, a generous Overseas Chinese, they set up a grocery store. The things they sold were taken from Mr. K' ou' s grocery shop. Under this small business they took cover. Ta-fu changed his name into Chao Te-ch' ing 趙德清, and disguised himself as owner of that little shop. Meanwhile Chi-guan adopted Wang Kuo-ts' ai 汪國材 as his name and played the role of shopkeeper (Hu, 9).

Late April	At this moment, a rumor was circulating in the nearby arears that agents were sent from Japanese occupied Shonanto 昭南島 (Singapore) to round up the escapees…… Ta-fu disguised as Chao Lien 趙廉 a trader, and I adopted Chin Tzu-hsien 金子仙 as my name, also appeared as a businessman. Once we were in the mainland of Sumatra we could not expose our real identity again (Hu, 12). Ta-fu advanced to Pekan Baru in a small boat with an unknown businessman (Hu, 13). …… Ta-fu took a bus from Pekan Baru to Pajakumbuh…… (Hu, 14). Two hours later (after Ta-fu's arrival) a rumor circulated among the Chinesee in Pajakumbuh that a Japanese spy arrived there to investigate the local Overseas Chinese activities (Hu, 15).
September 1	…… Chao Yu Chi Chiu Ch'ang 趙豫記酒廠 was founded in an effort to relief the poverty of the refugees from Singapore. It was established on September 1, 1942, by accumulating different sources…… (Wan, 158,32). The capital of this wine factory was only five hundred sen (Hu, 20). After Ta-fu was missed…… Chao Yu Chi Chiu Ch'ang continued to operate, but it was closed down nine months later (Wen, 158, 32).
Late May	One day Ta-fu went to see Mr. Ts'ai Ch'eng-ta 蔡承達, an Overseas Chinee leader (he was credited by Dutch government as Kapitan), intending to ask him to rent a house for him. When he entered the door, a military police was arguing something with Mr. Ts'ai. But they could not communicate with each other because of the language barrier. The Kapitan knew that Yu was well trained in Japanese, so he was asked to be the interpreter. Therefore the military police headquarter was informed that there was a Chinese named Chao lien, who were at home in Japanese (Hu, 15-6).

Late 1942-March1943	Shortly after that event, the trouble came to him. When the commander of Bukit Tinggi military police learned that Chao Lien could speak perfect Japanese, he went to Pajakumbuh and brought him to the N. P. Headquarter to be interpreter (Hu, 16). As an interpreter, he merely listened the broadcasting of Allie and translated the important information into Japanese (Wen, 156, 25).

1943

Between February and March	As soon as he stepped into the military police headquarter, Ta-fu thought of resigning and tried to run away from the lair. He disguised himself as a rich businessman, who knew nothing of politics. He accepted the post but refused to be paid…… he saved a lot of people, most of them were Indonesian. (Hu, 16). …… Ta-fu pretended that he had contracted tuberculosis. A Japanese doctor who accepted his bribes issued a medical paper for him…… Between January and February in 1943, the commander of Bukit Tinggi military police changed hands, and, at last, Ta-fu's resignation was accepted (Hu, 21). After his resignation from his service for the Japanese, he sat down and studied Dante's Divine Comedy and history (Hu, 32).
September 15	In September 1943, Ta-fu went to Pandang where he married a nyonya (Indonesian-Chinese woman) who was introduced by his friend. She was illiterate; could speak Indonesian only…… (Hu, 21).

1944

January-February	There was a Fukienese agent in the military police headquarter. His name was Hung Ken-p'ei 洪根培, trained in Singapore Koa Renseijo 興亞練成所 (a training school for Chinese agents), was well informed of well educated people in Singapore. He knew Chao Lien was Yu Ta-fu at the beginning. But between January and February he reported to the authority concerned that Yu Ta-fu was spy working for the Allied. Far worse, the former principal of Chung Hua School also stood up to testify against him …… (Hu, 23). In July, one year after their marriage, his wife gave birth to a son…… he was christened Ta-ya 大雅 by Yu Ta-fu…… (Wen, 157, 79). Ta-fu loved his son deeply…… Simultaneously, his intimacy with his "stupid" wife was greatly increased (Wen 157, 79).
August	The investigation of Chao Lien's spying was completed by August 1944.

1945

February 13	*He wrote his will in Ts'ai Ch'ing-chu's house (his written will was dated).
June 1	…… in order to concentrate all the power of Chinese for a preparation in the changing situation and to open a new way for Overseas Chinese economic position, he organized the people, made a good use of their capital and manpower. He founded a collective farm, the Western Sumatra Overseas Chinese Plantation 蘇西繁殖公司. The capital was two hundred thousand dollars in Japanese currency…… it was established on June 1, 1945 (Wen, 158, 31).

August 14	On the morning of August 14, Ta-fu learned from unknown source that Japan was going to surrender unconditionally. He was as happy as the bird against the wind; he flew around and told his friends and many Overseas Chinese acquaintances…… The activities of his fellow refugees who had been living incognito for three years flourished. They discussed with ta-fu how to take over the Japanese newspaper in Padang; how to solidify Western Sumatra Chinese and how to prepare a welcome parade for the return of the Allies…… (Wen, 158, 31).
August 29	On the evening of August 29, Yu Ta-fu was holding a talk with his friends, with whom he was well acquainted at his home. The main topic was about the closing down of a farm, which was invested and run by a number of local Overseas Chinese Leaders. Yu Ta-fu was one of the co-owners of that farm. At about 8 o' clock, a man knocked at his door. Ta-fu approached the door and talked with the man briefly. Then Yu ta-fu came back to the living room and excused himself to go out for a while on some matter. He said that he would be back within a few minutes. He went out with the man and never came back again (Hu, 27).
August 30	Yu Ta-fu' s wife gave birth to a son (Hu, 27).
September 17	…… the interrogation of Japanese Prisoners of war, conducted by the Allied, revealed that Yu Ta-fu was shot to death on September 17, 1945; several Europeans were put to death at the same time. Their bodies were buried in Tanjong Gedai, a small town about even kilometers from Bukit Tinggi (Hu, 31).

1946

August 24	*Hu Yu-chih who took refuge in Sumatra with Yu Ta-fu finished the first report of Yu Ta-fu eventful and tragic life in Sumatra. This report was first intended as report to the National Writers Association in China (C. f. Hu. 35). The widow and children of Yu Ta-fu moved to Padang from Pajakumbuh (Chin, 84).

1953

August 30	In commemoration of Yu Ta-fu and other eleven Overseas Chinese who were sacrificed during the Japanese occupation, a square monument, two meters high, was entered on August 30, 1953 in the Overseas Chinese Cemetery, about three kilometers from Bukit Tinggi. This contribution was offered by the people who were engaged in cultural and educational works of Padang and Western Sumatra (Chin, 84).

1954

	Ch'en Lien-yu (Yu Ta-fu's wife) struggled single-handedly for nine years. She was married to Liu Sung-shou 劉松壽 , an Overseas Chinese businessman…… (Wen 161, 46). Liu Sung-shou, at the suggestion of Mr. Ts'ai Ch'ing-chu, took Yu Ta-fu's children to Djakarta and let Mr. Ts'ai take care of them. (Wen, 161, 46).

1960

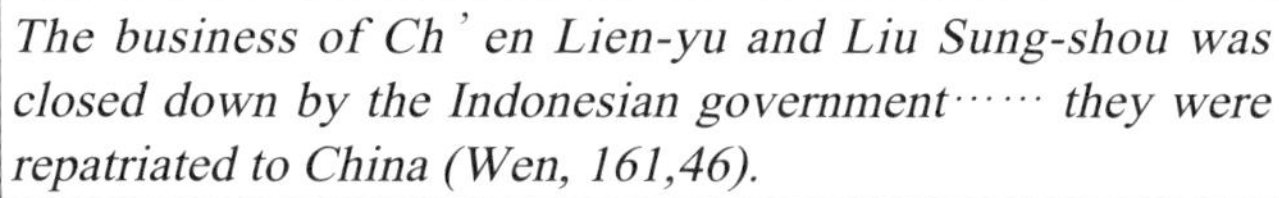

	The business of Ch' en Lien-yu and Liu Sung-shou was closed down by the Indonesian government…… they were repatriated to China (Wen, 161,46).

Note:	All of the above passage are translated directly from the sources indicated, except those marked with* are my own summary. I have also forget to Indicate Jih which stands for Yu Ta-fu' s Yu Ta-fu jih-chi chiu chung chi ch' i-t' a in "Abbreviations" .

Yu Dafu in Exile: His Last Days in Sumatra

Ever since Yu Dafu's disappearance in August 1945, numerous efforts have been made to learn the inside story of his last days in Sumatra. The first eye-witness account came out in 1945, one year after he was reported missing. Hu Yuzhi 胡愈之, a well-known Chinese intellectual, spent the greater part of his life in exile in Sumatra together with Yu Dafu. He was the leader of a group of Singapore refugees to which Yu Dafu belonged. Hu made his report in August 1946 after returning to Singapore, where he was editor-in-chief of the Nan qiao Daily. Hu's report, the fullest and most authoritative account of Yu Dafu's final days,[①] was followed by a number of accounts written by Yu's fellow refugees and local Chinese in Sumatra, including the famous Chinese writers Wang Renshu 王任叔 and Wang Jinding 汪金丁, who gave testimony concerning events of which they had full knowledge.[②] Though these materials contain minor errors, they provided the most complete version of the story available up to 1969. Our understanding of Yu Dafu's life in Sumatra is based chiefly upon these Chinese Sources.

Many accounts of Yu Dafu' s experience in Sumatra have been published in Malaysia, Singapore and Hong Kong during the last twenty years.[3] Most of them are second-hand reports from interviews with people who had some contact with Yu, but few new facts were brought to light in these accounts. A breakthrough came with the publication of Suzuki Masao' s 鈴木正夫 research in 1969. Suzuki' s interviews with more than 100 Japanese connected with Yu Dafu' s case provided much new insight into Yu' s private life. Most significant in Suzuki' s report are ten interviews with Japanese who were friends of Yu in Sumatra. From their candid descriptions and impressions of Yu — alias Zhao Lian 趙廉 — we can obtain a fuller picture of Yu' s life in exile, particularly his dealings with the Japanese. Suzuki' s most important contribution is to establish the theory that Yu Dafu was actually executed by the Japanese Military Police in order to wipe out a potentially articulate witness of war crimes. This had long been alleged by Hu Yuzhi and many other Chinese writers, though it had been accepted with suspicion because there were few facts to prove it.[4]

The purpose of this article is to present a reliable account of Yu Dafu' s last days in Pajakumbuh, a small town in central Sumatra, by piecing together Chinese, Japanese and other sources.[5]

Participation in Anti-Japanese Activities in Singapore

As early as 1939 the possibility of a Japanese attack on Malaya and Singapore through Siam had been foreseen. When the Second World War broke out in Europe on 3 September 1939, the Japanese were occupying southern Indochina with the consent of German-controlled France. On 7 December 1941, the day Pearl Harbour was attacked, the Japanese landed at Kelantan and bombed airfields in northern Malaya. Malaya was not prepared for war. The British troops, trained mainly for defensive purposes, were ill prepared to fight back.

On the evening of 8 December, the Prince of Wales and the Repulse, two of the biggest ships in the British Eastern Fleet under Admiral Sir Tom Phillips, were sunk by Japanese bombers off the west coast of Malaya, thus severely weakening the Allies' Sea power. Japanese naval superiority in Southeast Asia was now unchallenged.

At the start of the Pacific war, Malaya and Singapore found themselves in the midst of the storm. Yu Dafu had arrived in Singapore in 1939 and had since then served as an editor for the Sin Chew lit Poh 星洲日報 , a Chinese daily. As a famous Chinese writer who had emerged after the Literary Revolution in 1917, Yu's influence was great among the Chinese intellectuals in Malaya and Singapore. Long before the war broke out in this area, he had denounced Japanese writers who approved of militarism and aggression. Besides opposing Japanese imperialism in writing, he also participated in many anti-Japanese activities.[6]

With his personal connections, Yu Dafu aided the Overseas Chinese Relief Fund, an anti-Japanese organisation. The British Information Services Bureau appointed him editor of the Overseas Chinese Weekly, 華僑週刊, an official magazine devoted to anti-Japanese propaganda. In addition to his' editoria work, Yu also monitored Japanese propaganda broadcasts and translated them into English. He held two other important posts related to anti-Japanese activities at this time: he was Chairman of the Intellectuals' Wartime Service Corps and Director of the Intellectuals' Wartime Personnel Training Programme.

When the Japanese troops advanced down the Malay Peninsula six weeks later, efforts were made to involve the Chinese in a common front. The British government approached the Chinese leadership and asked for full cooperation against the invasion. After some hesitation, Chen Jiageng (Tan Ka Kee) 陳嘉庚 , a well-known millionaire philan thropist, accepted the British proposal. In late December 1941, the Chinese Mobilisatjon Committee was established with Chen as chairman. The committee had the blessing of the Governor, Sir the Communist Party. Yu Dafu was appointed a member of the executive committee and was placed in charge of its literature section. He was also chairman of the

Intellectuals' Anti-Japanese Association.

Singapore's defence strategy was to meet the Japanese attack from the sea. Though the Chinese population in Singapore offered their full cooperation against the invaders, and the British government in turn had agreed to provide military training to men chosen by the Mobilisation Committee, these were eleventh-hour developments which came too late to be effective. Chen Jiageng, who organised the entire local Chinese population in the resistance against the Japanese invasion, realised that his men were too weak to help the British stem the tide and that further resistance was useless. Furthermore, no determinedresis tance could be expected from the British. When Governor Thomas turned down Chen's request for a promise to evacuate the leaders engaged in anti-Japanese work, Chen immediately ceased playing his leadership role and fled to Sumatra in a small boat on 3 January 1942. From there he went on to Java where he remained until the end of the war.[8]

Escape from a Besieged City

The day Chen Jiageng left Singapore, an emergency meeting was called by the leading members of the Overseas Chinese Mobilisation Committee. They agreed with Chen that resistance would be useless and that the British forces could not be counted on to fight to the last man. Intellectuals involved in the resistance movement would undoubtedly be massacred. However, they did not leave Singapore until the last minute, after all their hopes had been shattered. On 27 January 1942, British troop withdrawal to Singapore began, and was completed on the night of 30 January. Singapore is located at the southern tip of Malaya and is joined to the peninsula by a half- mile long causeway. The entire island of Singapore soon fell prey to Japanese artillery fire and was completely besieged; the fall of Singapore was imminent. Together with eighteen other intellectuals, Yu Dafu fled the island by boat on 4 February 1942, eleven days before it fell to the Japanese troops. They sailed to Sumatra where they took refuge until the end of the war.[9]

Seeking Cover on Bengkalis Island

Many of those on the boat, like Yu Dafu, were famous writers from China who had been working for local newspapers. Among them, Wang Renshu and Hu Yuzhi were well-known Chinese intellectuals. Wang, known by his penname Baren 巴人, was a literary critic and theorist who held several official posts in the People's Government after 1949. He was China's ambassador to Indonesia from 1950 to 1954. Hu was a well-known cultural leader and journalist who became Vice-Minister of Culture and held many other top posts in the PRC government.

According to Hu and Wang' s reports, the boat first landed at Kariman, an Indonesian island near Singapore, in the evening of 4 February, and remained there for two days because most of them had no papers. They then divided up into several small groups and sailed to Selatpandjang, another small island, on the evening of 6 February. Yu Dafu' s group was made up of seven people, including Wang Renshu and Hu Yuzhi. Yu, Hu and several others were escorted to Bengkalis Island by Dutch government officials on 9 February. Wang remained on Selatpandjang for six months.

Yu Dafu agreed to stay on Bengkalis Island temporarily since he expected to return to China before long. His original plans were to obtain a visa from the Dutch and go to Java, from where he hoped to catch a ship bound for India. But his visa application was turned down. With little hope of finding any other way of returning to China, he and his colleagues awaited their fate in a state of terror. The fall of Singapore to the Japanese took place on 15 February 1942. The Dutch defensive forces retreated to Java after the Japanese occupation, and though Yu and his fellow refugees had freedom of movement, all public transportation ceased operating. Thanks to the generosity of an overseas Chinese named Chen Zhongpei, who operated a ferry service between Bengkalis and Padang. they left Bengkalis and landed at Padang Village on 16 February.[10]

The Months on Padang Island and Peng-he-ling

The group was warmly received by Chen Zhongpei's family and rented a house next to Chen's. Padang Village was a remote undeveloped place. The population was predominantly Indonesian, with only a few Chinese families. Yu Dafu remained in the village for six weeks. He studied the Indonesian language with great zeal and composed a number of poems during his stay there. Most of the post humously published poems entitled Miscellaneous Poems Written in Exile 亂離雜詩 were written in Padang Village. According to Hu, the first nine poems were works of this period. The first seven were written for Li Xiaoying, a woman Yu fell in love with in Singapore after his divorce from Wang Yingxia 王映霞, his second wife. Li worked as an announcer for the Allied Radio Station in Singapore and retreated to Batavia in Java with the Allied Forces before Singapore fell. When Yu was in Padang Village, he would frequently listen to her news broad casts from Java. Poem 6 of the Miscellaneous Poems suggests that he did this at least three times a week. Poems 8 and 9 were written as a farewell to Chen Zhongpei.[11]

After six weeks of seclusion in the village, Yu Dafu became restless. The Dutch Government in Java surrendered bloodlessly to the Japanese on 9 March 1942, and the Japanese began to take over Sumatra and the nearby islands. Yu and his friends had little choice but to seek out a safer place to spend their days. They split into two groups and went into hiding. Yu and Wang Jiyuan formed the first group. They found a small seaside town called Peng-he-ling, about ten miles from Padang Village. With the help of Kou Wencheng 寇文成，a local businessman, they opened a grocery store. Yu took the name of Zhao Deqing 趙德清 and Wang called himself Wang Guocai 汪國材。

By mid-April, one month later, Yu realized that they could no longer hide in Peng-he-ling. Since the fall of Singapore, many Chinese who refused to co-operate with the Japanese had fled to the seaside town, and Peng-he-ling became a major object of attention for Japanese secret agents. Even worse, there were reports that Japanese agents and their Chinese collaborators had been sent from Shonanto (Japanese occupied Singapore) to ferret out Chinese intellectuals. They also learned that anti-Japanese leaders from Singapore had been taken to Shonanto to be executed or tortured.

As the situation worsened, Yu Dafu was compelled to move once again and decided to flee to the Sumatra hinterlands where he would not be recognised. After landing on Sumatra, Yu wandered about for several days in the vicinity of River Siak with Wang Jiyuan. Their irregular life-style led to a deterioration in their health. Wang fell ill and was forced to stay over in a small town, while Yu went ahead by boat in the company of a stranger. Their journey by sampan ended at Pakan barn, from where Yu took a bus to Pajakumbuh, some 150 kilometres to the southwest. The whole journey must have been very unpleasant because Yu mentioned the hardships he encountered in one of his Miscellaneous Poems.[12]

In the Guise of a Businessman Named Zhao Lian

After an exhausting journey of four or five days, Yu arrived at Pajakumbuh in early May. Pajakumbuh is located in central Sumatra and at the time had a population of 10,000. Instead of the rest and relaxation he expected to find there, disappointment awaited him. Both the overseas Chinese and Indonesians living there suspected Yu of being an undercover agent working for the Japanese. The leaders of the Chinese community did not trust him and refused him help even though he had come with a dozen letters of recommendation.

No one could be blamed for mistaking Yu Dafu for a Japanese agent. When he arrived at Pajakumbuh, a town with a Chinese population of 2,000, he went to the Overseas Chinese Hotel and signed in as "Zhao Lian" . His well-tanned skin and long sparse beard gave him the appearance of a Japanese. Actually, the suspicion regarding his identity grew out of a bizarre incident which took place on the way to Pajakumbuh. A Japanese army truck stopped the bus on which Yu was riding to ask the way to Pakanbaru. Ignorant of the troops’ intentions, most of the passengers rushed out of the bus and sought cover under the roadside bushes, while Yu stayed on board and remained calm. When they asked for directions to Pakanbaru, Yu answered them in fluent Japanese. One of the Japanese officers saluted Yu before leaving.[13]

To protect himself, Yu lived under the assumed name of Zhao Lian and claimed an unusual relationship with Japan. According to Hu Yuzhi, he told the Japanese that he was born and grew up in Tokyo, where his father owned an antique shop. Two Japanese who knew Yu in Sumatra also recalled Yu saying the same thing.[15]

The Japanese military police learned of Yu’s good command of the Japanese language in late May 1943. One day, Yu called on Cai Chengda (also known as Cai Qingzhu), an influential Pajakumbuh businessman, and asked him for help in locating a house to live in. As he entered Cai’s home, a Japanese MP was arguing with Cai over some problem, but there was a language barrier between them. Knowing that Yu spoke Japanese, Cat asked Yu to interpret for them. Cai had been given the rank of Kapitan (Protector) by the Dutch Government, and it was with Cal’s aid that Yu finally registered as a Pajakumbuh resident. As a leader of the Chinese community in Pajakumbuh, Cai had frequent dealings with the Japanese authorities. There were many indications that Yu frequently served as Cai’s interpreter during the period of

Japanese occupation.' Sekine Fumi was in Pajakumbuh on a business trip in January 1944. The day after his arrival, he met Yu in Cai's home, where Yu was introduced as Mr Zhao, Cai's interpreter. Ayiyama Ryutaro, Governor of Pajakumbuh from 1944 to 1946, said in an interview:

> Shortly after took office, Mr. Zhao paid me a courtesy visit. The overseas Chinese leader was Mr. Cai, who spoke only Indonesian. Mr. Zhao spoke fluent Japanese and was influential in the Chinese community. Thus when implementing our policy towards the overseas Chinese, we frequently had to go through Mr. Zhao.[17]

When Yu Dafu arrived in Pajakumbuh, he still had several hundred rupiahs. But after two or three months, he was almost penniless. In fact, without the assistance of his old friends, it is unlikely he would have survived. Hu Yuzhi and several other Singapore intellectuals arrived shortly afterwards. According to Wang Jinding, who arrived in Pajakumbuh on 18 September 1942, flu had already been there for some time, while Wang Renshu had been there since August. With no work to do, they all had financial troubles, and decided to start a business to support themselves. The Sedolga Chinese community provided them with 400 rupiahs in relief funds, and with an additional 200 rupiahs from local Chinese investors, they set up a distillery and commenced the production of rice wine on 1 September 1942. Their business became a sanctuary wherein they could masquerade as businessmen rather than Singapore intellectuals. Their factory was called the Zhaoyi Distillery 趙毅記酒廠。 They arranged it so that "Zhao Lian" would serve as the owner and Ru Yuzhi as the accountant. Zhang Chukun 張楚昆, another journalist from Singapore, acted in the capacity of manager.[18]

The wine they produced enjoyed a sales boom six months after the factory was started, when the number of Japanese troops in the area greatly increased. It is interesting to note that nearly all the Japanese who had lived in Sumatra interviewed by Suzuki Masao made specific remarks about the Zhaoyi Distillery. The wine was very popular among the Japanese civilian and military population. Sekine Fumi recalled:

> The Zhaoyi Distillery was located about three kilometres from Overseas Chinese Street. In June of 1944 it produced wines under the brand names "First Love" and "Taibai". Japanese soldiers and businessmen consumed these products in great quantity. The distillery seemed to be financed and managed by local Indonesian Chinese, with Mr Zhao serving only as an assistant or advisor. Rice, the main ingredient of the wine they made, was rationed. Thanks to my position, I was able to supply them with rice and bottles.[19]

Ikeuchi Daigaku, a clerk who worked at a Japanese power station, was sent to Sumatra in 1943. His work required that he visit Pajakumbuh very often, and admitted to supplying glutinous rice to Yu Dafu. He also said that the troops under Yamashitga Tadashi consumed a great deal of a wine called "Gunung Fuji" (Mt. Fuji).[20]

Interpreting for the Japanese Military Police

In 1942 Yu Dafu accepted a job as an interpreter at the Japanese military headquarters in Bukit Tinggi. When the job was first offered to him, he refused it with the excuse that he was managing a distillery. However, he later accepted the post in fear of provoking the indignation of the authorities. It is generally believed that Yu insisted on working on a voluntary basis. Since the headquarters of the Japanese Military Police was located in Bukit Tinggi, about 30 kilometres from Pajakumbuh, Yu moved there temporarily. After work, he spent most of his time carousing with the military police. He returned to Pajakumbuh only once or twice a week, and was always in high spirits in the company of his friends. What was the nature of his work? According to Hu Yuzhi and others, Yu acted as interpreter during the interrogation of Indonesian and Chinese suspects. He sometimes had other assignments, such as monitoring Allied broadcasts and translating them into Japanese.[21]

We do not know the precise duration of Yu's work for the Japanese. Hu Yuzhi only states that he began shortly after the distillery opened in September 1942 and continued working there for six months. According to Wang Jinding's account, Yu was already working for the Japanese Military Police in Bukit Tinggi:

> I left Pakanbaru for Pajakumbuh on September 18, 1942.... Dafu, Yuzhi and the others had already been there for several months. Dafu was working as a simultaneous interpreter for the Military Police. The train trip from Pajakumbuh to Bukit Tinggi took about four hours, so he only came back once a week. Therefore, I didn't meet Dafu until three days after my arrival.[22]

Two Japanese officers interviewed by Suzuki saw "Zhao Lian" often at Military Police Headquarters in Bukit Tinggi. One of them remembered that when he was assigned to Bukit Tinggi (for the second time) in July 1943, "Zhao Lian" had already resigned.[23]

Yu quit his job in early 1943 with the excuse that he was suffering from tuberculosis, and was admitted to a hospital for a brief period of treatment. He bribed a doctor in the hospital to write a false medical report stating that he was unfit for work. Coincidental with the appointment of a new Military Police commander, Yu's resignation was approved.[24]

Suzuki Masao's interviews revealed one important fact ignored by Chinese writers. After resigning from his post, Yu continued to work as an interpreter whenever his services were required. A captain in the Japanese Military Police identified as Mr. D remembered that "Zhao Lian" served as his interpreter in the latter part of 1943. He said:

> When I was assigned to Bukit Tinggi, he [Lian] no longer held the post of interpreter. However, when we needed a reliable interpreter we sent for him. At that time, my position did not require an interpreter. Zhao was willing to do the work because he seemed to be looking for any chance he could get to help the Chinese. When I pointed out that he had interpreted something incorrectly, he would apologize politely. I used him to obtain information about the activities of the Chinese.

This testimony also confirms what Hu Yuzhi and others said about Yu using his position to save many Chinese and Indonesians from being executed and tortured by the Japanese Military Police. There are many references in Chinese sources to incidents where Yu saved Suspects' lives by taking advantage of his superior's ignorance of the Indonesian language. Yu would make up statements on the spur of the moment while interpreting. Sometimes he did this on purpose, but at other times it happened as a result of Yu's deficiencies in understanding, spoken Indonesian.[26]

One thing was evident: Some form of friendship had developed between Yu Dafu and the Japanese. Yu apparently impressed all the Japanese who came into contact with him. In fact, all the Japanese interviewed by Suzuki held Yu in the highest esteem, ignoring the hostilities that had taken place between the two nations. Yamashita Tadashi was a battalion commander with troops stationed in the area between 1943 and 1946. When his battalion withdrew from Pajakumbuh, Yamashita sent a coat made in Singapore to Yu as a gift, but it is unlikely that Yu lived long enough to receive it. Sekinc Fumi had planned to go into business with Yu after the war.[27]

Yu' s Third Marriage

After he resigned from his job as an interpreter, Yu' s thoughts turned to marriage. It is said that he had close relationships with two Dutch women. In a poem composed during this period, Yu mentioned his frequent visits to Padang for the purpose of finding a wife. The poem' s first two lines are as follows:

> In my old age, I want to view the flowers with all the zeal of youth.
>
> The sites in Padang reminds me of the West Lake I used to know.[28]

老去看花意尚勤，
巴東景物似湖濱。

Yu Dafu was eager to marry as soon as possible. It has been explained that he was seeking a normal family life to avoid exciting the suspicion of the Japanese. He asked friends in Padang to act as matchmakers and told them that he did not care about the woman's family background or looks. Yu was introduced to a Padang girl whom he married on 15 September 1943. The matchmakers were Wu Yuanhu and Qi Ruchang, the co-owners of the Haitian Hotel in Padang. The bride, Chen Lianyou 陳連有, was an Indonesian-born Chinese. Yu changed her name to He Liyou 何麗有 because He was her original family name; she was an orphan who had been adopted by a family named Chen.[29]

The wedding ceremony was held in the Rong-sheng Restaurant in Padang, of which Yu was a part owner. Most of the local authorities were invited, including a Japanese police commander. Yu drafted the marriage certificate himself as follows:

Marriage Certificate

This is to certify that Mr. Zhao Lian, a native of Fujian Province, forty years old, and Miss He Liyou, a native of Guangdong Province, twenty years old, were married in Padang on the fifteenth of September in the eighteenth year of the Showa reign [1943]. Due to the present war, the ceremony was a simple one.

> Witnessed by: Wu Shuntong
> Matchmakers: Qi Ruchang Wu Yuanhu

Most of the facts given in the certificate are false. "Zhao Lian" was a native of Fuyang in Zhejiang Province, and was 48 years old in 1943.

Yu wrote four poems in the classical style to commemorate the wedding. Unfortunately, his bride could not appreciate them because she was illiterate. Conversations between them were carried out in Indonesian. Both Chinese and Japanese sources report that Yu Dafu made fun of her ignorance in front of his friends by calling her "bodoh", which means "stupid" in Indonesian. Sekine Fumi gave his impressions of her culled from his early visits to Yu Dafu:

> When I visited Zhao's home, there was a woman there about twenty-seven or twenty-eight years old. First I thought she was his maid; but later she became pregnant and gave birth to a boy. He mentioned that the baby's name was Daya 大亞.

Yu probably chose the name Daya (literally, "Great Asia") to please his Japanese friends, because it was an allusion to the Japanese Commonwealth of Great Southeast Asia 大亞共榮圈 . But according to Chinese so the child's name was written 大雅 ("great elegance"). Their marriage was a happy one, though until his death, Yu's wife was unaware that her husband "Zhao Lian" was a famous writer.[31]

The Myth of His Disappearance

In early 1944, Bukit Tinggi became the headquarters of the Japanese Armed Forces, with the whole Sumatra region under its command. This area was thus under strict surveillance. The staff of the Military Police headquarters all came from Singapore and were, of course, well informed about the intellectuals in Singapore. One of the agents was a Chinese identified as Hong Genpei 洪根培 , who had been trained in the Koa Reseijo 興亞訓練所 in Singapore, and was specifically responsible for rounding up anti-Japanese leaders from Singapore. Shortly after being assigned to Bukit Tinggi, Hong identified "Zhao Lian" as Yu Dafu, and charged Yu with spying for the Allied Forces. To make things worse, a former principal of a Chinese school in Pajakumbuh came forward to testify against him. However, nothing happened as a result of these charges. Hu Yuzhi has surmised that the Japanese did not arrest Yu immediately because he could provide them with useful evidence. Yu was closely watched. Sekine Fumi recalled that the Japanese Military Police would observe him once every week or ten days. Yu Dafu became increasingly unstable and was clearly disturbed by the turn of events. He told his friends his life was in danger and compared himself to a fish caught in a Japanese dragnet. Hu Yuzhi, realising their lives were at stake, fled to Medan.

Japan surrendered to the Allied Forces on 14 August 1945. When he learned the news, Yu was so excited that he went around and told all his friends, thinking the storm had passed. Refugees who had been in hiding for three years became active again. They discussed plans for taking over the Japanese newspapers in Padang and organising the overseas Chinese in western Sumatra. Under Yu's leadership, a committee was formed to organise a parade to welcome the Allied Forces and celebrate the return of peace.

On the evening of 29 August 1945, the partners of the Western Sumatra Overseas Chinese Plantation Company gathered at Yu's home for a discussion. At 8p.m., while the meeting was still going on, a young man of unknown nationality knocked at the door. Yu exchanged a few words with the stranger, who spoke Indonesian and appeared to be Indonesian or Taiwanese. Yu then returned to the living room and told his friends that he had to go out for a while and would be right back. He walked out of the house in his pyjamas and slippers and vanished into the night. His friends waited for him until midnight, but he still did not come back, and they adjourned the meeting without him.

The following morning, Yu's wife gave birth to their second child, a daughter, but Yu had not yet returned. His wife and friends became anxious, though it was not unusual for him to stay out all night without notifying his family. It was later learned that after leaving the meeting, Yu went to a nearby coffee shop with the stranger. The coffee shop's owner observed them talking in Indonesian, and Yu seemed upset and angry. When they left the coffee shop, they headed down a deserted road. A farmer who lived nearby had noticed that at about 9 p.m. that night a car had parked on the side of the road and drove away sometime later after picking up two men, though it was too dark to identify them. Based upon the evidence, the Chinese in Pajakumbuh at the time speculated that Yu was very likely taken away by the Japanese, since during the Japanese occupation, only Japanese military authorities could have possessed a car in a town as small as Pajakumbuh.[32]

The next day, a Japanese military policeman from Bukit Tinggi arrived in Pajakumbuh on a patrol mission. Since he was a friend of Yu's, he went to visit him at his home. He stated in his interview:

> A few days after the war ended - I don't recall the exact date - I went to Pajakumbuh on a regular mission. As usual I went to visit Mr. Zhao at

> his house, but was surprised to find that the door was closed. When I entered, Mrs Zhao was crying. She explained: "Two nights ago, two Indonesians came to see him. He went out with them, saying he had something to take care of. He hasn't come back yet. I'm very worried about him. Can you find him?" I promised her I would try. After returning to headquarters, I reported what had happened to my superior and our police unit conducted a search. After several days of searching, however, we failed to locate him.

After leaving Sumatra, this policeman learned that the Allied authorities had also ordered a search for "Zhao Lian". Another military policeman also recalled an assignment regarding the missing "Zhao Lian":

> I remember it very clearly. Sometime before January 1946, our superiors ordered us to search Zhao Lian's residence. I did this two or three times. When I left Pajakumbuh in mid-April, we knew nothing more than what had taken place the night he left home.

A third military policeman testified that when he was in Medan between April and May of 1946, he received orders to investigate "Zhao Lian's whereabouts."[33]

Both Chinese and Japanese sources conclude that in the interval between the Japanese surrender and the arrival of the Allied

Forces, Indonesia was engaged in a civil war, and a situation of chaos prevailed. For this reason, the search for Yu Dafu could not be carried out thoroughly and the entire effort was soon abandoned.

Yu Dafu's death was first confirmed in August 1946 by the Allied Forces stationed at Medan in Sumatra. The report simply stated that Yu Dafu had been killed by the Japanese military police, information allegedly disclosed during the interrogation of Japanese prisoners by the Allied Forces. There was no indication of how the execution was carried out, nor were any Japanese military policemen sentenced to death in connection with the case. The Japanese killed Yu, according to most Chinese sources, in order to wipe out a potentially articulate witness in the forthcoming trials of war criminals. As an interpreter for the Japanese Military Police, Yu Dafu was privy to much sensitive information.[34]

Before interviewing the Japanese who knew Yu in Sumatra, Suzuki Masao rejected the Chinese theory that he had been killed by the Japanese police. "However", he said, "as the interviews proceeded, the allegation that Dafu was murdered by the Japanese military police has unexpectedly and regretfully turned out to be true beyond doubt." Because of other considerations, Suzuki has not disclosed the entire story nor the names of those involved; he only summarised the testimonies briefly. We know that only a small number of Military Police in the Bukit Tinggi unit were responsible for the death of Yu Dafu, and that the actual execution was carried out secretly by a few individuals. The other members of the unit were completely unaware of the plot, both before and after Yu's death.[35]

Yu Dafu was survived by his wife He Liyou, his son Yu Daya and his daughter Yu Meilan, who was born the morning after Yu disappeared. Yu left two wills in the care of Cai Chenda, written in 1942 and 1944 respectively. He expressed fear of his imminent death in the first will and listed his assets in the second. The following is extracted from the latter:

> Eight years have passed since I became involved in business. Most of the money that I have earned has been spent helping the poor. Therefore, I have few savings; at present, only 20,000 rupiahs in cash. The estimated value of my residential property is 30,000 rupiahs. In Tanjonpoh, I own a piece of land 125 x 25 metres and a house with a combined value of 14,000 rupiahs. The above mentioned property and cash will go to my wife He Liyou, my son Daya and his unborn brother or sister. Since the value of the paper mill and the Qijiapo shares cannot be easily determined, I give no figure here.[36]

After Yu Dafu's death, the whereabouts of his wife and children remained a mystery until 1982, when He Liyou was discovered living in Hong Kong. An interview with her concerning the circumstances of Yu's death was published in a Hong Kong magazine. As stated above, she is illiterate and only speaks the Taishan dialect and Indonesian. Her conversations with Yu Dafu were carried out in Indonesian. Because she could not understand either standard Chinese or Japanese, which Yu spoke with his friends and visitors, she was totally ignorant of her husband's true identity. He Liyou's accounts of their marriage; Yu's disappearance and his dealings with the Japanese are similar to those given herein. She agreed that her husband had collaborated with the Japanese and had frequent contact with them. Yu explained to her often that he made friends with the Japanese in order to protect the local people. She recalled that many Chinese and Indonesians came to Yu for help.

In 1949, He and her two children left Pajakumbuh and moved to Padang, where they were well cared for by Yu's friend Cai Chenda. He Liyou married Liu Songtao, a local Chinese businessman, in 1954[38] and bore him two daughters. The couple were repatriated to China in 1960 by the Overseas Chinese Affairs Bureau of the PRC when they failed to obtain permanent residence in Indonesia. In addition to their two daughters, Daya and Meilan went with them. They were sent to a commune on Hainan Island, where Liu Songtao died of an illness shortly afterwards.

He Liyou described their life on Hainan Island as one of hardships. In order to maintain a family of five, she was forced to sell the gold she had brought with her from Indonesia.[39] In 1976, He Liyou was given permission to leave China and return to Indonesia. In Hong Kong, however, she learned that her application for immigration to Indonesia had been rejected by the Indonesian authorities, and decided to settle in Hong Kong with her two younger daughters. Yu Daya married and joined his mother in Hong Kong several years ago. Yu Meil an is a teacher in Nanjing and is married to a nephew of Hu Yuzhi.

Reference

① Hu Yuzhi, 郁達夫的流亡與失蹤 [*Yu Dafu's Exile and Disappearance*](Hong Kong: Chiyuan Shuju, 1946).

② Wang Renshu and Wang Jinding' s articles are collected in Li Bingren and Xie Yunsheng ,eds., 郁達夫紀念集 [*In Memoriam: Yu Dafu*] (Singapore: Nanyang Tropical Publishing House, 1958).

③ Many of these writings are also collected in *In memoriam*: Yu Dafu. For recent Chinese sources dealing with Yu Dafu' s life in Singapore and Sumatra, see Wong Yoon Wah (ed.), 郁達夫卷：郁達夫妻兒敵友關於其晚年之回憶錄 [*The Inside Story of Yu Dafu's Last Days in Singapore and Sumatra*] (Taibei: Yuanjing 遠景, 1984) containing items not included in *In Memoriam: Yu Dafu* and *Sources of the Study of Yu Dafu* (see note 4).

④ Suzuki Masao 郁達夫，流亡和失蹤－原蘇門答臘在住邦人的證書 [Yu Dafu' s Exile and Disappearance as Reported by Japanese Living in Sumatra]. See Ito Toramaru 伊藤虎丸 , Inaba Shoji 稻葉昭一 and Suzuki Masao 郁達夫資料 [*sources for the Study of Yu Dafu*] (Tokyo 東京大學東洋文化研究所， 1969)

⑤ Gary Melyan has dealt with the same subject, but his article focuses on the myth surrounding Yu' s death. See 郁達夫遇害之謎 [the Myth of Yu Dafu' s Death], *Ming Pao Monthly* 5,no. 11 (Nov. 1970): 31-37; no. 12 (Dec. 1970): 53-61.

⑥ I have discussed Yu Dafu' s life in Singapore and Malaya from 1939 to 1942 in a paper entitled 郁達夫在新加坡與馬來西亞 [A Study of Yu Dafu' s Life: Singapore asia Malaya 1939-1942]. See *Essays on Chinese and Western Literary Relations*, pp. 189-206. Among the articles published recently dealing with Yu Dafu' s life in Singapore, the following deserve special attention: Yu Fei 郁飛 (Yu Dafu' s son who lived with him throughout his stay in Singapore). 先父郁達夫在星洲的三年 [My Father Yu Dafu' s Three Years in Singapore], *Sin Chew fit Poh* 星洲日報 1, 8, 15 Feb. 1982; Wang Yingxia , 王映霞，郁達夫與我婚變之經過 [My Divorce with Yu Dafu], *Wide. Angle* 廣角鏡 no. 117 (June 1982), pp. 25-33; 王映霞專訪 [An Interview with Wang

Yingxia], *Wide Angle no*. 118 (July 1982). pp. 60-67.

⑦ Yu Fei, who was thirteen years old in 1941. recalled in 1982 that his father was recommended his job by Li Xiaoying 李小英， who was then a regular staff member of the British Information Services Bureau. Li began living with Yu after his divorce from Wang Yingxia in 1940. See Yu Fei, "My Father Yu Dafu' s Three Years in Singapore", op. cit.

⑧ Chen Jiageng 陳嘉庚, 南僑回憶錄 [*Autobiography of Chen Jiageng*] (Singapore: published by the author, 1946), Vol. 1, pp. 48-66; Vol. 2, pp. 335-38. See also Hu Yuzhi, *Yu Dafu's exile and disappearance*, pp. 2-4.

⑨ Wang Renshu, Ji Yu Dafu 記郁達夫 [An account of Yu Dafu], in *In Memoriam: Yu Dafu*, p. 11. See also *Aurobiography of Chen Jiageng*, Vol.2, pp. 335-38. Yu was living with his son Yu Fei in Singapore after his second wife Wang Ying xia returned to China in May 1940. Before his escape to Sumatra, Yu had arranged for his son to be sent back as well. On 30 January 1942. Yu Fei boarded a ship in Singapore heading for China via Madras. See Yu Fei, "My Father' s Three Years in Singapore", op. cit.

⑩ Hu Yuzhi, pp. 4-8. Chen Zhongpei is now living in Singapore.

⑪ Lu Danlin 陸丹林, ed. 郁達夫詩詞抄 [*The Poetry of Yu Dafu*] (Hong Kong: Shanghai Bookstore, 1962). p. 40. See also Hu Yuzhi, pp. 4,33-43. For Yu Dafu' s relationship with Li Xiaoying, see Yu Fei. "My Father Yu Dafu' s "Three Years in Singapore". Yu Fei recalled that Li lived in Yu' s study in 1941. He felt that they might have married if he had not expressed disapproval of their relationship.

⑫ Hu Yuzhi, p.3; Wang Renshu, pp. 11-13.

⑬ Hu Yuzhi, pp. 14-15. Anonymous, "Yu Dafu' s Death: Before and After", in *In Memoriam: Yu Dafu*, pp. 238-39.

⑭ Hu Yuzhi, p. 22.

⑮ References to and translation of Suzuki Masao' s interviews are based on Du Guoqing 杜國清, tr., 郁達夫流亡與失蹤：原住在蘇門答臘的日本人的證書 Yu Dafu' s Exile and Disappearance as Reported by Japanese Living in Sumatra]. *Literature* 純文學. 9, no. 1 (Jan. 1970): 40-64. I have also consulted Gary Melyan' s "The Myth of Yu Dafu' s Death" in *Ming Pao Monthly* 5, no. 11 (Nov.

1970): 31-37.

⑯ Hu Yuzhi, pp. 16-17.

⑰ See Suzuki Masao' s interviews in *Literature*, pp. 45-46.

⑱ Wang Jinding 汪金丁,"Yu Dafu' s Last Days" in *In Memoriam: Yu Dafu*, p. 76; Hu Yuzhi, pp. 20-21.

⑲ Suzuki Masao, *Literature*, pp. 47, 63.

⑳ Ibid. p. 63.

㉑ Wang Jinding, pp. 76-78.

㉒ Ibid., p.81.

㉓ Suzuki Masao, *Literature*, pp. 50-51, 54-55.

㉔ wang Jinding, p. 81.

㉕ Suzuki Masao, *Literature*, pp. 52-53.

㉖ Wu Liusi 吳柳斯 "A Memoir of Yu Dafu" in *In Memoriam: Yu Dafu*, p. 71. See also Hu Yuzhi, pp. 17-19.

㉗ Suzuki Masao, Literature, pp. 48-49.

㉘ The Poetry of Yu Dafu, p.41

㉙ Anonymous 佚名 ,Yu Dafu Jiwai ji 郁達夫集外集 [*Uncollected works of Yu Dafu*] (Singapore: Nanyang Tropical Publishing House,1958).p.143

㉚ Suzuki Masao, *Literature*,p.53.

㉛ Ibid., pp. 45-47. See also Hu Yuzhi, p. 23; Wang Jinding, pp. 84-85. A Chinese who claimed lobe a close friend of Yu' s during his last days wrote about this period in great detail. His story confirms much of what had been supposed in the past. See Zi Wei 紫薇 , "Before and After Yu Dafu' s Death' , *Ta Chen* 大成 no. 85(1979), pp. 22-31. The description of Yu' s social life, marriage and dealings with the Japanese are particularly revealing.

㉜ Hu Yuzhi,p.23; Wang Jinding,pp.84-85; Anonymous,pp.241-242

㉝ Masao, *Literature*, pp. 52-54.

㉞ Hu Yuzhi, pp. 27-30.

㉟ Suzuki Masao, pp. 60-61.

㊱ Anonymous, "Uncollected Works of Yu Dafu" , p 243. For the complete text of the second will, see pp. 229-30.

㊲ Ma Li 馬 力 "An Interview with Yu Dafu' s Wife He Liyou in Hong Kong" , *Wide Angle*, no. 119 (Aug. 1982), pp. 54-58. Also reprinted in *Biographical Literature* 傳記 41, no. 14 (Oct. 1982): pp. 66-69.

㊳ "Uncollected Works of Yu Dafu" .p.242

㊴ He Liyou left Indonesia in 1960. she was seen off by a large number of local Chinese who gave her gifts of cash and gold in appreciation for the help they received from Yu during the Japanese occupation. See "An interview with Yu Dafu' s Wife He Liyou in Hong Kong" , p 58.

Yu Dafu and the "War-Resistance Literature" of Malaya and Singapore, 1937-1942

On 7 December 1941, Japanese warplanes attacked Pearl Harbour. On the same day, its troops landed in Kelantan, East Malaya. Malaya was not prepared. The British troops stationed there were only a defensive measure. Faced with the aggression of the Japanese troops, they did not even know how to counter-attack. They soon panicked.

Long before the outbreak of the Pacific War, Singapore had already started its military build-up. The focus of the defensive strategy was to prevent the invasion of Japanese troops by sea from the south. However, the Japanese troops moved in from the north via the Malay Peninsula. Thus, all these preparations had been futile. On the night of 30 January 1942, Britain withdrew all its forces from Malaya to Singapore.[1]

What they had not considered was the fact that Singapore was located only across the straits from Malaya, linked by a causeway half a mile long. Following the Japanese conquest of Johore Bahru, Singapore suffered the onslaught of cannon from the enemy. On 13 February 1942, the British surrendered Singapore to the Japanese and, within a day, they occupied Singapore.

Although the Japanese launched their attack on Malaya and Singapore in late 1941, overseas Chinese in the region had been actively involved in anti-Japanese campaigns and activities as early as 1937, during the outbreak of the Sino-Japanese War. Literary circles introduced the slogan "War Resistance Literature" 抗戰文學, which had its origin from Shanghai. It marked the beginning of an influx of works by the local writers with anti-Japanese aggression as its theme. As well as the slogan "War Resistance Literature", another slogan, "Nanyang Wartime Literature" 南洋戰時文藝 also surfaced in literary circles. The term "Wartime Literature" had its origins in Ai Wu's 艾蕪 "From Popularisation of Literature to Wartime Literature" 從文藝通俗化説到戰時文藝 and Sima Wensen's 司馬文森 "Movement of Popularisation of Wartime Literature" 戰時文藝通俗化運動. The term "Nanyang" was added to suit the local scene. There were many other such slogans: for example, "Wartime Overseas Chinese National Salvation Literature" 戰時華僑救亡文學, "Wartime Nanyang Salvation Literature" 戰時南洋救亡文學, "Anti-Feudalism and Anti-Fascists Literature for the Masses" 反封建反法西斯的大眾文學 and "Defence Literature" 國防文學. But their themes and motives were identical: a declaration to fight back, incitement of the feelings of the Chinese-speaking people, an encouragement to join the army, contempt for traitors; they reflected the fervour of the anti-Japanese National Salvation Movement 民族抗日救亡運動 by overseas Chinese.

"War Resistance Literature" was widely recognized and adopted by many writers of that time.② It became the core of Chinese literary movements in Malaya and Singapore.

During the Sino-Japanese war, Chinese writers living in Malaya and Singapore played an important role in the anti-Japanese National Salvation Movement, contributing greatly to this cause. Some, like Yu Dafu 郁達夫 and Hu Yuzhi 胡愈之, who were held in high regard in literary circles gave force to the uniting of intellectuals and writers after 1937. They also held leadership posts in setting up relief funds, in anti-Japanese publicity programmes and in promoting nationalism. More research is required on their contributions to the social services and their work in political propaganda.③

The contribution by Chinese writers in Malaya and Singapore during the Sino-Japanese war to the "War Resistance Literature" Movement was considerable. Various approaches can be adopted to study their achievements. Many contributed either by being editors of Chinese dailies or holding teaching positions in educational and cultural institutions. They were the catalysts and promoters of the "War Resistance Literature" Movement. If not for the encouragement and advocacy of writers like Yu Dafu, Wu Tian 吳天, Hu Yuzhi, Gao Yunlan 高雲覽, Jin Shan 金山, Wang Jiyuan 王紀元, Yang Sao 楊騷, Wang Renshu 王任叔 or Ba Ren 巴人, Wang Jinding 汪金丁, Shen Zi Jiu 沈滋九, Chen Canyun 陳殘雲 and many others, the 'War Resistance Literature' Movement would not have reached its peak. Yet another group of writers, including Yu Dafu, Hu Yuzhi, Zhang Tianbai 張天白, Zhang Chukun 張楚琨, and Yang Sao contributed through theories and concepts. Though their contribution to creative writing was negligible, their efforts in literary criticism and theory, in promoting literary movements, such as the 'National Salvation Drama Movement' 救亡戲劇, the 'Literary Communication Movement' 文藝通訊運動, and the 'Poetry for the Masses Movement' 詩歌大眾化運動 were highly commendable.④

A third group of Chinese writers contributed to the Anti-Japanese National Salvation Movement through their creative works, which were often of high literary value. Not only did they depict conditions of war-devastated zones in China in various short stories, novels, plays, poetry and prose, but their works also reflected the National Salvation Movement of Singapore and Malaya. Their tribute to the region's 'War Resistance Literature' Movement should be recognized. Their participation and fulfilled historical purposes and their legacy, together with the works of the Straits Chinese constituted what was known as the 'Period of Flowering' of Chinese literature in Malaya and Singapore since

1920.[5] Without their active participation and the 'War Resistance Literature' Movement, Malaya-Singapore Chinese literature would not have prospered as it did between 1937 and 1941.

2

The term 'Chinese Writers' which has been used in this essay refers to those Chinese living in either Malaya or Singapore in the period from the start of the Sino-Japanese war in 1937 to the capture of Singapore by the Japanese in 1942. They could be subdivided into four groups. The first group of writers like Yu Dafu, Hu Yuzhi, Jinshan, Wang Renshu, Chen Canyun and Yang Sao were well known writers in China before moving south. Their active participation in the local social, cultural and literary scene had resulted in their works being compiled and acknowledged as the region's legacy. After the war, all returned to their homeland except for those who lost their lives like Yu Dafu.

The second group refers the Chinese Writers who were born and educated in China but came south before they moved into the literary circles. Although they were not recognized, their creative writing and their advocacy of the literary campaign determined their success and power. They were considered to be more influential than the previous group. Some of them were Wang Jinding, Ye Ni 葉尼 or Wu Tian, Zhang Tianbai and Ying Zi 瑩姿 . Most retuned to China after the war, some to continue their work, but some have since not been heard of in literary circles. Tie Kang 鐵抗 or Zheng Zuoqun 鄭卓群, Feng Jiaoyi 馮蕉衣 and Wang Junshi 王君實 or Wang Xiuhui 王修慧 belong to a third group. They are Chinese writers who were active in literary circles in China and had performed exceptionally well in the local scene. Most of them died in Malaya or Singapore while they were young.

Tie Kang came down South in 1936. He was murdered after being arrested during the Japanese occupation of Singapore in 1942. He died at the age of 29. Wang Junshi moved to Nanyang in 1937 and committed suicide during a Japanese search, also during the Japanese Occupation. Feng Jiaoyi died of illness at the age of 20 in 1940. They were important writers of 'War Resistance Literature' and had been recognized in the past as Straits writers by the critics. But due to the fact that they did not return to China, not many intellectuals in China know about their accomplishments, let alone accept them as Chinese writers and martyrs as they did with Yu Dafu. I hope that China will later give them the recognition of 'dual citizenship'. The last group of Chinese writers such as Qin Mu 秦牧, are very special in that they were born and raised in Straits with accomplishments attached to their names before they left for China. They contributed immensely to the 'War Resistance Literature', with Liu Bing 流冰 (or Sun Ru 孫孺) and Dongfang Bingding 東方丙丁 (or Chen Nan 陳南) in the forefront.

This essay is introductory and may include only some of the works and accomplishments of the above-mentioned Chinese writers, so as to bring forth their contributions and efforts together with the local Chinese writers in the National Salvation Movement. The aim is to stimulate the interest of Chinese scholars to do further research in this area. Malaysian and Singaporean Chinese scholars and critics were only ones in the past who recognized them and regarded the writers and their works as part of the Straits heritage. But they belong also to China and the rest of the world and we should recognize and acknowledge their accomplishments.

Research on the contributions of the creativity of Chinese writers to the Malayan and Singapore 'War Resistance Literature' is at present difficult owning to insufficient information. After the Chinese Writers moved to Nanyang, most of them changed their names. The usage of different pseudonyms in publications also creates problems in identifying writers. Newspaper articles from the National Salvation period have been lost. In 1979, *A Selection of Liu Bing's Works* 流冰作品選 edited by Fang Xiu was published. Through it, two short stories by Gao Yang 高揚 and Liu Bing collected in *A Corpus of Malayan Chinese Modern Literature* 馬華新文學大系 over ten years ago by Fang Xiu himself was proved to be that of one person. In the drama and criticism collections respectively, Xia Feng 夏風 and Gao Yang were found to be Liu Bing. Before solutions to these problems have been formed, it is difficult to conduct full-scale research on their accomplishments. My own research is based on the *A Corpus of Malayan Chinese Modern Literature*, a compilation by Fang Xiu and ten volumes of *Sixty Years of Malayan Chinese Literature* 馬華文學六十年集 .[6] For the above reasons it is, of necessity, incomplete and introductory.

3

Although they are famous Chinese writers, Yu Dafu and Hu Yuzhi did not produce many literary works in this period. The former, after arriving in Singapore, did not produce a single short story though his numerous prose writings such as 'Tour of Malacca' 麻六甲遊記 , 'Three Nights in Penang' 檳城三宿記 , and 'Account of a Car Accident' 覆車小記 are held in high esteem. The bulk of his work consisted of observations, autobiographical jottings and political essays, the most important of which have been compiled in *Yu Dafu's Travel to the South: A Collection of Essays* 郁達夫南遊記 , *Yu Dafu War Essays. A Selection of Yu Dafu's Works* 郁達夫抗戰論文集 and in the criticism and prose selection *A Corpus of Malayan Chinese Modern Literature*. Yu Dafu has already been the focus of many studies. I shall not dwell further on his wartime literature.[7]

Hu Yuzhi came to Singapore in December 1940 to assume appointment as Chief Editor of the *Nanyang Siang Pau* 南洋商報 , a Chinese Daily. He held the post until the start of the Japanese occupation of Singapore in 1942. During this period as Chief Editor he produced several editorials per week, each of about 1500 characters long. He also had to write news and special reports. In additions, he was responsible for the short comments in the night edition of *Nanyang Siang Pau*. Fifty-two of his editorials have been compiled and published by Fang Xiu as *A Selection of Hu Yuzhi's Works* 胡愈之作品選.[8] His other works have not been collected and if we were to use a literary yardstick to measure his contribution during the war, it would be impossible to arrive at any conclusion on the basis of works collected.[9]

As I have mentioned earlier, the first group of Chinese writers were not the best achievers in literary creativity. In comparison, the group of writers who left China when they were still the 'Youths of Literature' contributed more. Those who remained as Chinese writers were Jin Ding, Ye Ni (Wu Tian), Zhang Tianbai, Ying Zhi, Xi Ling 西玲 and those who chose to be Malayan or Singapore Chinese writers were Liu Si 劉思, Lao Lei, Ru Ying 乳嬰 or Yin Zhiyang 殷枝陽 and Shang Kuanzhi 上官豸 or Wei Yun 韋暈.

I will evaluate in the following paragraphs, the life and works of Jin Ding and Ye Ni. Jin Ding left Shanghai in 1937 and taught in Nanyang Girl's High School. From 1938, he started contributing creative work to various supplements such as The Voice of the Lion City 獅聲, The Morning Star 晨星, and The Sparkling Star 星火. He gained public attention for 'Forum on War Resistance Literature:

Ten Essays' 抗戰文藝講座（十講）, 'Youth Problems During War: Twenty-six Essays' 抗戰中的青年問題（二十六講）and 'Criticism on Xiao Hong's Nanyang Wartime Literature' 關於南洋戰時的文學 . In the popularisation of the Nanyang Literature Movement promoted by *The Voice of Lion City*, a supplement of *Nanyang Siang Pau*, JinDing was identified from late 1938 to the middle of 1939 with the concepts and theories expressed in the supplements. A majority of Jing Ding's remaining works in Singapore were completed during the 1938-1942 period. They fall into four categories: short stories, essays, literary and current affairs criticism. They can be found in *A Corpus of Malayan Chinese Modern Literature* edited by Fang Xiu and *A Selection of Jin Ding's Works*.[10]

Only three of Jin Ding's existing short stories are related to the war. They were considered to be of high standard when judged by contemporary literary standards. Two of them reflected on the activities of the Chinese masses' salvation movement during the Sino-Japanese war while a third characterized Singapore schoolteachers in the National Salvation Movement. The first short story 'After the Conquest' 淪陷以後 is about how a youth, named Ah Huang 阿黃 , joined the guerrillas and was responsible for the defence of a river after the murder of his parents and the disappearance of his beloved wife during the Japanese occupation of his hometown. His reminiscence throughout the night as he viewed his hometown while keeping watch was cast in a sad and sentimental atmosphere. Although devoid of violent scenes and anti-Japanese slogans, it nonetheless stands as a deeply pondered piece of 'War Resistance Literature'. Another story, 'Who Says We are Young' 雖説我們年紀小 draws its theme from a real incident which happened during the early period of the Sino-Japanese war. It revolves around how a Shanghai schoolteacher trained a group of refugees into a children's drama troupe. On their journey from Shanghai to Wuhan, they propagandised for the National Salvation Movement travelling 4000 miles in 51 days. 'The Spectator' 旁觀者 has its sources in the inner recesses of Singapore Chinese society. He portrayed the diverse feelings of the overseas Chinese and the English and Chinese educated Straits Chinese during the Sino-Japanese war. He depicted their conflicts within and their discriminations against one another. All three profoundly articulated stories – the first two completed in 1938 and the third in 1939 – are highly valued literary works. During the Japanese Occupation of Singapore, Jin Ding, together with Yu Dafu, Hu Yuzhi, Wang Renshu, Wang Jiyuan, Gao Yunlan left for Sumatra, because they would all have been killed had they stayed. After the war ended, he returned for a short while before moving on to China.[11]

Like Jin Ding, Ye Ni was another writer who devoted all his life and work to the cause of the anti-Japanese National Salvation Movement. His original name was Hong Weiji 洪為濟. He arrived in Malaya in 1936, received his education at Seremban High School and migrated to Singapore in the spring of 1937. He returned to Shanghai in 1939. Ye Ni participated actively in the National Salvation Drama Movement and left several works – chiefly plays and essays – written during his two-and-a-half year stay here. His literary works, completed during his stay, have been compiled in the drama selection 'Drama Without The Gentlemen' 沒有男子的戲劇 and the prose collection 'Homesickness' 懷祖國 . *A Selection of Ye Ni's Works* edited by Fang Xiu contains all his 25 pieces of works written during his Nanyang sojourn, including drama, essays, short stories, prose and reports.[12] His works were also included in the drama, prose and literary criticism collections of the *A Corpus of Malayan Chinese Modern Literature*.

The National Salvation Drama collection of *A Corpus of Malayan Chinese Modern Literature* edited by Fang Xiu contains 6 plays completed by Ye Ni between 1937 and 1939, namely: 'The Military Hospital' 傷兵醫院 , 'The Return of Spring' 春回來了 , 'Drama Without the Gentlemen' , 'United We Stand' 合力同心 , 'Served Him Right' 活該 , and 'The Conspiracy' 串好的把戲 . 'The Military Hospital' was the first National Salvation play to be completed by Ye Ni. The story is about the serious shortage of and urgent demand for medicine at the frontline in Shanghai. The nurse and the injured Mr. Ye were youths who had returned to China from Nanyang to fight for the country. Hence it was interlinked to the Straits National Salvation Movement. Except for 'I Was Forced" and 'The Return of Spring' (adapted from 'Song of Spring's Return' by Tian Han), all the plays such as 'United We Stand', 'Serve Him Right', 'The Conspiracy', and 'Drama Without The Gentlemen' reflect the values and attitudes of the local salvation movement and the problems confronting the Chinese in Nanyang. Ye Ni was not only a good playwright, he also contributed immensely to the Movement through his help in producing plays and for training young actors.

Ye Ni's other works, his prose and literary reports, are also of the highest calibre, like The Secrets of Japan 秘密的日本, which was first serialized then collected in *A Selection of Ye Ni's Works* and the essays republished in the *A Corpus of Malayan Chinese Modern Literature*. The first consists of stories that look deeply into the nature of Japanese militarism, while the essays, employing lyric prose, examine its impact on the life of his compatriots under Japanese rule. His style was vivid and lively but never too far-fetched; it was informed by a strong sense of reality. Although they were written more than 50 years ago, they were well worth reading in out times.[13] Ye Ni resumed the use of the pseudonym Wu Tian, the name which he used before moving South, after he returned to China.[14]

4

From the other group of 'Youths of Literature' who moved

South to Nanyang, I would like to draw attention to Tie Kang. Unfortunately, he suffered the same fate as Wang Junshi and Feng Jiaoyi, who died at the hands of the military police in Singapore.[15]

Tie Kang was the pseudonym of Zheng Zuoqun and was said to have published a collection of novelettes Wild Flowers 山花 before coming to Nanyang in 1936. He was the editor in 1937 of the weekly supplement, *Wen Yi* 文藝週刊 of the *Sin Chew Jit Poh* 星洲日報, another Chinese daily in Singapore. His work included novelettes such as 'The Upheaval' 在動盪中, 'Ah Bu Xing Yi, The Transport Soldier' 運輸兵阿部信一 and a novel The *Time For Tryouts* 試煉時代. These formed an important part of the flourishing 'War Resistance Literature' before the adoption of the Sino-Japanese war as its dominant theme. After The Times For Tryouts, Tie Kang specialized in using materials drawn from the Nanyang experience for his work. His 'Termites' 白蟻 and 'The Western Toy' 洋玩具 are examples which adopt a direct approach. Others like 'The Salesgirl' 女銷貨手, 'Xin Hui' 信匯 and 'He Bing' 河冰 are indirect narratives of the war. Many of his essays like 'Loneliness At The Fishing Port' 寂寞漁港 and National Salvation plays like 'Father' 父 are similarly representative productions. The former is a stylish and emotional essay-story while the latter is a play that narrated how traitors were exterminated.

Tie Kang was an important critic who contributed in theoretical studies and played a leading role in the 'War Resistance Literature Movement', especially the 'Malayan Chinese Literary Communication

Movement' 馬華文藝通訊運動 .

In late 1941, Tie Kang returned to Singapore from Malaya. Not long after that, he was killed at the age of 29, when the Japanese occupied Singapore.

The general impression is that Chinese writers migrated to the Straits and no Straits Chinese writers had ever moved northwards to China. In reality, this is not true. Fiction writer Li Yongping 李 永 平 and poet Chen Huihua 陳 慧 樺 , well-known figures in Taiwan today, were actually Malaysian Chinese who reversed the tradition. Among the early Chinese writers, Qin Mu 秦牧 was born in Hong Kong but was raised and educated in the Straits before his return to China. Several writers of the later period were actually born, raised and educated in the Straits. They were prestigious names in the local literary circle before their migration to China. Examples are Chen Nan 陳南 (Dongfang Bingding) and Liu Bing, key figures in the 'War Resistance Literature' Movement.

Chen Nan returned to China in 1945. During the war, he adopted the pseudonym of Dong Fang Bing Ding and had several poems to his credit, 20 of which were included in Fang Xiu's poetry collection of *A Corpus of Malayan Chinese Modern Literature*. Also included are 2 of his short stories and 13 prose with the war as its theme.[16]

Liu Bing, born in 1914 in Singapore, completed his secondary education in Mei District, Guangdong Province, China, before returning to Singapore in 1929, where he taught in several primary schools. Later, he returned to Shanghai to become a member of the Chinese Poetry Society and also travelled to Tokyo and elsewhere in Japan. After 1936, during the war, he worked diligently to produce plays, novels, prose and criticism using the pen names Liu Bing, Xia Feng, Gao Yang and Gao Feng 高風 . He is the only writer whose works are featured in every volume of Fang Xiu's *A Corpus of Malayan Chinese Modern Literature*. His short stories, fables, plays, poetry, prose, essays, literary and current affairs criticism, some forty pieces in all, are in of *A Selection Liu Bing's Works* edited by Fang Xiu. [17] 'The Great Mine of Whampoa River' 黃浦江中的巨雷 and 'The Smile in Bloodshed' 在血淚中微笑 are representative of his existing novelettes which use the war as theme. His works exhibit certain similarities with Lu Xun's 魯迅 especially in their straight-forwardness, their simple yet unique style which successfully portrays the inner feelings of characters. His short novelettes often enable us to visualize ourselves in the story, thus arousing in us a keen sense of irony. 'The Great Mine in Whampoa River' is about how two Chinese soldiers destroy the Japanese Warship 'Chuyun Hao', anchored at Shanghai Whampoa River in the seeming safety of the dark night. The novelette begins with the stillness of Shanghai's night life：

> The misty light cast by the autumn moon wrapped the condemned city in a desolate blanket. It was like a wounded animal, pressing its eyes shut in the unfamiliar quietness of the night, shivering. This rare

yet unexpected silence added to the terror of the city.

It ends with a deafening 'bang':

> The deafening roar not only shocked the frightening silence of the city, it also stunned the world.

'Smile in Bloodshed' is about Father Wang whose cigarette shop in Shanghai is destroyed by Japanese warplanes. In attempting to escape, his son and daughter-in-law are killed, leaving him and his grandson. Too old to join the guerrillas he is nonetheless determined to take revenge. Passing by the ruins of his cigarette shop one day, he sets ablaze a Japanese lorry loaded with arms, thus sacrificing himself. Liu Bing has also written stories tinged with a Malayan flavour. 'The Dream of Xiao Niu' 小牛的夢 show us about a poor village boy being chased out of school. His essays are also infused with local flavour. In 'The Teahouse' 小茶居 which is about a Malayan coffee shop owner, the character, a village, is concerned with the war situation but unfortunately, is illiterate and has to depend on his customers to read him the news. Though the piece is short, Liu Bing is able to reveal the life and inner feelings of a villager.

But Liu Bing's major accomplishment was in drama. One of his plays 'One Night in Jin Men Island' 金門島之一夜 is a tragedy about a traitor in China who realizes too late that his wife has been raped by the Japanese with whom he has collaborated. 'Yun Yi' 雲翳 and 'The Crossroad' 十字街頭 were written with reference to life in Nanyang. The former relates how a clerk in an ironsmith' s shop is dismissed when he refuses to negotiate a business deal though his son is ill and would eventually die, thus stressing the strength of patriotism and the large, tragic sacrifices it is capable of making. 'The Crossroad' shows how two refugees from China manage to get into a fight over a piece of land while earning a living in Nanyang. It shows also how they finally become united in the common cause of fighting the Japanese.

Liu Bing returned to China in 1940. He is now, at the age of 73, the chairman of Guangdong Overseas Returned Writers' Association.[18]

5

The few Chinese writers I have mentioned are insufficient to fully demonstrate the scope and significance of the Malayan and Singapore Chinese 'War Resistance Literature' Movement. There are numerous others, with similar accomplishments whom I have not mentioned. An example would be Yin Zi, who returned to China in 1941. She was credited with several anti-Japanese poems, essays and plays.[19] However, my intention in this paper has been only to introduce scholars from China and other countries to the importance of these writers as a part of the Chinese or 'International War Resistance Literature' Movement. Hopefully, research on their works and their status in the

'War Resistance Literature' will be extended.

The writers I have mentioned uniquely depicted their feelings and thoughts about the war. Taken together, their works exhibit considerable complexity and variety in their treatment of themes. They could write about life in China's war zones or the reality of the Nanyang salvation activities. The corpus of these works includes several which can be identified with the local history, environment and experience. Whether they were in China, Malaya or Singapore, the Malaysia-Singapore literati have always considered their works as an intrinsic and valuable part of their literary heritage. Malaysian-Singapore Chinese literature, which, by general consent, started around 1920, received a powerful boost from the anti-Japanese captured Malaya and Singapore. This literature was the first peak of Chinese writing since 1920. The immense contribution of these writers should not go unnoticed and we look forward to compiling and publishing their works to facilitate further research.[20]

Reference

① For a brief discussion on how the Chinese writers fled from the war and conducted anti-Japanese activities, see Wong Yoon Wah 王潤華, "The Life of Yu Dafu as Seen Through the Eyes of Chinese and Japanese", *Essays on Chinese-Western Literature* 中西文學關係研究 (Taipei: Dong Da Bookstore 東大圖書公司, 1978), pp.155-188; see also Wong Yoon Wah, "Yu Dafu in Exile: His Last Days in Sumatra", *Renditions*, No.23 (Spring, 1985), pp.71-83.

② For a brief discussion of different slogans, see Fang Xiu 方修, *The History of Malayan Chinese Modern Literature* 馬華新文學史稿, Volume II (Singapore: Shi Jie Bookstore 星洲世界書局, 1965), pp.249-257; see also Lin Wenjin 林文錦, *Chinese Literary Theories in Pre-War Singapore and Malaya* (1973-1941) 戰前五年新馬文學理論研究, (Nanyang University of Singapore M.A. thesis, 1986), pp149-155; Fang Xiu, *A Brief History on Malayan Chinese Modern Literature* 馬華新文藝簡史 (Singapore: Wanli Bookstore 萬里書局, 1974), pp.156-170.

③ For details of the writers; participation in the publicity of the Movement and their contributions to the Relief Fund, see Lim Buan Chay 林萬菁, *Chinese Writers in Singapore and Their Influence: 1927-1948* 中國作家在新加坡及其影響 (Singapore: Wan Li Bookstore, 1978). For further understanding, see Yeo Song Nian 楊松年, *Literary Supplements before the War* 戰前新馬文藝副刊析論 (Singapore: Tongan Huikuan 同安會館, 1986).For newspaper articles before and after the war, see Yu Meizhen 余美珍, *A Study of Chinese Dailies' Literary Supplements Five Years Before the War* (1937-1941) 戰前五年新加坡華文報刊研究, (National University of Singapore, Honours Academic Exercise, 1983).

④ For theoretical criticism, see Fang Xiu, *Malayan Chinese Modern Literature* 馬華新文學大系, Vol. II (Singapore: Shi Jie Bookstore, 1971); see also Lin Wenjin, *Chinese Literature in Pre-war Singapore and Malaya* (1937-1941), (National University of Singapore, M.A. thesis, 1986); for the writer's bibliographies, see Ma Lun 馬侖, *Bibliographies of Malaysian and Singaporean Chinese Writers* 新

加坡華文作家群像 , (Singapore: Fengyun Publications, 1984); Yeo Song Nian is researching supplement studies and has published *Literary Supplements in Malaya and Singapore Before the War*, (Singapore: Tongan Hui Kuan,1986). He has written various studies on the contribution and accomplishments of Zhang Chukun, Wang Ziyuan, Liu Lang and others.

⑤ For the prosperous period of Malayan and Singapore Chinese literature (1937-1942), see Fang Xiu, *A History of Malayan Chinese Literature*, Vol. II. (Singapore: Shi Jie Bookstore, 1965).

⑥ Fang Xiu, *A Corpus of Malayan Chinese Modern Literature*, 10 Vols. (Singapore: Shi Jie Bookstore, 1971-1972). It is a collection of theoretical criticism(2 vols), stories(2 vols), drama, poetry, prose, historical sources (one vol. Each) written by Malayan Chinese writers between 1919 to 1942. 10 volumns of *A Collection of 60 Years of Malayan Chinese Literature* have been published by Shanghai Bookstore, Singapore, 1979-1980. They are respectively the selected works of Bai Di 白荻 , Lao Lei 老蕾 , Zhang Tianbai, Jin Ding, Hu Yuzhi, Tie Kang, Liu Bing, Ye Ni, Li Runhu 李潤湖 and Liu Lang 流浪 . Most of the works collected were published during the war and can be included as part of " War Resistant Literature" .

⑦ Wen Zichuan, ed., *Yu Dafu's Travel to the South: A Collection of Essays*. (Singapore: Singapore: Shi Jie Bookstore, 1977); Fang Xiu, et al., *A Collection of Yu Dafu's Anti-Japanese Essays*. (Singapore: Wan Li Bookstore, 1977); for recent studies on the subject, see Yao Mengtong' s *Life and Works of Yu Dafu in Singapore*. (National University of Singapore, M.A. thesis, 1983).

⑧ Fang Xiu, ed., *A Selection of Hu Yuzhi's Work*. (Singapore: Shanghai Bookstore,1979).

⑨ For Further details on Hu Yuzhi' s works, see Lim Buan Chay, *Chinese Writers in Singapore and Their Influence: 1927-1948*. (Singapore: Wan Li Bookstore, 1978), pp.62-68.

⑩ Fang Xiu, ed., *A Selection of Jin Ding's Works*. (Singapore: Shanghai Bookstore, 1979).

⑪`Little can be found on Jin Ding' s accomplishments, see Lim Buan Chay, *Chinese Writers in Singapore and Their Influence*, pp.105-106; Fang Xiu, *A History of Malayan Chinese Literature*, vol. II, pp. 113-115.

⑫ Fang Xiu, ed., *A Selection of Ye Ni's Works*. (Singapore: Shanghai Bookstore, 1980).

⑬ For details on Ye Ni's(Wu Tian) works, see Lim Buan Chay, *Chinese Writers in Singapore and Their Influence: 1927-1948*. (Singapore: Wan Li Bookstore, 1978), pp.25-33.

⑭ Very little had been heard about Wu Tian since his return to China but he has been making appearances recently. See "An Account on Wu Tian", in *The Echoing Wall*, Vol. 1, 1986, p.23.

⑮ Fang Xiu, ed., *A Selection of Tie Kang's Works*. (Singapore: Shanghai Bookstore, 1979); and Fang Xiu, *A Corpus of Malayan Chinese Modern Literature* for Tie Kang's works. The forward of the former book should be read for an introduction to Tie Kang.

⑯ See Ma Lun, *Biographies of the Straits Chinese Writers for Chan Nan's biography*.

⑰ Fang Xiu, ed., *A Selection of Liu Bing's Works*. (Singapore: Shanghai Bookstore, 1979).

⑱ See "Memoirs of Liu Bing", in *The Echoing Wall*, Vol. 1(1986), p.24, for details of Liu Bing's life after returning to China.

⑲ Yin Zi was the only famous female writer among the important Malayan Chinese writers of that time. Her works, covering poetry and prose, have been compiled in *A Corpus of Malayan Chinese Modern Literature*.

⑳ Some of the more important works on the subject of the Malayan Chinese War Resistant Literature are: Qiu Liuchuan 丘柳川, *A Comparison of the Chinese Writers' War Resistant Literature in China and Malaya*. (National University of Singapore, M.A. thesis, 1976); Sheng Xiuhua, *A Study on Chinese War Resistant Literature in Pre-War Malaya(1937-1942)*,(National University of Singapore, Honours A.E., 1984); Lin Wenjin, *Chinese Literary Theories in Pre-War Singapore and Malaya, 1937-1941*, (National University of Singapore, M.A. thesis, 1986), and Guo Ronggui, *Malayan Chinese Drama: Five Years Before the War*, (National University of Singapore, Honours A.E., 1983).

第五輯

郁達夫詩歌

訪上海郁達夫故居

上海狹窄小弄遇王映霞

上海梅龍鎮酒家郁雲會見記

訪上海郁達夫故居

1.

當我趕到
馬霍路德福里 302 號
郁達夫和鄭伯奇住宿的
泰東圖書局編譯所
門邊一堆垃圾回憶說
《創造季刊》編好後
他們已去四馬路紹興館喝酒
逛城隍廟的小鋪子
以及北京街的舊貨攤
可是在虹口外國人的舊書店
我也找不到
眼睛細小、聲音沙啞的郁達夫
正在以流利的英語
跟外國女郎開玩笑

2.

我仍然隱約聽見
郭沫若和郁達夫
在哈同路民厚南里的夕陽樓
激烈討論
在一品香
召開《女神》出版的一週年紀念會
以及如何跟胡適打一場筆戰

3.

偶然路過
赫德路嘉禾里 1442 和 1476 號
老舊的樓屋裏
魯迅和郁達夫編好《奔流》創刊號
便傳出郁達夫與王映霞
新婚後浪漫的笑聲
接著
郁飛郁雲不願意降臨這片半殖民地
而大聲哭號

上海狹窄小弄遇王映霞

1.

一腳踏入
上海復興中路的
一條狹窄的小弄
我才知道已走進
郁達夫失蹤四十年的傳奇裏
我們四個人
搜索著路上
每一位婦女的面貌和背影
企圖找到
郁王婚變的謎底

2.

我們敲門
充滿神秘色彩的一號房門
仍然緊鎖

不肯洩露半點
隱藏了四十多年的心聲

3.

窗外
一張晾曬在院子中的棉被
在秋風中傷感的說：
我家主人杭州美人王映霞外出
仍然四處尋找郁達夫
怕他還醉臥在霞飛路或四馬路

4.

我們坐在院子裏閒聊
秋天的陽光像一隻軟綿綿的貓
伏在我們的腳下偷聽
關於郁達夫婚變與失蹤的對話
然後爬上半開的窗
好奇的向屋內窺探
從九點到十一點多鐘
我一直望著弄口

盼望郁達夫牽著王映霞的手
親親密密
踏著梧桐樹的落葉回家

5

就像一九四〇年離開星洲以後
王映霞又一次單獨歸來
四十年後
她依然儀態高雅

6.

當她把大門打開
我們發現
那一場南洋的悲歡離合
就只剩下小小的房間裏
一套灰色的沙發
一張掛著蚊帳的單人牀
一張一九七四年西蘇中學榮休的證書
以及藏在她心裏深處
郁達夫喜怒哀樂變化無常的形象

上海梅龍鎮酒家郁雲會見記

1.

一路上
我踏著上海南京西路
梧桐樹的落葉
我厭倦的聽著腳底下
盛滿秋陽的葉子
如玻璃破裂的聲響

2.

就在煙霧迷漫的梅龍鎮酒家
勸酒、猜拳的聲浪中
郁達夫坐在一位美婦人身旁
大聲的談笑
好像剛從蘇門答臘逃亡歸來

傳奇故事永遠講不完

3.

握過手
詩人王辛笛看了掌紋後說：
他就是郁雲
從七歲那年開始
天天等著父親回家
思念
使他的相貌、笑聲、一舉一動
愈來愈像郁達夫

作於一九八六年十一月一日，與周策縱、陳子善、淡瑩、心笛等人同行訪問之後。

王潤華作品集

郁達夫在南洋：南洋的郁達夫與郁達夫的南洋

作　　者：王潤華
責任編輯：黎漢傑
文字校對：陳雨晴
設計排版：D. L.
法律顧問：陳煦堂 律師

出　　版：初文出版社有限公司
電郵：manuscriptpublish@gmail.com

印　　刷：陽光印刷製本廠

發　　行：香港聯合書刊物流有限公司
香港新界荃灣德士古道 220-248 號
荃灣工業中心 16 樓
電話 (852) 2150-2100 傳真 (852) 2407-3062

海外總經銷：貿騰發賣股份有限公司
電話：886-2-82275988 傳真：886-2-82275989
網址：www.namode.com

版　　次：2025 年 3 月初版
國際書號：978-988-70534-0-8
定　　價：港幣 118 元 新臺幣 440 元

Published and printed in Hong Kong

香港印刷及出版